ZUI
Zestful Unique Ideal

最世文化
Shanghai ZUI co.,Ltd

©ZUI 2019 上海最世文化发展有限公司 & 中南博集天卷文化传媒有限公司

幻城
ICE FANTASY
郭敬明 著

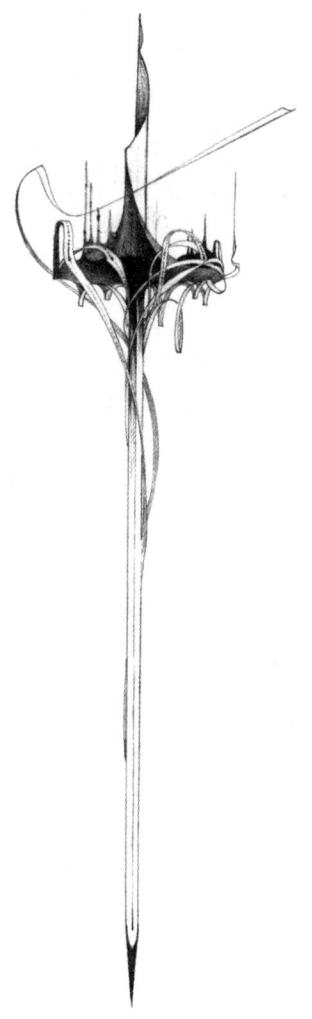

你是冰雪的王爵,你是末世的苍雪。

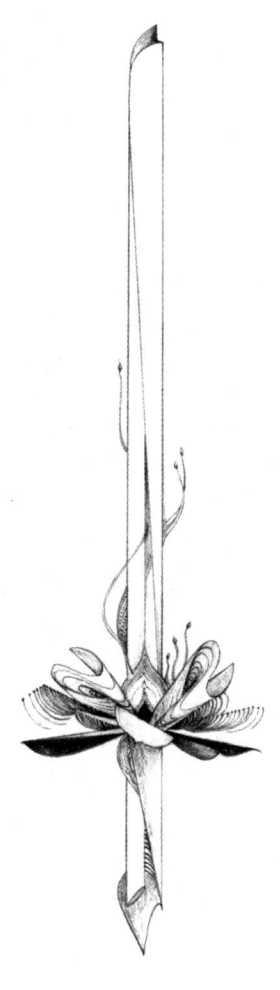

Ice Fantasy

Prologue

序 言

冰雪王爵与末世苍雪
文/郭敬明

1

如果把回忆折叠起来,如果把时间倒转开去。

如果把青春拉扯回曾经仓促的形状。如果把年月点燃成黑暗里跳跃的光团。

那么——

2

并不是虚构的、杜撰的——在我年幼的时候,真的出现过这样的梦境。

明知道是虚假的,却真实得让人无法否认。

梦境里自己站在空无一人的寒冷冰原上。巨大的冰川像是斧头般劈过蓝天，浩大而漫长的风雪好像没有止境一般地从身后袭来，然后滚滚地朝遥远的地平线处卷去。大团大团的雪花吹开视线，搅动着白茫茫的光。

天地间是尖锐的呼啸声，穿过耳膜把胸腔撞击得发痛。

银色的骑士和裹着黑色斗篷的妖术师，他们沉默地站在镜面般的冰原之上，他们的眼神沉寂得像是永恒的庞大宇宙。

梦里的我一步一步走向他们，慢慢靠拢。心口处是激动而又恐惧的心情。

然后，我慢慢地变成他们。

——我忘记了自己是变成了白银的骑士，还是黑色的巫师。

3

在落笔这段文字的时候，离开我起笔这本小说已经过去了整整八年的时间。八年是一个什么样的时间长度呢？如果按照80岁的寿命而言，那么已经过去了不算短的十分之一。而如果按照整个最黄金的青春年月呢？

那是一整个青春呢。

好像人开始慢慢成长，就会慢慢地缅怀过去的种种。无论是失败的，还是伟大的。苍白的，还是绚烂的。都像是变成甘草棒一样，在嘴里咀嚼出新的滋味。甜蜜里是一些淡淡的苦涩，让人轻轻皱起眉头。

但大多数回忆里的自己，都应该是浅薄而无知的，幼稚而冲动的。所以才会有很多很多的后悔萦绕在心里。

但非常微妙的，却会对曾经这样的自己，产生出一种没有来由的羡慕和憧憬。

4

好像24岁快要25岁的人，就不太适合伤春悲秋了。对于曾经写过的那些生活和记忆，也就多了很多羞愧而难以面对的情绪。也许人只有在年少轻狂的时候，才会那么放心大胆地展露自己的内心，脆弱的毛茸茸的表面，或者冷漠的光滑的内壁。将所有私人的情感和心绪，像是展览一样盛大地呈现在别人的面前，博取别人的心酸同情，或者嗤鼻一笑。当时的理直气壮和信誓旦旦，在时光漫长的消耗里变成薄薄的一片叹息，坠落在地面上。

17岁时的自己无限勇敢。

而现在的自己，就像是我挂在包上的穿着钢筋盔甲的PRADA小熊，坚强的、刀枪不入的、讨人喜欢的模样，却远远地离开了世界尽头的那个自己。

5

重新看《幻城》后记的时候，发现除了文笔显得稍微矫情之外，有很多真挚的感情，却是现在的自己无法书写的了。在渐渐成长之后的今天，早就习惯了把内心所有的喜怒哀乐放到小说里去，借由那些自己创造出来的角色，去尽情地表达。这样也不会被人诟病。因为一切都是"此情节纯属虚构"。对于散文这样几乎是掏心掏肺的东西，却好长时间都不碰了。除了在2003年和2004年的时候出版过两本散文集，一直到今天，都不敢再出版任何关于心情的记录。像是产生了抗体，在某些伤害朝自己靠近的时候，就会敏锐地察觉到。于是脑海里那个警报器就嘟嘟嘟地开始响了。

后记里提到了好多的事情以及好多的朋友，有些朋友到现在依然每天见面，比如阿亮；有些却只能偶尔通个电话。大家都在八年的时间里渐渐地成长改变，拥有自己的生活，拥有新的朋友圈子，拥有新的生活环境，新的工作，新的人生的意义。

于是也就没有多少人再去回过头探寻，当初的我们，怎么样走到了今天。

好像又开始了伤感的话题。

6

我们总是在不断地抱怨着从前。

未能好好处理的学业，未能好好对待的恋人。

当年书写过的幼稚的文章，当年做出过的冲动事情如今看来悔得肠子发青。

所以，当我提笔为这本八年前写的书来重新作序的时候，我完全不知道应该来书写些什么。尽管已经远远离开了当初那个站在文字起点的自己，但是我也并不清楚这段光景里，自己到底跋涉过了多少旅程。肩膀上的重量越来越大，鞋子深深地把路面的大雪踩实，留下清晰的脚印像是路标一样指向遥远的未来。

当然也可以靠这些脚印，回溯到久远的过去。那个时候天还是苍蓝得透明，大地被白云软软地披盖着，像包裹起的一份礼物。

整个大地在年少的季节里沉睡不醒。天边有金光闪耀着，藏匿在飓风的背后。

7

连续一个星期对着这部自己的第一部长篇小说缝缝补补，像个年老的妇人在修补自己当初的嫁衣一样，心中是某种难以描述的情绪，微妙地混合着悲伤和喜悦的比例，难以精确地计算成分。细枝末节重新修葺一新，好像自己在文字上的洁癖永远都存在着，难以面对一年前，甚至半年前，三个月前的作品。所以就更别说看见八年前那个对文字还很陌生但充满激情的自己。

我们总是在不断地用文字讨论着文字里的激情和技巧到底什么比较重要。

而答案却是没有的。

8

上海在结束了漫长的白雪冬季之后，开始缓慢地复苏过来。

白银的大雪变成了灰蒙蒙的雨水。整个城市又重新变成那个沐浴在湿润的雾气下的繁华城市。旋转的玻璃球光芒四射。

我们只有在想象中，去窥探和触摸曾经遥远的冰原世纪。

那些冰雪的王爵，站立在旷世的原野上，冰雪在他们肩膀上累积出漫长的悲凉。那些爱恨，那些命运里沉重的叹息，都被白光凝聚在零下的苍雪里。

记忆里这样一个靠想象力和激情所幻化出来的世界，好像离我有一个光年那么遥远。
它停留在我17岁的世界尽头。
它们悬浮在宇宙白色的尘埃里。

9

很多的名字被反复地传颂着，他们在很多人的生命里成为了传奇。
他们白色的头发和白色的瞳仁，他们悲惨的命运在鸟鸣声里蒸发成灰烬。
卡索，樱空释，梨落，岚裳……他们从一个男孩子17岁的脑海里脱胎，然后变成世间的一个个小小的传奇。

10

上海慢慢地进入春天了。阳光灿烂的时候会到楼下的星巴克喝一杯咖啡，坐在露天的路边，看见来往的外国人手里拿着英文报纸，手上拿着咖啡匆忙赶路。他们翻动报纸的声音哗啦哗啦。
而几年过去之后，我也不是当初那个背着书包匆忙上学的小孩了。

现在每天都会穿着稍微正式一点的衣服，进入写字楼。在每天早上被电话吵醒之后开始一边喝咖啡一边和别人讨论各种选题和项目。

整个房间在空调运转了一晚上之后变得格外干燥，拧开莲蓬头，哗啦啦的花洒喷出无数白色的蒙蒙的雾气。

开车。看电影。书写着《小时代》的最新篇章，为林萧到底应该和简溪还是宫洺在一起想破了脑袋。整理最新的工作计划，和广告商打拉锯战。对媒体记者时而谄媚时而敌对，机关算尽彼此假笑。

这样的生活离那个冰雪覆盖的帝国有多么遥远呢？
白银的骑士抑或是妖术的巫师，他们其实从来都没有存在过。

11

八年前的自己，受不了分离，受不了孤单，受不了成长，受不了沮丧，受不了失望，受不了世俗，受不了虚假，受不了金钱。
而现在的自己，却慢慢地习惯了这些。

其实有时候一个人坐在摩天大楼的落地窗旁边，听酒吧里压抑但蠢蠢欲动的音乐，然后侧过头望向脚下渺小而锋利的，灯火闪亮的时尚之都——这样的孤单，已经被物质装点成了品位和高贵。成为别人眼里的憧憬。

你成为别人眼里的风景。

Prologue 序言

12

回过头来的时候，其实会发现很多很多自己幼稚的地方。无论是在《幻城》里，还是在书写《幻城》的那段年少岁月。

但是还是会怀念起当年的那些粗糙的、略显苍白的时光。那一段不长不短的高中岁月，被自私的自己裁下来，装裱进画框，多年来一直悬挂在自己内心的墙壁上。

上课的铃声是一直枯燥无味的电铃，但突然某一天就变成了《欢乐颂》的那段旋律。

学校的羽毛球场是露天的，水泥地面被无数双球鞋摩擦得光滑发亮，我在上面好多次摔倒。

学校门口的那个卖零食的小摊，老板娘在夏天会把西瓜切碎，放进一个玻璃的水缸里，加上糖水，加上碎冰，然后变成五角钱一杯的廉价冷饮。

门口还有父母一直不让我们吃的烤羊肉，他们说吃多了会得癌症。但在冬天还是会把手抄在袖管里，哆嗦着等在摊前。

还有那个不大不小的人工湖，湖边的草地上总是有逃课的学生在睡觉。湖边上是女生的宿舍，她们各种彩色的衣服晾晒在走廊上，像是各种斑驳的旗帜。

从宿舍到开水房的路很长很静谧，两边是高大的树木，一到夏天就生长出无边巨大的树荫，在很多个夜晚里让人害怕，提着水瓶飞快地跑回寝室。但清晨却会有美好的光线，照穿那一两声清脆的鸟鸣。

如果时间可以倒流——

13

　　我曾经做过无数道关于是否愿意回到过去的心理测验题。每一次自己都觉得一定是希望回到过去的。但是当我认真地选择的时候，却会发现，当你洗去这些年的尘埃，重新站在时间干净的起点，你并不一定过得比现在快乐。

　　时光倒流的前提，一定是要让我保留这些年的记忆。

　　这些年来——我已经在无数的场合用到了这样的开头。我抱怨过生活的痛苦，我也抱怨过命运的沉重；我分享过成功的喜悦，我也品尝过失落的苦涩。但是，就算有再多的重量和尘埃积累在我的肩膀，它们到最后，都装点了我的命运。

　　它们把我的身体化作容器，封存过往的岁月，把苦涩的泪，酿成甘甜的泉。

　　它们让我成为冰雪的王爵，它们最后变成了末世的苍雪。

2008年3月　上海

目录

Ice Fantasy
Part.1
幻 城
001

Ice Fantasy
Part.2
雪 国
033

Ice Fantasy
Dream.1
梦魇·蝶澈·焰破
071

Ice Fantasy
Dream.2
梦魇·星轨·雪照
165

Ice Fantasy
Part.3
樱 花 祭
179

CONTENTS

Ice Fantasy
Dream.3
梦魇·皇桥·月潋
197

Ice Fantasy
Dream.4
梦魇·离镜·鱼渊
205

Ice Fantasy
Dream.5
梦魇·剪瞳·雾隐
209

Ice Fantasy
Dream.6
梦魇·罹天烬·殇散
217

Ice Fantasy
Postscript
后记
225

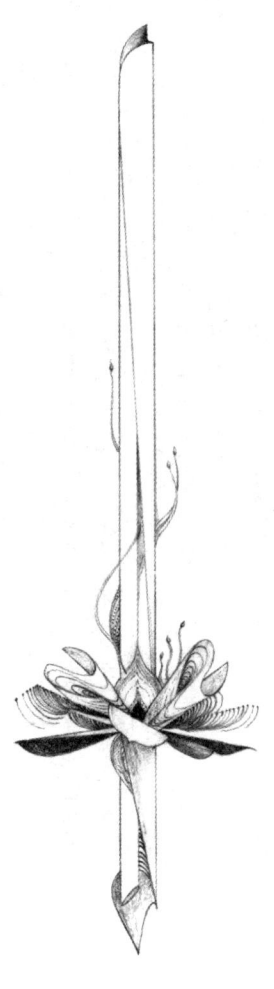

Ice Fantasy

Part.1

幻 城

岁月褪去尘云　以永恒的踵音
而漫长抗衡着须臾　把悲伤炼化成透明
容颜以苍白的形状覆盖起荒凉　而荒凉把宇宙擦亮
冰原拼接起大陆与琉璃　怀念把绝望焚烧成憧憬
鸟群送葬光线
海水抚摸星辰
你比永久更加永久
也比漫长还要漫长

你把传奇披戴　你把海底植满悲怆

你朝世界尽头缓慢前行

那时的多少风光　还有多少凄凉

日光被镶嵌在你瘦削的肩膀

把未来推向黑暗

把过去照得虚妄

你是冰雪的王爵　你是末世的苍雪

很多年以后，我站在竖立着一块炼泅石的海岸，面朝大海，面朝我的王国，面朝臣服于我的子民，面朝凡世起伏的喧嚣，面朝天空的霰雪鸟，泪流满面。

那些岁月在头顶轰隆作响。席卷着，蔓延着，像大火般烧尽内心的沉痛。

好像才过去短短的一日，又好像是漫长的千年。

到底要经过什么样的宇宙变化，光线才可以照亮你一直沉埋在阴影里的侧脸？

我对整个冰雪帝国的记忆，分为好多个部分。

如今回忆起来，就像是一次漫长的旅程。从生，到死，一站一站地断续连接。

有时候清晰，有时候混沌。记忆被风雪吹散成流萤。

在我成年后的很长一段时间里，我都会梦见自己站在空无一人的荒凉冰原上，末世的苍雪在身边翻涌，我茫然地望向天地的尽头。

这样的梦境，像是一个无限悲剧，却也略显慈悲的寓言。

我的名字叫卡索，我在雪雾森林中长大，陪伴我的是一个老得让人无法记得她年龄的巫师，她让我叫她婆婆，她叫我皇子。我是幻雪帝国的长子。和我一起长大的还有我的弟弟，他的名字叫樱空释。我们两个，是幻雪帝国仅存的两个幻术师。

其实在我们的帝国里，本来幻术师还有很多，他们共同成为整个帝国里幻术的巅峰，以一种不可超越的、凌驾在所有巫师之上的姿态存在着，是所有巫师崇拜的神祇。但是后来，他们相继死亡。留下我和我的弟弟，延续幻术师的血统。

在我们的帝国疆域上——其实一直到我成年之后，我都不太能准确地说出幻雪帝国的疆域到底有多大，幻术法典上的那卷关于领域的羊皮卷，也只是描绘了简单的西起点"烺山"和东终点"冰海"，北起点"星佑泉"到南终点"绿海"，而这四个点所包围出来的区域，我并不是很了解。

——在这个疆域之上，居住着很多很多的种族，其中以我们的巫师一族最为尊贵。而这个贵族里的贵族就是那些幻术师组成的皇家血统。其他的还有像是我比较熟悉的星宿一族，他们从很久以前，就一直担任帝国的占星师的角色。其他的还有巫乐族、巫医族，等等。他们分别占据帝国的某块领域，各自不相干预。

当然在冰海的深处，还有最神秘的人鱼一族。

母后曾经告诉我说，整个帝国里幻术最强的人，很可能就是人鱼一族里从未曾露面的妖术师。他们长年累月地沉睡在海底峡谷的黑暗里，如果

Part.1 幻城

苏醒起来,就像是海啸一般可怕。我甚至听婆婆说起过,她说100个妖术师联合在一起,可以把一块巨大的大陆,瞬间变成死亡的沼泽。她说那些妖术师行动起来的时候无声无息,像是白色发亮的魂灵一样随风飘浮,没有人看过他们真实的样子。

我小时候总是觉得他们特别可怕。但是婆婆也说,他们好多年都没有在幻雪大陆上出现过了。

我的名字在幻术法典上的意思是黑色之城,而我弟弟的名字翻译出来是幻雪之影。我们有不同的母亲和相同的父皇——幻雪帝国的现任国王。

我的父皇是幻雪帝国有史以来最伟大的国王,在两百年前的圣战中瓦解了冰海对岸火族的几乎全部势力。而那一战也让我的王族受到近乎不可挽回的重创,我的三个哥哥和两个姐姐在那场持续了十年的战役中死亡,于是家族中的幻术师就只剩下我和樱空释,而那场战役中死亡的巫师、占星师和剑士等等更是不计其数。虽然父皇也派出过顶尖的巫师前往冰海的峡谷深处企图寻找妖术师们的支援,但是所有前往的巫师,一个都没有回来过。

记忆里是无边无涯的雪地上,不断轰然倒下的身影,他们的尸体在寂静的苍穹下发出坠地时的沉闷声响。

你无法想象那些画面有多么震慑人心,你也无法了解看见成片尸体堆积成脏雪的悲凉。但这些都是在我年幼的时候,装点在我的窗外的风景。

那场惊心动魄的战役成为所有人记忆中不可触碰的伤痕,而在我的记忆中,就只剩下漫天尖锐呼啸的冰凌和铺满整个大地的火种,天空是空旷寒冷的白色,而大地则一片火光。

我在宫殿里，在温暖的火炉旁，在雍容的千年雪狐的皮毛中，看到父皇冷峻的面容和母亲皱紧的眉头。每当外面传来阵亡的消息，我总会看见父皇魁梧的身躯轻微颤动，还有母亲簌簌落下的泪水。而窗外的红色火焰，就成为我童年记忆中最生动的画面。画面的背景声音，是我的哥哥姐姐们绝望的呼喊，这种呼喊出现在我的梦境中，经久不灭。我挣扎着醒来，总会看见婆婆模糊而年老的面容，她用温暖而粗糙的手掌抚摩我的面颊，对我微笑，说：我的皇子，他们会在前方等你，你们总会相见。我很害怕地问她：那么我也会死吗？她笑了，她说：卡索，你是未来的王，你怎么会死。

那一年我99岁，还太小，连巫师的资格都没有取得，所以很多年以后的现在，我对那场圣战的记忆已经模糊不清。当我问婆婆的时候，她总是满脸微笑地对我说：我亲爱的皇子，等你成为了国王，你就会知道一切。

对于那场战役，我弟弟几乎完全没有记忆。每当我对他提到那场圣战的时候，他总是漫不经心地笑，笑容邪气可是又甜美如幼童。他说：胜者为王，败者为寇，哥，这是天理，你不用难过。说完之后，他会靠过来，亲吻我的眉毛。

我有时候觉得弟弟太过残酷和冷漠，但是有时候又觉得他感情炽烈而疏狂。并且，他不像我一样对那段过去的历史耿耿于怀。我在藏满卷轴的偏殿里翻阅那些断续记录着关于圣战时期的卷轴时，他总是在旁边睡觉，或者用幻术召唤出风雪的狮子或者麒麟，与它们玩耍。他对过去没有任何的缅怀。

他和我说：哥，我觉得未来才最重要。那是我们将要度过的漫长年月。

Part.1 幻城

我和樱空释曾经流亡凡世30年，那是在圣战结束之后。我记得在战役的最后，火族已经攻到我们冰族的刃雪城下，当时我看到火族精灵红色的头发和瞳仁，看到漫天弥散的火光，看到无数的冰族巫师在火中融化，他们凄厉的呐喊刺穿苍蓝色的天壁。

　　我记得我站在刃雪城高高的城楼上，风从四面八方汹涌而来灌满我的长袍。我问我的父皇：父皇，我们会被杀死吗？父皇没有回答，面容冷峻、高傲，最后他只是摇了摇头，动作缓慢可是神情坚定，如同幻雪神山上最坚固的冰。

　　当天晚上，我和弟弟被40个大巫师护送出城，他们裹着黑色的长袍，在我们的马车两边掠风飞行。风将他们的斗篷吹得猎猎作响。我记得我在离开的时候一直望着身后不断远离不断缩小的刃雪城，突然间泪水就流了下来。当泪水流下来的时候，我听到一声尖锐的悲鸣划过幻雪帝国上空苍白的天空，我知道那是我姐姐的独角兽的叫声。我的弟弟裹紧雪狐的披风，他望着我，小声地问：哥，我们会被杀死吗？我望着他的眼睛，然后紧紧地抱住他，我对他说：不会，我们是世上最优秀最强大的神族。

　　护送我和释的40个大巫师陆续阵亡在出城的途中，他们一个都没有活下来。我在马车内不断看到火族精灵和巫师的尸体横陈驿路两旁。其中，我看见了和我一起在雪雾森林中成长的筱筅，她是那么可爱的一个小女孩，天生有着强大的灵力，可是她也死了，死在一块山崖上。一把红色的三戟剑贯穿她的胸膛，将她钉在了黑色的山崖上，风吹动着她银白色的长发和白色魔法袍，翩跹如同银色的巨大花朵。我记得马车经过山崖的时候她还没有闭上眼睛，我从她白色晶莹的瞳仁中听到她对我说话，她说：卡索，我尊贵的皇子，你要坚强地活下去。

我记得最后一个倒下的巫师是克托，父皇的近护卫，我和弟弟从马车上下来，拉载我们的独角兽也倒下了，克托跪在地上，他身后躺着三个火族妖术师的尸体，流淌着我从来没见过的红色的血液。

克托抚摩着我的脸，他指着前面的地平线对我说：卡索皇子，前面就是凡世的入口，我不能再保护你了。他对我微笑，年轻而英俊的面容上落满雪花，我看到他胸口的剑伤处不断流出白色的血液，一滴一滴地掉在黑色的大地上铺展开来。他的目光开始涣散，他最后的声音一直在呼唤我的名字：卡索，卡索，未来的王，你要坚强地活下去，我亲爱的皇子，卡索……

我抱着樱空释站在大雪弥漫的大地上，我突然感到前所未有的恐惧，释用手捧着我的脸，他问我：哥，我们会被杀死吗？我望着释幼小的面容，我说：不会，释，哥哥会保护你，你会一直活下去，成为未来的王。

已经是冬天了，幻雪帝国下了第一场雪。幻雪帝国的冬天会持续十年。而且在这十年里面每天都会下雪。然后才是短暂的春天、夏天、秋天。加起来也只有短短的一年。

所以生活在幻雪帝国里，感觉永远都是穿行在漫长的冬季一样。

我仰头望着天空弥漫的大雪，想到雪雾森林，在雪雾森林里，永远也没有大雪，四季永远不分明，似乎永远是春末夏初，永远有夕阳般的暖色光芒在整个森林中缓缓穿过。

天空传来一声飞鸟的破鸣，我回过头，然后看到了樱花树下的樱空释。樱花的枝叶已经全部凋零，剩下尖锐的枯枝刺破苍蓝色的天空，释的身影显得那么寂寞孤单。他微笑着望着我，他的头发已经长到地面了，而我的头发才刚到脚踝，冰族幻术的灵力是用头发的长短来衡量的，所以，

Part.1 幻城

释应该有比我更强的幻术召唤能力。他从小就是个天赋很高的孩子。

释望着我，笑容明亮而单纯，他说：哥，下雪了，这个冬天的第一场雪。

雪花纷纷扬扬地落满他的头发、他的肩膀、他年轻而英俊的面容，而我的身上却没有一片雪花。我问他：释，你为什么不用幻术屏蔽雪花？我抬手在他头上撑开幻术屏障，他举起左手，用拇指扣起无名指，轻轻化掉我的幻术。然后对我说：哥，你那么讨厌雪花掉在你的身上吗？

他望着我，笑容里有隐忍的忧伤。然后他转身离开，望着他的背影，我的心里感到隐隐约约的难过，这就是整个幻雪帝国头发最长幻术最强的人，这就是唯一一个不用幻术屏蔽落雪的人，这就是我唯一的弟弟，这辈子我最心疼的人，樱空释。

流亡在凡世的30年，我几乎没学会任何幻术，我只能把水变成各种各样小动物的冰雕造型并以此谋生。而且我们还要不停地走，躲避火族的追杀。有一次，一个人拿走了我所有的冰雕，可是没有给我钱，释挡在他前面，咬紧嘴唇，一句话也不说地望着他，那个人把释推倒在地上。于是我拿起一碗酒走到他前面，递给他，那个人狰狞地笑，他说：小王八蛋，你想用毒酒毒死我吗？于是我就拿着酒喝了一口，然后笑着对他说：原来你也那么怕死。那个人暴跳如雷，端过碗去一饮而尽，他说：我他妈的会怕你一个小杂种。然后他就死了。在他临死前难以置信地睁大眼睛的时候，我对他说：你错了，我不是小杂种，我的血统很纯正的。

我只是将那些流进他身体里的酒结成了冰，结成了一把三戟剑的形状，贯穿了他的胸膛。

那是我生平第一次杀人，也是我第一次发现凡人的血和我们的不一样，不是白色，而是炽热的鲜红色。就像那些沿路追杀我们的火族人的血液一样。

我压抑着自己的恐惧，但当我望向释的时候，我不明白他的脸上为什么会出现那样的笑容，残酷而且邪气。不过那个笑容一晃即逝。

在那个人倒下的时候，天空又开始下起鹅毛大雪，我抱着释，站在大雪的中央。释望着我说：哥，我们再也不会被别人杀死了，对吗？我说：对，释，没有人可以杀了你，我会用我的生命保护你，因为如果我死了，你就是未来的王。

当我139岁的时候，我遇见了梨落，幻雪帝国最年轻也是最伟大的巫师。皇族的人在长到130岁的时候就会从小孩子的模样一下子直接变成成年人，所以当我抱着还是小孩子模样的樱空释走在大雪纷飞的街道的时候，每个人都以为我是释的父亲，没人知道我们是幻雪帝国仅剩的两个皇子。我还记得当梨落出现的时候，地面的大雪突然被卷起来，遮天蔽日，所有人都四散奔逃，以为出现了天灾。

我抱着释站在原地没有动，因为我感觉不到任何杀气。雪花的尽头，梨落高高地站在独角兽上，大雪在她旁边如杨花般纷纷落下。她从独角兽的背上走下来，走过来跪在我面前，交叉双手在胸前，低头对我说：王，我来接您回家。

那个冬天是我在凡世的最后一个冬天，大雪如柳絮，柳是我在凡世最喜欢的植物，因为它的花，像极了刃雪城中纷纷扬扬的大雪，十年不断的大雪。

Part.1 幻城

七天之后，当我和释还有梨落站在刃雪城下，我突然哽咽难言。当我逃亡出刃雪城的时候，我还只是个孩子，而现在，我已经长成和我哥哥们一样英俊挺拔的皇子，幻雪帝国未来的王。在圣战结束后被重新修葺的城墙更加雄伟，我看到我的父皇和母亲还有所有的巫师和占星师站在城墙上望着我，他们对我微笑，我听到他们在喊我和樱空释的名字。释抱着我的脖子问我：哥，我们回家了吗？我们不会被那些红色的人杀死了吗？我吻着释依然稚气未脱的脸庞，说：释，我们回家了。

　　当城门缓缓开启的时候，我听到满朝的欢呼，欢呼声中，我牵起梨落的手，我说：我爱你，请当我的王妃。

　　很多年以后我问梨落，我说：梨落，我在看见你七天之后就爱上了你，你呢？你什么时候爱上的我？梨落跪在我面前，抬起头来看我，她说：王，当我从独角兽上下来，跪在你面前的时候，我就爱上了你。说完她对我微笑，白色的樱花纷纷扬扬地飘落下来，落满她白色的头发，花粉落在她长长的睫毛上。梨落的白头发泛着微微的蓝色，而不是和我一样是纯正的银白色。因为梨落没有最纯正的血统，所以她只能成为最好的巫师，而无法成为幻术师。不过我一点也不在意。

　　当我200岁的时候我对父皇说：父皇，请让我娶梨落为妻。当我说完，整个宫殿中没有一个人的声音。在那之后一个月，幻雪帝国下了一场前所未有的大雪，在那场大雪中，梨落就消失不见了。

　　后来我的母后流着泪告诉了我一切。因为父皇不允许一个血统不正的人成为我的王妃。我的王妃，只能是深海宫里的人鱼。
　　我生平第一次知道原来我的母后也是来自寒冷的深海。在成为我父皇的王妃之前，她也是一只人鱼。

我记得我冲进父皇的寝宫的时候，他正端坐在高高的玄冰王座上，当他告诉我除非他死了，否则梨落就不可能成为我的王妃之后，我用尽了我全部的幻术将他击败了。当他躺在地上而我站在他面前的时候，我突然觉得他已经老了，我心中那个征战天下统令四方的父皇已经迟暮。那一刻，我难过地流下了眼泪，而我父皇，也没再说什么。我的弟弟，樱空释，站在旁边，抱着双手，冷眼看着这一切，最后，他笑了笑，转身离开。

有人告诉我梨落去了凡世，有人说梨落被化掉了全身的巫术遣送去了幻雪神山，而星旧告诉我，其实梨落已经被葬在了冰海的深处。

后来释问过我，他说：哥，你有想过去找她吗？
找？也许她已经死了。
只是也许。也许她还活着。
不必了，找到了又怎么样，我终将成为幻雪帝国的王，而梨落，永远不可能是皇后。
哥，你就那么喜欢当国王吗？难道你不可以和她一起走吗？
你要我如何放得下父皇、母后、我的臣民，还有你，释。
哥，如果我爱一个人，我可以为那个人舍弃一切。说完之后释转身离开，而我，一个人站在苍茫的大雪之下。我生平第一次没有用幻术屏蔽，于是，大雪落满了释和我的肩头。

那天晚上，我梦到了梨落，就像星旧说的那样，她被埋葬在冰海的最深处，她有些茫然的伤心，但是也依然充满着希望地呼唤我的名字，她说她在等我，她叫我卡索，卡索，卡索……

Part.1 幻城

梦境里最后的画面，她从独角兽上下来，轻移莲步，跪在我面前，双手交叉，她全身有着银白而微蓝的光芒，她仰起头对我说：王，我接您回家……

星旧是刃雪城中最年轻也是最伟大的占星师，也是唯一一个替樱空释占过星之后而没有死掉的人。释成年之后，有着和我一样银白色的头发，可是里面，却有一缕一缕红色如火焰的头发。父皇叫过七个占星师替樱空释占星，前六个都在占星的过程中，突然暴毙，口吐鲜血而亡。星旧是第七个，我只记得他和释互相凝视了很久，然后两个人都露出了笑容，邪气而诡异。

星旧占星完毕之后，他走到我的面前，跪下，双手交叉，对我说：卡索，我年轻的王，我会用我全部的生命来确保你的安全。说完他转头看了看释，然后离开。之后，他没有告诉任何一个人关于占星的结果。

只是很久之后他叫侍女给我一幅画，画中是一个海岸，岸上有块伫立的黑色岩石，岩石旁边，开满了红如火焰般的莲花，天空上，有一只盘旋的白色巨鸟。

后来释在我的寝宫看到了这幅画，他的眼中突然大雪弥漫，没有说一句话就转身离开，不知从什么地方吹来的风，突然就灌满了释雪白的长袍。

我拿着这幅画回到了我阔别已久的雪雾森林。那些参天的古木依然有着遮天蔽日的绿荫，阳光从枝叶间碎片般地掉下来，掉进我白色的瞳孔里面。草地无边无际地温柔蔓延，离离野花一直烧到天边，森林中依然有美丽流淌的溪涧。溪涧旁边有美丽的白鹿和一些小孩子,他们都有非常纯正的血统,有些是占星师,有些是巫师。只是,没有幻术师,幻术师已经长大了,带着一幅画回来。

我站在婆婆的面前,望着她满是皱纹的脸,我说:婆婆,我是卡索。

她走过来,举起手抚摩我的脸,她笑了,她说:王,你长大的样子和你父皇一样,英俊而挺拔。

婆婆,你可不可以告诉我这幅画的意思?

婆婆拿着那幅画端详了很久之后,说……那片海岸,叫离岸,那块黑色的石头,叫炼泗石,幻雪帝国触犯禁忌的人就会被绑在那块石头上面,永世囚禁。

婆婆,那么那只鸟呢?

那是霰雪鸟,这种鸟总是在冬天结束春天开始的时候出现,因为它们的叫声,可以将冰雪融化。

那么我在雪雾森林中为什么没看见过这种鸟?

卡索,因为雪雾森林里没有冬天,没有雪。

婆婆,那么那些红莲呢?它们代表什么?

卡索,我不知道,也许星旧可以告诉你,可是我不能,我老了。我只知道曾经有个很老的国王告诉过我,他说那种红莲,在火族精灵的大地上长开不败,它象征着绝望、破裂、不惜一切的爱。

那是他们火族的图腾。

婆婆,我和释已经过了幻术师最高层的考验。

是吗?卡索,成绩如何?剩下多少樱花?

婆婆,没有,一片也没有剩下。

我看见一个温暖的笑容在婆婆满是皱纹的脸上绽放,一圈一圈晕染开来，像是美丽的涟漪。耳边传来那些小孩子清亮如风铃般的笑声，我突然想起自己已经很久没有听到过释的笑声了。

落樱坡是幻雪神山下的一块圣地，漫山遍野长满白色的樱花，而且永远不会凋零。我和释在那里经过了最后的考验，成为最顶尖的幻术师。我们要做的是将地上的雪扬起来，用每片雪花击落每片樱花花瓣，然后用雪花替换樱花的位置。我记得那天父皇和母后还有释的母亲莲姬都格外开心，因为我和释创造了幻雪帝国历史上的奇迹，我们没有留下一片花瓣。不过唯一不同的是，当释的最后一片樱花瓣飘落到地上的时候，我还有很多的雪花飞舞在空中。

离开幻雪森林的时候，婆婆一直送我到森林的边缘。我抱了抱她，发现她的身躯又佝偻了一点，只到我胸口。而以前，当我还是小孩子的时候，我总喜欢坐在她的膝盖上。

婆婆，其实我一点也不想长大。

卡索，你是未来的王，怎么可以不长大。

婆婆，以前我以为王高高在上，拥有一切，可是现在我却发现，王唯一没有的，就是自由。而我，那么热爱自由。其实我很想走出这座城堡，走出大雪弥漫的王国。婆婆，其实凡世的30年里我很快乐，我目睹凡人喧嚣而明亮的生活，有喜庆的节日和悲哀的葬礼，还有弟弟释，那30年里我用生命保护他，觉得他就是我的天下。婆婆，你一直在森林里，你不知道，其实大雪落下的时候，一切都会变得寒冷，何况城堡中的雪，一落十年。

说完之后我就离开了雪雾森林，当我跨进刃雪城的大门时，我听到身后传来的婆婆缥缈的声音，她说：卡索，我年轻的王，红莲即将绽放，双星终会汇聚，命运的转轮已经开始，请您耐心地等待……

当梨落死后——我一直认为她是死了,葬身在冰海深处——我总是有一个重复的梦境,梦中我和释走在凡世一条冷清的街道上,漫天鹅毛大雪,释对我说:哥,我好冷,你抱抱我。我解开长袍抱紧释,然后听到前面有踩碎雪花的脚步声,我看见梨落。她走过来,交叉双手,对着还是个小孩子的我说:王,我带您回家。然后她就转身离开了,我想要追上去,可是却动不了,于是我眼睁睁地看着梨落消失在飞扬的雪花深处,不再回来。

梦境的最后总会出现一个人,银白色的长发,英俊桀骜的面容,挺拔的身材,白衣如雪的幻术长袍,像极了父亲年轻时的样子。他走过来跪在我的面前,对我微笑,亲吻我的眉毛,他说:哥,如果你不想回家,就请不要回去,请你自由地……

然后我就感到突然的寒冷,那个人总会问我:哥,你冷吗?我点点头,他就扣起左手的食指,然后念动咒语,我的身边就开满了如红莲般跳动的火焰。本来我对火族的火焰格外害怕,可是我感到真切的温暖,而当我抬头再看那个人的时候,他的面容就会模糊,然后渐渐弥散如雾气一样。

从小我就是个沉默的孩子,除了释之外我不喜欢和别人说话,从雪雾森林中回来之后,我一直失眠。每个晚上我总是站在宫殿的房顶上,看月光在瓦片上舞蹈,听北面雪雾森林中静谧的呼吸声,然后一个人茫然地微笑,脸上有落寂的月光。

我不想当国王,当我的哥哥们没有死的时候,我希望自己长大之后可以和释一起隐居到幻雪神山。我告诉过释我的这个愿望,我记得当时他的笑容格外灿烂,他说:哥,你要记得,你一定要记得。可是,当我的哥哥全部于圣战中死亡之后,我就再也没对释说起过这个愿望,而释,也再没有提起过。

Part.1 幻城

后来我遇到梨落，于是我们两个就整夜整夜地坐在屋顶上。看星光舞蹈，看雪纷纷扬扬地下落，铺满整个帝国的疆域。

梨落死后，星旧给了我一个梦境，他要我走进去。

在那个梦境中，我看到了白衣如雪的梨落，她高高地站在独角兽上，我听到她的声音，她说：很久以前，我是个简单而幸福的人，每天有深沉而甜美的梦境，直到我遇见卡索。他夜夜失眠，于是我就夜夜陪他坐在空旷而辽阔的宫殿顶上，夜看星光在他银白色的头发上舞蹈，翩跹如杨花……

在我240岁的生日盛宴上，父皇端坐在高高的玄冰王座上，他对我微笑，然后说：卡索，我宣布你为下一任幻雪帝国的王，我将在你350岁生日的时候，将整个帝国交给你。

然后我听到满朝的欢呼，看到所有巫师与占星师的朝拜，而我，面无表情地站在喧嚣的中央，心里有着空空荡荡的回旋的风声。

父皇，也许我比哥哥更适合当国王。释站到我旁边，微笑而坚定地说。

释，你在说什么？父皇望着他，所有的巫师也望着他。

我说，也许我比卡索，更适合当国王。

释转过身来对我微笑，然后俯身亲吻我的眉毛，他说：哥，我的头发已经比你长了。

我看到母后坐在父皇旁边望着我，满脸关怀。而旁边的莲姬，释的母后，眼神里有诡异的笑容。

我记得那天是一个德高望重的叫泫榻的巫师让尴尬的局面结束的。他站出来对我的弟弟说：小皇子，国王不仅仅是灵力最强的人，所以，你不可以代替你哥哥。

释走过去，摸着他的头发说：泫榻巫师，可是如果像你一样头发只到膝盖的人当了国王,那有人要杀死你,你应该怎么办呢?你能当多久的国王呢?泫榻巫师,我要杀你,你有什么办法呢?

释转身走出大殿,他的笑容诡异而邪气,我听到他的笑声一直回荡在刃雪城上。

三天之后,泫榻死在他的巫术室中,衣服完好。可是身体却完全融化成水,漫延在玄武岩的地面上,如同死在火族精灵的幻术之下。

泫榻的死让整个刃雪城陷入一片死寂。人们在怀疑火族是否有潜入幻雪帝国的疆域,甚至潜入刃雪城。

我曾经问过星旧,我说:你知道泫榻是怎么死的吗?

知道,可是原谅我,年轻的王,我无法告诉你。

连我都不能说吗?

是,连你父皇都不能说。你应该知道刃雪城中的占星师有自由占星自由释梦的权利,也有保持沉默的权利。

好吧,我也累了,我不想再了解下去。我问你最后一个问题,是不是有火族的人潜伏在刃雪城中?

王,没有。如果有,我会告诉你,而且会用我的生命保护你。王,只要有人威胁到你,我会用我的生命保护你。

那泫榻是死在火族的幻术下吗?

星旧转过身,背对着我,然后一句话也没有说就离开了。大雪在风中四散开来,落满了星旧的肩膀,我想走过去为他撑开幻术屏蔽。可是最后我还是什么也没做。当我走进宫殿的时候,我听到鹅毛大雪中星旧缥缈的声音破空而来,他说:卡索,我年轻的王,红莲即将绽放,双星终会汇聚,命运的转轮已经开始,请您耐心地等待……

Part.1 幻城

泫榻死后三个月，刃雪城中突然火光冲天，每个人脸上都是火光映出的红色。我在圣战之后再一次看到了被烧成红色的天空和父亲冷峻的面容。起火的地方是幻影天，樱空释的宫殿。

当我赶到幻影天的时候，大火已经吞噬了整个宫殿，我看到里面不断有没来得及逃亡的宫女融化消散成水，最终变成白色的雾气，如同圣战中那些死亡的巫师。我想到释，我突然看到释的笑容出现在天空上面，于是我扣起无名指，在我身边用幻术召唤出风雪，围绕我飞旋护体，然后我毅然地冲进了火光之中。

释倒在玄武岩的地面上，他的身体周围只残留下了很少的风雪围绕着保护他，并且漏洞越来越多，火舌随时都可以卷裹住他的身体。他用手勉强地召唤着风雪幻术，在做最后的抵抗。

我把他抱起来，拥进我的风雪结界中，我看到释用手捂着眼睛，白色晶莹的血从指缝中不断流出来。那一刻我难过得要死，他是我曾经想用生命保护的天下吗？我就是这样保护释的吗？

释用一只眼睛望着我笑了，然后他就昏迷过去。他在失去知觉前对我说了一句话，唯一的一句话，这句话是对我的呼唤。

他说：哥。

我抱紧他，我对着已经昏迷的释说：释，无论谁想伤害你，我会将他碎尸万段，因为，你就是我的天下。

幻雪神山的祭星台。星旧站在苍茫的雾气中。远山的轮廓显影在凄凉的风雪里，变成模糊的一抹白色的痕迹。像淡淡的水墨画一样凝固在空旷的天地间。

祭星台高逾万仞，整个帝国的喧嚣被远远地隔绝在脚下。头顶起伏着隐约的神曲般的弦音。像是来自神界的暗喻。

星旧，你知不知道幻影天的大火是怎么回事？

我知道，亲爱的王，你父亲也问了我同样的问题，可是原谅我，我不能说。

是不是有火族的人要伤害释？

星旧走过来，跪在我面前，双手交叉。他说：卡索，我未来的王，没有人要伤害樱空释，你相信我。只是王，有些事情不是你想象中那么简单。卡索，红莲即将绽放，双星终会汇聚，命运的转轮已经开始，请您耐心地等待……

后来释就只有一只眼睛了。我看到释戴着眼罩的面容心里总是空荡荡地难过，而释总是对我说没关系，他的笑容甜美温暖。

他俯身过来，亲吻我的眉毛，叫我，哥。

樱花在风中不断凋零不断飘逝，落满我和他的肩膀。

在发生了一系列动荡的事件之后，父皇开始担心帝国的安全，于是他似乎在考虑将皇位传给灵力高强的释。我每次经过莲姬的旁边，总会看到她诡异而妖艳的笑容。

父亲曾经在大殿上问过释，他说：释，你真的很想当国王吗？

释说：对，我很想当国王。哥哥想要的是自由，请您给他自由，给我皇位。

莲姬的笑容荡漾开来，倾国倾城。

有天在樱花树下，我问释：你那么想当国王吗？

哥，你想当国王吗？

我不想。我摇摇头，我想回到雪雾森林，那儿没有大雪，温暖如春，还有婆婆，教会我第一个幻术的人。

哥，既然你不想，那就让我来当国王吧。

Part.1 幻城

樱花如雪般飘落下来,我听到天空霰雪鸟的破鸣声中,冰雪开始融化。

而释的笑容和他母亲一样倾国倾城,甚至更加美丽。

又是一个冬天,大雪弥漫。深海宫的小公主长大了,我听到很多人都在说她的美艳和光彩照人,以及她身上最纯正的血统。皇族的王妃都是深海宫的人,我的母后是,莲姬也是。她们在130岁以前都是人鱼的样子,而在130岁成年之后,就会变成倾国倾城的女子,进入刃雪城。

"这个小公主将成为你的王妃,卡索,她就是未来的皇后。"

父皇将刚变成人的公主岚裳引到我的面前,我看到岚裳美丽的面容和微笑,她在我面前跪下来,双手交叉,对我说:卡索,我未来的王。那一刻,我突然想到梨落,她现在也在深海宫的最底层,不知道她来世会不会成为纯正血统的人鱼。我望着岚裳,几乎要以为她就是梨落,两个人的面容是那么相似。她走过来牵起我的手,踮起脚来亲吻我的眉毛。然后我听到释邪气而冷酷的笑声。

父皇,也许岚裳选择的是我,你为什么一定要让岚裳与卡索在一起呢?

释走到我面前,将岚裳拉过去,抚摩她的头发,对她说:你的头发是真正的银白色,你一定有最纯正的血统,嫁给我,我可以保护你不受任何伤害。

岚裳微笑着说:释,我亲爱的小王子,我爱的是你哥哥,你在我心里只是弟弟。其实当我还是人鱼的时候,我就已经认识你哥哥了。我爱他,我要成为他的新娘。我相信他可以保护我,让我在他的肩膀下老去。

是吗?释突然很神秘地靠近岚裳的耳朵,他小声地说:可是,卡索却不是幻术最强的人,比如我要杀你,你又有什么办法呢?他又有什么办法呢?

然后释转身离开，诡异的笑声弥漫开来，夹着雪一起降落在刃雪城的每个地方。

就像是黑暗的预言一般，一个月后，岚裳死在樱花树下，死的时候，她的下身是一条鱼尾。

父皇和母后对这件事情都守口如瓶，不让宫中的人透露半句。只是很多人传说，岚裳是自杀的。只有莲姬的笑容，依然诡异地弥漫在我的四周。

婆婆，为什么岚裳死的时候下身居然是条鱼尾？她不是已经变成人了吗？

卡索，人鱼族是皇族千百年来的婚姻族，因为她们出身高贵，对水的操纵能力登峰造极，所以皇室和她们结合，会产生灵力最强的后代。这就是梨落不能成为皇后的原因。人鱼族在130岁的时候会变成人形，可是，在她没有与皇室王子正式结婚之前，如果她受到玷污，那么她就会恢复成人鱼的形状。

婆婆，你知道是谁玷污了岚裳吗？

我不知道。

婆婆，那岚裳是自杀的吗？

我也不知道，卡索，我不是占星师，也许星旧能告诉你。

星旧，可不可以告诉我岚裳是怎么死的？

自杀，用水从身体内部贯穿了所有的内脏。

那她为什么要自杀？

因为她受到玷污，下身恢复鱼尾，她觉得是耻辱。而且，她很爱你。

那你能告诉我是谁玷污了她吗？

王，我以前总是对你说不能，那么这次，我要让你看一个梦境，你自己的梦境。这个梦境中有秘密，只是看你能不能看见。如果你能，那么所有困扰你的事情，都会迎刃而解。

　　星旧给我的梦境其实就是我和释通过幻术最高层考验的那个场景，我和释都在扣起左手的无名指，念动咒语，扬起地面的雪花。我一直在这个梦境中走进走出，可是我不知道星旧为什么要我看这个梦境，我一直占不破。

　　一直到这个冬天快要结束的时候，父皇在大殿上郑重地宣布我为下一任的王，那天晚上我又进入了那个梦境，然后我发现了所有问题的答案。

　　在那个梦境中，在我和释同时施展幻术的时候，我是用左手扣起无名指，而释的右手的食指，还在不经意地屈伸。

　　而右手食指的屈伸，是火族精灵的幻术手势。在我逃亡出城的路上，曾经被我频繁地看见。

　　星旧，将你知道的都告诉我吧。你从什么时候开始知道释的秘密的？

　　从我为他占星开始。我检查过从前替释占星的那六个占星师，从他们的尸体上，我发现了他们死亡的原因。

　　他们为什么会死？

　　很简单，因为释用幻术杀死了他们。很简单的幻术，就是将那些占星师身体里的水结成冰，刺穿他们的内脏。按照道理来说，这些占星师本身的巫术能力都非常的强，这种最基本的内部攻击，对他们来说几乎不起作用，随便防御一下，也会令刺杀失败。只是因为释是皇子，没人会怀疑他，那些占星师也不会提防他，所以他可以轻易得手。

　　那你呢，星旧。

　　当释施展幻术的时候我就悄悄地将它破解了，那种小幻术还难不倒我。可是释知道了我对他的提防。占星那天，当所有人走后，他走过来对我说：星旧，你是个伟大的占星师。如果你把今天的事情忘记，那么你就可以继续活下去。以你的聪明，你应该知道占星师在幻术师面前，是多么不堪一击吧。

释为什么不要别人替他占星？

因为他不想让别人知道他会火族幻术。

那么泫榻的死呢？

是释杀了他。

那幻影天的大火？

是释点燃的。

那么……岚裳的死呢？还是释所为的吗？

释玷污了她，然后岚裳羞愧自尽。

那么，星旧，当初你给我的那幅画是什么意思？

王，有些事情我现在还是不能够告诉你。王，你知道吗？其实在释成人的那一年，他叫我替他占过星，我是第一个替他占星的人。那一次，我给了他一个梦境，那个梦境我自己都没有见过，华美到了极致，却诡异得让人恐惧。总有一天，我会将那个梦境也给你，因为，你也是那个梦境的主人。

星旧，你现在可以告诉我那个梦境吗？

不能。可是有一个梦境，我现在就可以给你，那是岚裳死前的梦境。

说完之后星旧离开，去了祭星台。而我，站在刃雪城的大门前面，举目四望，大雪笼罩了整个黑色的大地。我看到北方雪雾森林的绿色绵延在地平线上，心里难过。恍惚中，我听到泫榻死时融化的滴水声，听到幻影天宫殿在大火中崩塌的声音，听到岚裳死时的人鱼唱晚，然后我听到释在大火中叫我，哥。

我的眼泪流了下来，滴在汉白玉的台阶上，结成了冰。

那天晚上我坐在宫殿的屋顶上，在清朗如水的月光下，我走进了岚裳的梦境。梦境中，我看到了还是人鱼时的小岚裳。她在刃雪城旁边的冰海海域游泳，她在海中，轻盈得像一只蝴蝶。同时，我也听到了她心里的声音，绝美的歌声，那是传说中的人鱼唱晚——

我知道屋顶上的那个男人就是卡索，幻雪帝国未来的王，我总是看见他每天晚上坐在屋顶上面，眼睛里落满辽阔的星光。

他的脸上有寒风刻下的深深的轮廓，眉毛斜飞入鬓。风从四面八方涌过来，吹动他及地的长发和如雪般的幻术长袍，他的头发在风中展开来如同光滑的丝缎。我不明白为什么他总是失眠，只是我知道自己在看到他之后，每个晚上都会来这里，我想象着自己和他在一起，我们在同一片星光下。

奶奶告诉我，我是深海宫最美丽的孩子，我会成为未来的王妃。当我变成人的时候，我就会成为他的妻子，卡索，我未来的王。我会陪着他每天晚上坐在屋顶上，每天晚上看星光，所以卡索，我未来的王，请你等我……

当我看见释的时候释正站在幻影天的敛泉边上，他的倒影清晰地出现在水面上，旁边的樱花树上堆满了雪，雪花纷纷扬扬地掉进泉中，将释的倒影轻微地摇晃。

释，眼睛还是看不见吗？

是的，哥。不过没有关系。释的笑容天真无邪，甜美如幼童。

那么漂亮的眼睛，你忍心把它烧掉吗？

释望着我没有说话，过了很久，他才缓慢地说：哥，星旧告诉了你什么？

没有什么，只是我想看看你的眼睛，将你的眼罩摘下来吧。

释冷漠地看了我很久，然后轻轻地笑了，我无从猜测他笑容里的含义，只是他沉重如同雾霭一样的表情，让我心里怅然。

那好吧，也许一切都到尽头了。释缓缓摘下他的眼罩，然后我看到了他完好无损的晶莹的瞳仁，不过是火焰般的鲜红色。

释，为什么？你为什么要学火族的幻术？

因为它强大。

你要那么强的幻术干什么？

为了我这一生最大的心愿。

当国王吗？这就是你最大的心愿吗？

释看着我没有说话。

释，泫榻是你杀的吗？

是。

为什么？

因为他阻止我成为国王。

那么岚裳呢？

也是因为我而死的。因为她选择的是你而不是我，而她的选择，会影响父皇的判断。

释，我没想到你为了皇位竟然会变成这个样子。

哥，你可以说我是为了皇位。我曾经告诉过你，我有个心愿，为了这个心愿，我不惜牺牲一切。没有人可以阻止我，没有人。释摸着自己的头发，对我说：哥，你看我的头发，这么长，所以，没有人可以阻止我。

当释说完这句话的时候，我手中的冰剑已经刺穿了他的胸膛。他望着我，他说：哥，想不到你真的会杀我。然后他俯身过来，微笑，亲吻我的眉毛。他说：哥，在我死了之后，请你……

Part.1 幻城

然后释的眼睛就安然地闭上了。他躺在我的怀中，像个婴儿一样安睡。他雪白晶莹的血液从他的胸膛流出来，在落满雪花的地面上漫延开来，所过之处，迅速地开满了如火焰一般的红莲。大雪从天而降，落满了我和释的一身。

然后我的头发突然变得很长，像是释的头发，全部出现在我身上。

我回过头，看到站在我身后的婆婆，她的笑容慈祥而安然，她像小时候一样地叫我，她说：卡索，我亲爱的皇子。我走过去，紧紧地抱着她，像个小孩子一样，难过地哭了。

雪雾森林，我在婆婆的木屋中，我曾经在这里长大，而释的笑声还似乎萦绕在屋顶上。婆婆在替我梳头，她说：王，你的头发好长。我突然想到了释的头发，然后感到一阵一阵尖锐的忧伤从心脏上划过。我看到释瘦小的身影在大雪中奔跑的样子，我看到那个被我杀死的凡世男人将释推倒的样子，我看到我抱着年幼的释走在风雪飘摇的凡世街道，我看到雪雾森林中我们一起长大的痕迹，我看到我将剑刺进释的身体，我看到释慢慢地闭上眼睛，我看到释的血流了一地，我看到雪地上，开满了红莲。红莲盛开的地方，温暖如春。

我将这一切告诉了婆婆，她安静地看着我微笑，她说：卡索，释留下了一个梦境，他要我交给你。

婆婆给我的梦境比星旧给我的更加真实，我不知道为什么，也许因为梦境的冗长，或者因为我与释有最亲的血缘，我在释的梦境中竟然忘记了我是卡索，而只记得自己是幻雪帝国的幼皇子，樱空释。

我是幻雪帝国的二皇子，我叫樱空释。我和我哥哥一起在雪雾森林中长大。哥哥的名字叫卡索，黑色之城。

我和哥哥曾经流亡凡世30年，那30年，是我生命中最快乐的日子。他用他仅有的幻术来维持着我在凡世的生活。哥哥第一次杀人也是为了我，当时我看到哥哥冷峻的面容，感到异常的温暖。

每当冬天下雪的时候，哥哥总会将我抱进怀里，用他的衣服替我遮挡风雪。所以一直到后来我都不用幻术屏蔽雪花，我希望哥哥一直将我抱在怀中，可是从我们回刃雪城之后，他就一直没有再抱过我。后来我们回到了刃雪城，然后我们失去了自由。可是，我记得哥哥曾经说过，他一辈子最热爱的，一个是我，另一个就是自由。

我总是看到哥哥一个人坐在屋顶上看星光，看落雪，每当看到他寂寞的样子我就感到难过。特别是在梨落死了之后，哥哥几乎没有笑过；而以前，他总是对我微笑，眼睛眯起来，白色的整齐的牙齿，长而柔软的头发披下来，覆盖我的脸。

因为哥哥要当国王，所以梨落就必须死，哥哥没有任何的反抗。可是我知道他内心的呼喊。哥哥告诉过我，他其实并不想成为国王，他想做的，只是去幻雪神山隐居，做个逍遥的隐者，对酒当歌。

我曾经发过誓，我一定要给哥哥自由，哪怕牺牲我的一切。

所以我要成为国王，然后用我至高无上的权力，给哥哥所有他想要的幸福。我知道这样是近乎毁灭的举动，就连卡索也不会答应。可是，我在所不惜。泫榻、岚裳、父皇赐给我的幻影天官殿，一切在我眼中只是云烟，只有卡索的快乐，是我命中的信仰。

其实，从我记事开始，哥哥就是我心中唯一的神。

当哥哥将剑刺进我的胸膛的时候，我其实并没有感到多么难过，我只是微微感觉到遗憾，不是为我将要消失的生命，而是因为我最终还是没有给他自由，国王这个位置还是会囚禁他的一生。当我倒下来的时候，哥哥再次抱住了我，这是他在刃雪城中第一次抱我，于是我开心地笑了。我想告诉他，哥，请你自由地飞翔于蓝天之上吧，就像那些自由的霰雪鸟一

Part.1 幻城

样,可是我还没有说完,就再也发不出声音。我看到大片大片的雪花飘落在他的头发上,肩膀上,轮廓分明的面容上,我怕他会感到寒冷,于是我屈起食指,念动咒语,将我流出来的血,全部化成了火焰般的红莲,围绕在他身旁。

哥,请你自由地……

当我泪流满面地从释的梦境中挣扎着醒来的时候,我看到了婆婆慈祥的面容,我扑过去,抱着她,大声地哭喊出来。我从来没有想过,成年后的自己还会这样失声痛哭,压抑而膨胀的难过,从胸膛涌出喉咙,眼泪像滚烫的火流过面颊。

当我抱紧她的时候,我碰掉了她头发的发钗,于是她银白色的头发散落下来,铺满了一地,我从来没有见过这么长的头发。

我问她:婆婆,您的头发……

婆婆笑而不答,然后我听见身后一个冷静的声音告诉我:她才是幻雪帝国幻术最强的人,她是你父皇的爷爷的母后,当今幻雪帝国最好的幻术师和最好的占星师,所以她才可以给你最好的梦境。

然后我转过身,看到一身白衣的星旧。他微笑着对我说:你跟我来,我带你去一个地方,然后给你释的另外一个梦境,也是你自己的梦境。

星旧说:释在死之前就对我说过,如果有一天他死了,那一定是死在你的手上,因为只有你一个人才可以轻易地杀了他。他叫我在他死后将他的灵力全部传承给你,同时给你他最后一个梦境。

我摸着自己突然变长的头发,发不出任何声音。

星旧将我带到冰海边上,这个地方似曾相识,黑色的悬崖,白色的浪涛,翻涌的泡沫,飞翔的霰雪鸟。

星旧，这是哪儿？

离岸，我画中的地方。

你带我到这个地方干什么？

告诉你关于你的前世。

我的前世是什么？

你自己进入梦境中去看吧。

我走进星旧给我的梦境，然后发现自己仍然站在离岸，只是没有了星旧的影子。我茫然四顾，然后看到了炼泗石，黑色而孤独地矗立在海边。当我走近的时候，看到了炼泗石上捆绑着一个人，头发凌乱地飞舞在海风中，面容像极了我的父皇。他的肩上，停着一只巨大的霰雪鸟。

鸟儿，你知道我最想什么吗？我听到那个被囚禁的人说。

其实我想要的只是自由，我想推倒这块石头，哪怕跌入海中粉身碎骨，我也不想囚禁于此失去自由。那个人停顿了一下，然后笑了，他摇摇头，说：你怎么会懂，我告诉你有什么用。他看着霰雪鸟说：鸟儿，你知道吗？来世我想成为幻雪帝国的皇子，我不是想成为国王，而是因为那样，至高无上的我就可以拥有我想要的自由。来世我最想要的就是自由。

然后那只霰雪鸟突然腾空而起，然后开始向着这块巨石俯冲，一下一下地撞，最后它撞死在这块炼泗石上，鲜血在黑色的岩石上绽放，如同鲜艳的火焰般的红莲，而捆绑那个人的链条也被撞开，那个人微笑着跌落悬崖，浪涛一瞬间就将他吞没了。

然后我又看到了星旧，海风灌满了他的白色长袍。

他举起右手，我顺着他手指的方向望过去，然后看到了那块黑色的岩石。

我抚摸着岩石上的血迹，那些血迹已经差不多消失掉了，只有一些渗进石缝的血液干枯在那里，被永远地留了下来。

卡索，那个因触犯禁忌而被囚禁的巫师，其实就是你的前世。

星旧，你说这是释给我的梦境，那么释呢？

释的前世也在里面，他就是那只为你而死的霰雪鸟。

我突然感到一阵剧痛穿越胸腔，我张开口，看见白色晶莹的血液从我的口中汹涌而出，一滴一滴地掉在黑色的海岸上，血液流过的地方，全部盛开了火焰般的红莲，所过之处，温暖如春。

天空一只巨大的霰雪鸟横空飞过，当我抬起头的时候，它一声响亮的破鸣，然后飞往了更高的苍穹。

哥哥。

哥哥。

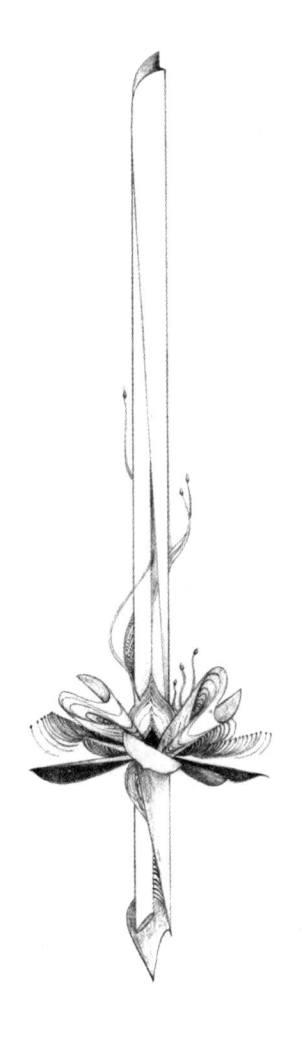

Ice Fantasy

Part.2

雪国

想来风轻云起迟　笔落西山词
银发疏疏此一时　官阙寒雨彼一时

锦缎波斯毯　红木薄日暖
抬手牵流岚　举步过忘川
倚门数千遍　邻家起炊烟
春近冰雪残　夏灯照夜船

寻君万里魂魄稀
风卷枯叶急
茫茫人间云归去
深山他年绿

一生一梦里
一琴一手曲
一日换一季
一世等一聚

在我350岁的时候,我终于成为了幻雪帝国的王。我站在刃雪城恢宏的城墙上面,看到下面起伏的人群,听到他们的呼唤,他们在叫我,卡索,我们伟大的王。那些人从来没有见过刚继位头发就这么长的国王,只有我自己知道,那是释的灵魂延续在我的生命里,银白色的长发飞扬在凛冽的风里面,我听到释的亡灵在天空很高很高的地方清亮地歌唱,我听到他低声呼唤我的名字。

我能感受到释的头发在我身上留下的寂寞的痕迹,它们的主人已经在多年前死在我的剑下,白色的血迹,伸开的手指,放肆绽放的莲花……一切的一切像是天空最明亮清朗的星象图,可是没有人能够参破里面埋葬了多少绝望,星旧参不破,我也参不破。

每当我仰望天空的时候我就会看见霰雪鸟仓皇地飞过,破空嘶哑的鸣叫,凄凉得让人想掉泪。我可以看见高高站在独角兽上的梨落,看见她快乐地操纵风雪，我可以看见岚裳在海中轻快得如同一只蝴蝶，听到人鱼唱晚弥漫整个幻雪帝国，我可以看见释顽皮得如同孩子的面容，笑容英俊而又邪气，头发长长地四散开来，看到他左手捧着一团飞舞的雪，右手捧着一团闪烁的火，脚下盛开无数的红莲。

我的弟弟是最爱我的人，只是他爱得太惨烈，他就像个完全不懂事的小孩子，尽管他有着成熟男子最完美的面容，其实他的内心像是没有长大的小孩子一样，又任性又脆弱。他的灵力比我强大很多，可是他却连反抗都没有就死在我的剑下，死的时候还在笑，可是笑容里盛放了那么多的难过。因为他不能给我自由，不能再和我一起站在高高的城墙上，让风灌满我们的白色长袍，不能再和我一起，回到雪雾森林，回到一切都没有开始的最初。

还有梨落，被我父皇葬在冰海深处的最伟大的巫师，在屋顶陪我失眠的美丽的女子。还有岚裳，爱得轰轰烈烈的小人鱼，看到她死时的鱼尾我的指甲深深地陷进我的手掌里面，在围观的人群散去之后，我难过得哭了，眼泪掉下来洒在岚裳雪白晶莹的头发上。

然而他们都是亡灵，我只有伸出手，对着苍蓝色的天空伸出手，虚无地握一握，然后再握一握。

宫女和侍卫都在说，我是历史上最安静的一个王，白天我习惯捧着一卷卷羊皮幻术法典，靠在樱花树下，学习那些古老而生僻的幻术；而晚上，我会坐在屋顶上，看星光如杨花般飘落，偶尔有樱花花瓣从很远的地方飞过来落到我的肩膀上，我会捡起来放进嘴里细细咀嚼。偶尔可以听到远处雪雾森林里的那些小孩子的嬉闹和森林沉沉的呼吸，我淡然地笑，抬起头望向天空的时候,也分不清楚多少年已经过去。

大风凛冽地吹过去,苍雪凛冽地吹过去。轰轰烈烈地吹过去。

日子就这么平静地过下来。

某一天我恍惚地想起在雪雾森林的时候,在我连巫师都还不是的时候,婆婆总是捧着我的脸,摸着我柔软而细腻的长发说:卡索,当你成为幻雪帝国的王的时候,你的日子会突然间变得如河水一样平静,一千年,一万年,就那么无声无息地渐次流过。

生命在永恒的漫长里无声消耗。

我是个孤独的国王,按照幻雪帝国的惯例,每个旧国王退位后都不能再待在刃雪城,包括皇后、妃子,都要隐居到幻雪神山里去。

所以我总是在偌大的宫殿中听到自己孤单的脚步声。因为我没有选皇后和嫔妃,我忘不了梨落,忘不了岚裳,那些善良而深情的女孩子。我总是一遍一遍地梦见梨落从独角兽上走下来,跪在我的面前,双手交叉,对我说:王,我带你回家。她的笑容好温暖,让我连风雪都不怕。我总是一遍一遍地梦见岚裳死在樱花树下的样子,蜷缩着身体,眼泪从眼角流下来。

有时候我会去雪雾森林,与那里的孩子一起玩,教他们一些很好玩的幻术,他们总是惊讶于我可以用水变出一条飞翔的透明的冰鱼和一头毛绒绒的积雪包裹成的熊。

婆婆总是站在我的旁边,安静地看着我。有个很漂亮的男孩子对我说,你是最好的王,以后我当你的护法好吗?我说好,那你的头发要变得很长很长哦,你现在的灵力还不够,我的东南西北四大护法全部空缺着呢。看着那个男孩子干净的面容我想起释小时候,眼睛很大很透明,漂亮如同女孩子,笑起来像绽开的樱花,又干净又明亮。

很久之后,婆婆对我说:卡索,你永远像个小孩子,看着你坐在那些孩子中间笑得一脸落寂,我就总是想起你还在雪雾森林里的那些日子。

是啊,我就是个孩子,可是我还是在流亡凡世的30年里长大了,抱着我的弟弟行走在俗世的风雪尘烟中。现在释已经消失在天空上,而我却穿上了凰琊幻袍,戴着雪岚冠,坐在玄冰王座上,俯视着我的子民,成为他们心中永远光芒万丈的神。

有时候我会像几百年前一样像个孩子般躺在婆婆的膝盖上,以前我的头发短得可以束起来盘在头顶,而现在我的头发那么长,沿着我的凰琊幻袍散落开来铺满一地。婆婆说:卡索,你的灵力越来越强了。我说:婆婆,灵力再强有什么用,就好像一个人空守着一处绝美的风景,身边却空荡荡地没有一个人。我已经没有想要去守护的人了。婆婆,现在除了你和星旧我都很少说话了,我发现我不想对别人说话,我从来没有觉得刃雪城那么空旷那么大,像一个巨大而辉煌的陵墓。

婆婆,我想去看父皇和母后。说完我感到婆婆抚摩我头发的手突然停下来。

王,不可以,幻雪神山是个禁地,刃雪城里的人除了占星师可以去祭星台占星之外,任何人都不可以踏进幻雪神山一步。

为什么?我只是想去看我娘。

卡索,经过这么多年经过这么多事,你应该明白,有些事情是没有为什么的,这只是幻雪帝国的规矩,尽管在凡世人心中我们是高高在上的神,可是神也是被禁锢的。卡索,你知道吗,以前王族的人背上都是有翅膀的,雪白色的羽翼、柔软的羽毛,可是现在王族的人虽然可以自由地使用幻影移形术,却没有人可以飞翔了。

婆婆,我娘为什么不来看我?我很想她。

卡索，不是你母后不想，而是她不能。

为什么不能？

卡索，有些事情我也不知道怎么和你说，以后你总会明白。

那我去问星旧。

星旧也不会告诉你，因为他和我一样，作为占星师，我们有自由占星自由释梦的权利。谁都不能强迫。而且，星旧也知道，什么事情可以说，什么不可以。

我抬起头望着婆婆布满皱纹的脸，她的笑容温暖但模糊，像隔着浓重的雾气盛放的莲花，遥远得如同幻觉，我似乎又看到了云朵上释的亡灵，他涟漪一般徐徐散开的笑容。

天空飞过巨大的霰雪鸟，鸣叫声撕裂了一片苍蓝色的天空。我的太阳穴又开始痛起来。

几个月后我还是去了幻雪神山，因为我在落樱坡欣赏凋零的樱花的时候，看到了以前莲姬身边的一个宫女，她的头发居然到了脚踝，也就意味着，她比刃雪城中任何一个巫师都厉害。而这几乎不可能。

我想知道幻雪神山到底隐藏了什么秘密。

看到母后的时候，她站在一潭泉水边上，头发软软地散在她脚边，无法估计的长，可能比我的头发都还长，一头白色的独角兽站在她的身旁，樱花一片一片飞进她的头发里面，水光映在她脸上。

我轻轻地喊，娘。

母后转过身来，然后看到了我，看到了她身着凰琊幻袍头发飞扬的儿子，幻雪帝国现在的王。

然后她的面容开始变得扭曲而显得恐怖，她身子向后晃了晃，手上采集的樱花花瓣纷纷散落。她只是一直摇头，然后对我说：你快回去，快回去……

娘的声音在呼啸的风里显得尖锐而嘶哑,像是被恐惧的大手扼住了喉咙。

娘,你不想让我来看你吗?娘,我想你了,我在刃雪城里好寂寞,你过得还好吗?我走前一步,想要靠近她。

母后还是摇头,只是眼泪一颗一颗地掉下来。

我刚想更走近一些,身后突然传来了脚步声,很轻微,只是一些雪在脚下碎裂的声音,但是我还是听到了,母后也听到了。还没等我回过头去,母后已经扣起拇指和无名指,指了指泉水,又将手指向我,我还没看清楚就被一股从泉中飞出来的水流包围了,然后很快就失去了意识。在昏迷前的很短的瞬间,我听到了出现在我身后的那个人的声音,是莲姬。

在飞快旋转变化的水流里,我隐约听见她们的谈话。

刚刚是谁在这儿?莲姬的声音还是像以前一样,如同冰凌一样尖锐而寒冷。

没有人。

那你为什么使用潋水咒?

我的行动没必要向你汇报吧,就算我用了水杀术,那也只是我高兴。

在我面前你用水杀术,你不想想在幻雪神山里面你算老几。

……在我震惊于她们的对话时,一阵尖锐的寒冷侵入骨髓,迅速上行到脑中,然后我失去了知觉。我眼中最后的画面是娘泪流满面,巨大的气流席卷着风雪朝她卷裹而去。

樱花残酷地飘零,如同释死时的那个冬天。

雪雾森林永远是温暖的,阳光如碎籴满地奔跑,野花绚烂得无边无际。我醒来的时候睡在婆婆的屋子里面,火炉散发出温暖的木柴香味,婆

Part.2 雪国

婆坐在我的床边，笑容安详而淡定。在门口，星旧背光而站，门外明亮的光线将他的剪影勾勒得格外清晰。我看到了他手上的落星杖。我知道那是婆婆占星时的巫术杖。

婆婆，您的手杖……

王，我已经把落星杖送给星旧了，因为他现在已经是幻雪帝国最好的占星师了，我已经老了。婆婆抚摸着我的头发温和地说。

那么最好的占星师是不是有权利说想说的话呢？星旧突然转过身来，望着婆婆。他的表情冷酷而生硬，如同祭星台上冰冷的玄武岩。我从来没想过星旧会用那种表情对婆婆说话。

不能。有我在你就不能。婆婆的语气更冷，我从来没有见过她这么严肃的样子，我甚至看到了她手指的屈动，很明显，她已经在暗中蓄积幻术能量了。风从门口汹涌地闯进来，灌满星旧的占星袍，而婆婆的发钗也跌落下来，银色的长发飞扬纠缠在风里面，我感到令人眩晕的杀气。

于是我小心地走到他们中间，以便及时阻止他们之间的争斗。

婆婆，为什么不可以告诉我一切？我是幻雪帝国的王，我有权利知道的。

你知道了不会幸福，你的以后都会毁灭在这些秘密之下。

难道你觉得他被毁灭得还不够吗？他一辈子都会这么孤单寂寞下去，刃雪城里只听得到他一个人的脚步声，这与生活在一个坟墓里有什么区别呢？如果有一天我死了你也死了，那他要怎么活下去？以前就是因为很多事情我不敢讲，所以总是模糊地去暗示王，可是结果呢？他杀死了自己最爱最疼的弟弟。这还不够吗？！

星旧，你不告诉他，他只是寂寞地活下去；但是你告诉了他，他很可能因此而死。

婆婆，难道渊祭真的那么可怕吗？

对，没见过她的人永远不会明白一个人可以可怕到哪种程度。

我听见了他们的每一个字可是依然不明白，于是我转头问星旧渊祭是谁。

渊祭她是……

住口！你再说一个字看看！婆婆举起了左手，手指上已经开始有细小的风雪围绕着指尖飞旋。

我看见婆婆的脸突然变成苍蓝色，我知道这样下去星旧必死无疑，我突然站到婆婆前面，撑开屏障保护星旧。我对婆婆说：婆婆，你的幻术比不过我的，我不想对你动手。而且我也不会对你动手，只要你不伤害星旧。

婆婆看了我很久，我看到她眼中四射的光芒。我似乎看见了婆婆年轻时叱咤风云的样子，但在一瞬间，婆婆眼中的光芒突然暗淡下去，我看到她的面容说不出的苍老。

我突然心疼了，巨大的懊悔从心里漫延开来。站在我面前的是把我一手带大的婆婆，那个心疼我胜过全世界的婆婆。

婆婆低下头，低声说：对，我的幻术是比不过你的，卡索，我知道你是不会对我用幻术的……

当婆婆说到"用"字的时候她突然闪电般地出手，然后手指沿着我的手背划上我整条手臂，我的整个左手被坚固的寒冰冻住，完全丧失能力。然后我看见对面的星旧被婆婆在三招内控制住了，星旧笔直地倒下去如同一棵倒下的树。

婆婆的确是刃雪城中最好的幻术师。

当婆婆倒下来坐在地板上的时候，她很明显地老了，她说：卡索，我还是败给你了。我以为自己的幻术比你强，卡索，你真的长大了。

我望着婆婆没有说话。从释的头发长到我身上的那天开始，我就学会了火族的魔法。当婆婆制住我的左手的时候她完全没有防备我的右手，于

Part.2 雪国

是我用火族最简单的魔法就击败了她。

　　婆婆站起来，走到门口，背对着我和星旧，她说：也许是天意吧，星旧，如果你想说你就说吧。婆婆的皱纹里面流过闪亮的痕迹，我低着头不敢去想那是什么。

　　星旧走过来对我说：王，你见到你的母后了吧。

　　见到了。

　　那她用的幻术你见过吗？

　　我突然想起，母后使用的幻术是我从来没有见过的甚至连听说都没有。我不知道母后怎么可以直接操纵液态的水，那是违背幻术法典的，我从小学习的幻术都必须将水冻成冰、雪、霜才能操纵的。

　　那个幻术是潋水咒，比幻影移形更强大。幻影移形只能自己行动，但潋水咒却可以通过操纵水而移动任何东西。

　　那幻术法典上为什么没有记载？

　　幻术法典？那只是幻雪帝国最老的国王对后世所开的玩笑。

　　星旧走出屋子，站在空旷的草地上，仰望苍蓝色的天空，占星袍被吹得如同一面猎猎作响的旗帜。

　　其实刃雪城只是幻雪帝国的一部分，而且是很小的一部分，在这个城内，巫师、剑士、占星师安静而幸福地生活，草长莺飞，日月轮回，草木枯荣。这是个理想的世界，没有人会因为灵力比别人强大而侵犯别人，弱肉强食在这个城中根本就不存在，所以刃雪城中的王不一定是灵力最强的人。在我成为一个占星师的那天，我生命中最重要的人告诉我，她一直觉得这个冰族的世界不稳定，有什么东西掩埋在和平的背景下面。热闹的街市，幸福的人群，坚固的人伦，繁华的盛世，一切都似乎是水中的倒影，一晃就会消失一样。我从来不怀疑那个人所说的一切，从来不会。

　　王，你知道我为什么会成为刃雪城中最年轻但是却最伟大的占星师吗？

不知道，是天赋吗？

不全是，从小我和那个人就是灵力高强的孩子，我们一直想占破刃雪城的秘密，所以我频繁地出没祭星台，可是依旧占不破，可是一天一天，我的占星能力日渐增强最终超越了刃雪城里所有的人。直到一个月前婆婆将落星杖交给我，于是我参透了杂乱的星象。

一个月前？

对，王，你已经昏迷一个月了。

婆婆的叹息从火炉旁传过来，我看到火光跳跃在她的脸上。她说：我没想到你的灵力已经强到可以参破这个幻雪帝国最大的秘密，所以才敢把落星杖交给你，也许这是天意吧。不过星旧，我还是不明白，就算你的灵力再强大，但是也不可能会强到占破那个秘密的地步。

星旧没有回答，他的背影在越来越暗的光线中渐渐如雾般消散。

星旧，告诉我，刃雪城的秘密到底是什么？我隐约觉得事情没有我想象的那么简单。

幻雪帝国的秘密就是：幻雪神山才是真正的幻雪帝国，刃雪城只不过是个水晶花园般的玩具宫殿。

那这与我的毁灭有什么关系？

让我来说吧。婆婆慢慢地站起来，望着我，我看到她苍老的面容格外心疼。

你觉得以前你娘的幻术强大吗？

大概和梨落差不多吧。

那现在呢？

从我娘的头发和她使用的幻术来看的话……刃雪城里除了你和我也许就再没人可以胜过她了。

那就对了。

Part.2 雪国

……婆婆，你这样说我越听越不明白。

背对我的星旧转过身来，对我说：那我给你一个梦境吧，我不是这个梦境的制造者，我的灵力没有强到可以制作如此逼真的梦境，就像婆婆曾经给你的释的那个梦境一样。这个梦境是你娘给你的。

我走进我娘的梦境，如星旧所说的一样，梦境逼真得无以复加，我不知道什么时候我娘居然拥有了超越星旧的释梦能力。在梦中，我娘对我说话，我伸出手，居然可以摸到我娘的脸，尽管我知道那是幻觉，可是我还是像个小孩子一样痛哭流涕。

我抬起头，太阳在地平线的上面，惶惶然惶惶然地，沉下去。

暮色四合。

卡索，我终于看到了你穿上凰珴幻袍的样子，英俊空灵如同你年轻时的父皇，当你站在刃雪城高高的城墙上时，我高兴得说不出话来。

可是我注定还是要离开你，我走得很放心尽管很不舍，我知道你长大了。可是当我走进幻雪神山的时候，我突然极度地害怕，我从来没想过幻雪帝国居然有这样的秘密。我本来以为你的灵力已经强大到没有人可以伤害你。可是当我进入幻雪神山的时候，我发现里面的官女都可能和你的灵力不相上下。

而且幻雪神山中有样东西和你必然会有联系，那就是隐莲。

幻雪神山的统治者叫渊祭，从来没有人见过她。只是每个人进入幻雪神山的时候，渊祭都会派她的官女送来隐莲汤，喝掉之后，每个人的灵力增加五倍。

而且，隐莲最大的作用是可以复生。我害怕你知道。因为我知道如果可以使樱空释和梨落复生，你是可以放弃整个世界的。我叫婆婆不要告诉你这个秘密，可是我最终还是在幻雪神山里面看见了你，那天我好难过，我仿佛看到你生命的尽头被雪花铺满。

卡索，我知道我是不能阻止你进入幻雪神山了，可是你一定要明白，这里的人每个都是灵力卓越者。比如莲姬，我在她手下坚持不了十个回合。

卡索，我的孩子，请你快乐地活下去，你是我在世上唯一的牵挂了，你忘记我吧，我会在另外的世界里，每天为你祈福……

我还是决定了去幻雪神山，如同婆婆预料的一样，她对我说，其实从我知道事实的那一刻开始，她就知道不能再阻止我了。

我对刃雪城中的大臣宣布了我的决定，整个刃雪城大殿里没有人说话，寂静得如同坟墓。尽管他们每个人都觉得奇怪但是没人反对我，没有人会为了这种看上去很平常的事情反对他们的王。星旧也没有说话，他站在下面，眼中大雪弥漫，他知道这个看上去很平常的事件背后是如何地波涛汹涌。

我突然想起我告诉婆婆我要去神山的时候婆婆哀伤的表情。

我问她：婆婆，我怎么才能见到渊祭，怎么才能拿到隐莲？

这两个问题的答案都是不可能。婆婆的声音比任何时候都哀伤。

我走过去抱着婆婆，对她说：婆婆，我知道我的灵力要对抗渊祭是很可笑的，可是为了释和梨落还有岚裳，我愿意去相信这个世界上还有奇迹。

我感到脖子上一阵滚烫，婆婆的眼泪一点一滴地流进我的凰琊幻袍。

当那些大臣散去之后，星旧依然站在下面，望着我，我对他说：星旧，把你知道的都告诉我吧，关于那个世界的一切。

星旧面容严峻地说：那个世界是个弱肉强食的世界，谁的灵力强谁就主宰一切。你不要以为幻雪神山很小,其实那是由无穷多个世界重叠在一起的,所有的世界在同一个时间中运转,错综复杂。比如你看见你娘的那个泉水边,那个水边的宫殿在水中的倒影是真实的存在而不是光线的反射;比如你看见一个没有出路的山谷,其实穿过山谷尽头的那片山崖,后面又是一个世界,甚至一朵樱花里面也可以包藏一整个巨大的空间,而那朵樱花,就是那个世界的进口。王,我这样说你明白吗?

明白。星旧,我需要带什么东西去?

王,你需要带的不是东西,而是陪同你的人。一个人是绝对没有可能走到渊祭面前的。其实即使是很多人,要见到渊祭,也几乎是不可能的事情……

我明白。

星旧走上来,从雪白色的长袍里拿出一卷羊皮纸,我摊开来,然后看到了星旧的字迹。

片风:风族精灵,善风系召唤术。
月神:冰族,从小摒弃白魔法,专攻黑魔法,善暗杀。
皇析:巫医族,从小摒弃黑魔法,专攻白魔法。善疗伤,巫医族的王。
潮涯:巫乐族,善巫乐,继承上古神器无音琴,巫乐族的王。
辽溅:冰族,剑士,善进攻,原东方护法辽雀之子。
星旧:冰族,占星师。

望着手中的卷轴,我一直没有说话。我知道星旧安排的这些人全部都是潜伏在刃雪城各个角落里的灵力超凡的人,但同时星旧也让我明白了渊祭的可怕。

我说:不行。

星旧说：王，这些人是刃雪城里最强的人了，虽然不全是冰族的人，但我可以用人头担保他们会对王绝对地忠心。

星旧，我不是说这个，我是说你不能和我一起进山。刃雪城里面不能没有人留下来帮我管理……哪怕这只是一座玩具宫殿。

王，你不明白，如果没有占星师的话，你们连路都找不到，更何况北方护法那里没有占星师肯定过不了。

北方护法？

对，王，幻雪神山里和我们刃雪城中一样，也分青龙、白虎、朱雀、玄武四大护法。可是和我们四个护法全部都是武将不同，幻雪神山里面的四个护法分别司四种不同的力量。东方护法司战斗力，北方护法司占星，南方护法司巫乐，最厉害也最可怕的是西方护法，司暗杀。没有人见过西方护法，连是男是女都不知道，甚至可能是个精灵，是个魂灵，或者一颗石头，一朵花。而且西方护法是除了渊祭以外唯一一个可以自由出入幻雪神山和刃雪城的人。在见到四个护法之前，你们会见到一个大祭司，名字叫封天。她的幻术，不会比你见过的任何一个人的幻术低。

不行，还是不行。星旧，你必须留下来，你可以从星宿家族中重新找个占星师和我一起，你是我可以放心地将整个帝国交付的人。

王，你不明白，我已经是星宿家族中灵力最强的占星师了，没有人……

然后我看到星旧突然闭上了嘴，他的目光突然变得游离而伤感。我看着他这个样子也没有说话。过了很久，星旧转过头去，他说：王，那我再回去问问我父王。然后他离开了大殿。

当他走出去的时候我马上使用了幻术隐身幻影移形到他前面，然后我看到星旧银白色的头发垂落了几缕下来遮盖了他轮廓分明的面容，头发下面，两行清亮的泪水不断地流下来，流下来。

Part.2 雪国

当天晚上，我坐在屋顶上面，那天晚上的星光特别好，那些破碎的星光如同蝴蝶如同杨花一样缓缓飘落在我的肩膀上面。

我望着蓝黑色的天空，小声地念着释的名字，我仿佛看到了他的面容在天空上面，又高又浅又透明，无法靠近，无法触摸。

然后我看见了星旧，他高高地站在城墙上面，大风凛冽地将他的长袍吹得如同撕裂的旗帜，仿佛有一股风从他的脚下升起来，将他的头发吹得全部向上飞扬起来，我看到他的嘴唇不断地翕动，我知道他在念动咒语。

我依稀记得看见婆婆用过这样的魔法，好像是占星师间互相通信息用的。可是我看见星旧脸上的表情，又难过又哀伤，我从来没有看见过星旧这个样子。我记忆中的星旧，表情冷峻得如同坚固的千年寒冰。

可是第二天早上我问星旧昨天晚上在哪儿的时候，他对我说：王，我在我的宫殿里占星，希望了解更多关于幻雪神山的秘密。

我看到了他的手指因为紧张而蜷缩起来，我没有再问下去。

我只是不明白星旧为什么要骗我。

我固执地要去幻雪神山，而且固执地要星旧留下来。

当我那样告诉星旧的时候，星旧很长时间没有说话。后来他笑了，我第一次看见他笑，像是所有的冰都融化开来，笑容如水一样在他脸上徐徐散开。他的嘴角有温柔的弧度，笑容很漂亮。他说：王，你这样真像个小孩子。然后我看到他的眼泪流下来。

他跪在我面前，对我说：王，我以星宿族下一任王的名义，希望你能驾临幻星宫。

我第一次来到幻星宫，传说中幻雪帝国最精致最轻盈的宫殿，整个宫殿像一只展翅欲飞的白色苍鹭。我看到大殿前面的广场地面上巨大的六芒星图案，像是被刻印进冰面里的花纹一样，永恒地延展在大殿的前面。

星旧的父王和母后以及宫中所有的人全部站在门口迎接我,他们的头发全部是纯净的银白色,长长地飞扬在风里面。虽然我从小就听说过占星家族灵力高强,但我没想过他们的发色会如此纯净。我在一瞬间里想到梨落,如果不是她的发色有微微的蓝色,说不定她现在已经是我的王妃,我得到了我的幸福,也许释也不会死。

我抬头望向苍蓝色的天空,天空上游移的云朵,还有那些歌唱的亡灵。心中是寂然的轰鸣,像是某种巨大的坍塌。

星旧从大门中走出来,怀中抱着一个女子,头发及地,闪亮的银白色。星旧用幻术在身边召唤出风雪围绕成屏障,保护他怀中的人。星旧的眼睛非常地温柔,他看看怀中的那个人,眼睛一直停留在那个人身上,头也不抬地对我说:王,这是我的妹妹,星轨。

我终于知道,原来星旧有个妹妹,可是这个妹妹,却是整个星宿族心里的伤痕,如同很多年前的圣战一样,不愿提起,不愿触碰。

星旧说:当星轨出生的时候,她就已经拥有了一千年的灵力,头发长长地包裹着她,让她像是被包裹在一个银丝蚕茧中一样。

整个家族特别荣耀,星旧的父王、母后甚至喜极而泣,因为星轨必定会成为家族中最伟大的占星师,甚至成为刃雪城里有史以来最伟大的占星师。可是,当父王为星轨举行了最初的新生占星之后,整个家族的人陷入沉沉的哀伤。因为星轨的星象是断裂的,她的寿命只有250年。而且,她对外界没有任何的抵抗能力。很细小的危险都可以对她构成无法估计的威胁。

星轨从出生后就一直待在幻星宫的最底层,为整个家族占星,当初为樱空释占星的时候,也是星轨叫星旧去检查那几个占星师的尸体,并且让他提防樱空释的。可是整个家族对妹妹的存在守口如瓶,因为如果国王知道了星轨的存在，必然会要她去担任御用占星师的，在皇宫里没有人保护她，她随时会死掉的，所以整个王族就隐瞒了这个秘密。

"星轨的占星灵力凌驾于任何人之上，当我拿到婆婆的落星杖的时候，我就把它交给了我的妹妹，于是我知道了刃雪城最大的秘密。其实婆婆对我的灵力估计没有错误，她只是不知道，我有个全世界最好的妹妹。那天晚上我站在城墙上与我的父亲交换信息，我问他能不能让星轨和你一起进入幻雪神山，最后父王说叫我决定。于是我决定相信你，我的王。"

我看见星旧俯下脸，亲吻星轨苍白的面容，星轨睁开眼睛，看着星旧微笑，小声地叫，哥。

那一刹的时间，像是被飓风席卷着，疯狂地倒转，几百年前我和释的时光碎片又纷纷回涌到我的面前，像是有人在地平线上擂响的沉闷鼓声，敲打着心脏。

王，我把星轨交给你，我希望你能代我照顾她。她能在幻雪神山中给你最正确的指示，我相信我的妹妹。只是，她太脆弱了，不能受任何的伤害。

我从星旧手中接过星轨，我发现星轨的身体一直在颤抖，她真的是个让人怜惜的孩子。我突然想到我在凡世抱着还是孩子模样的樱空释走在大雪纷飞的街头的样子。

当我离开刃雪城开始走向幻雪神山的那天正是冬天刚刚开始的时候，刃雪城里的冬天，大雪一落十年。我站在刃雪城的门口，望着恢宏的城墙没有说话。我不愿意相信这么伟大的帝国竟然只是被人操纵玩耍的玩具宫殿。但内心的恐惧深深地攫紧我的心脏。

我第一次见到了月神,那个被星旧反复提起的人,她的脸似乎是用冰刻出来的,冷峻而没有任何表情。她的左手隐隐发亮,我知道那是她杀人时用的武器,月光。那种光芒在月神的手里会幻化为锋利的光刃,比最锋利的冰刀都要犀利。她的头发很长,竟然和梨落一样泛着微微的蓝色,我突然觉得好熟悉。可是星旧却告诉我,梨落和月神的发色不纯却是完全不同的两种情况。梨落是因为血统的不纯净,而月神则是因为魔法的不完备,因为她从小学习的魔法就是暗杀的黑巫术,所以改变了本应该纯白的头发。从另外一个意义上来说,这样的她,比头发纯净无杂色的幻术使用者,要可怕很多。

她穿着一件及地的淡蓝色长袍,我看见她的时候她斜倚在城门口那两棵参天的樱花树上。那两棵树是被父皇施过魔法的,可以无限制地向上生长,接近天宇。经过几百年的生长,它们已经覆盖了大片辽阔的苍穹。月神仰头看天,淡蓝色的天光从上面落下来融化在她晶莹的瞳仁里。

辽溅,我在以前刃雪城每百年的盛典上见过他,那个时候他还是个小孩子,我也是个小孩子。父皇叫辽溅出来和我比试幻术,因为他是东方护法辽雀的儿子。那个时候我就记住了这个眼神犀利、性格倔强的孩子,当他被我击败在地上的时候,他依然咬着牙齿不服输地看着我。父皇对辽雀说,你这个孩子以后肯定是个很好的东方护法。而现在,转眼百年如烟云般飘散开去,那个倔强的孩子现在站在我的面前,面容硬挺、星目剑眉、银白色的头发用黑色的绳子束起来,飞扬在风里。他说:王,我会尽全力保护您。

皇栎比我大300岁,他的面容上已经没有少年的那种桀骜和乖戾,而是有着沉淀下来的沉着和冷静。他穿着一身全黑色的长袍，头上乌黑的发带，他的银白色头发在黑色的衬托下显得那么纯净。他双手交叉在胸前，对我弯下腰，什么都没说，只是他手上已经结出了一个悬浮在空中的透明的圆球，我知道那是白魔法中的守护结界。他跪下来，将左手举到我面前，说：王，只要我不死，这个结界就不会破，而这个结界不破，就没有人可以伤害到你。我望着他，他的眼中似乎有无穷的风云聚散又合拢，瞬息万变。那样的光彩是年轻如我和辽溅所无法比得上的。

而片风和潮涯安静地站在最远处，风吹起他们的长袍，翻飞如同最唯美的画面。年轻的片风和倾国倾城的潮涯，他们的笑容像杨花一样散开，潮涯甩开如云的长袖，将地面的樱花瓣扬起来，片风伸出左手掌心向上，动了动无名指和食指，然后突然一阵风破空而来，卷着那些花瓣飞到我面前，纷纷扬扬如雪般落在我的脚边。

我知道，他们都是这个刃雪城中最有力量的人。

我告诉了他们关于幻雪神山的一切，我不想隐瞒他们什么，当我说完最后一个字时，他们全部跪在我面前，他们用沉默对我宣誓。

星轨躺在辽溅的怀里，我看到她对我的笑容，从她的眼睛里，我看到她对我说：王，不要害怕。
我对来送我们的星旧说：星旧，还有什么要告诉我的吗？
王，幻雪神山是个残酷的世界，请你不要相信里面任何一个人，而且神山里面的那些极其强大的幻术都是不能传授只能继承的。
不能传授只能继承？什么意思？
也就是说如果你娘要将她的那些幻术传授给你，那么她就不能再使用那些幻术。王，其实你应该相当熟悉这种继承的，你忘记了释在你身上留下的灵力吗？释的长发就是另外一种本质一样的继承。

那你能告诉我关于渊祭的一些事情吗？

不能，王，甚至连我妹妹都不能。每次我们对渊祭进行占星的时候，天象就会突然大乱，关于渊祭的一切，只能靠王自己去探索了。

那你对我这次进入幻雪神山的行动进行过占星吗？

进行过。

结果如何？

星旧抬起头来，望着我说：王，命运有时候是可以改变的，就像传说中最伟大的占星师可以操纵星星的轨迹而改变命运一样。有时候死亡是最伟大的复生。

星旧，我不懂。

王，其实我也不知道，本来如果星象完全呈现绝路和死机，我会觉得很自然，可是整个星象里面却到处都埋藏着生机，可是每个生机背后都是死门。王，一切就靠你了，你是我们帝国中最伟大的幻术师，请你福泽我妹妹，福泽每一个人。星旧跪下来，双手交叉在胸前对我说。

我对他点点头，走过去抱了抱他的肩膀，我说：你放心，我会像待释一样待星轨。

当我们走了很远之后，我回过头去看我的帝国，我曾经舍弃了自由牺牲了释和梨落换来的帝国。星旧还是站在城门口，我看到他的幻袍在风里翻飞不息。

他在漫天鹅毛大雪里，变成一个凝固的黑点。

漫长的冬天又开始了。

星轨确实特别虚弱，连走路的力气都没有，一天中大多数时间她都躺

Part.2 雪国

在辽溅的怀里,看上去似乎睡着一样。甚至当风雪稍微大一点的时候,皇柝不得不撑开屏障保护她。只是当危险来临的时候,她会突然睁开眼睛,告诉我们躲避的方法。星轨的灵力确实非同寻常,她甚至不需要动用占星杖进行占星就知道危险的来临。这对于她来说,更像是一种与生俱来的本能,而不是后天修得的幻术。

比如当我们进入神山的时候,星轨突然叫我们左转躲在巨大的树木背后,然后我们就看见了我们右边缓缓走过几个宫女,头发长长地拖到地上。而另一次,我们走进了一个山谷,走到中间的时候,星轨突然挣扎着起来大声叫我们后退,当月神最后一个退出山谷的时候,山顶的大雪突然崩塌,整个山谷被埋葬,在大雪崩塌的轰然之声中,星轨急促的呼吸显得那么微弱,像要断掉。她真的如同水晶蝴蝶一样,连任何风雪都承受不住。

当我们快要进入幻雪神山的宫殿的时候,我们几乎遇见了莲姬,如果不是星轨叫我们停下来,我们会与她撞见。当我们停下来的时候,莲姬从我们前方不远处缓缓走过,有一刹那她停下来转身望向我们这边,于是片风召唤出了疾风,地上的大雪被卷了起来,遮盖了我们隐身躲藏的那片樱花树林。

幻雪神山里面四处长满了珍贵的药材和致命的毒药,皇柝总是不紧不慢地讲给我们听,哪些草可以解毒,而哪些草必须回避。曾经潮涯看见一种素净而小巧的花想要摘的时候,皇柝告诉我们,那种花的名字叫熵妖,用它制成的毒药是种几乎可以不让人发觉的慢性毒药,可是当积累到一定数量和时间之后,在某一个刹那,那些弥漫全身的毒素却会集中在一起猛然冲向头顶变成无法解除的剧毒。皇柝讲述这些草药的时候,眼光温柔而安静,像是在讲自己最心爱的人。

中途月神轻轻地插话说:这种毒,我们经常用于暗杀。

在进入幻雪神山的第十三天，我们终于走到了幻雪神山的中心入口，很可笑的是那座恢宏的城门上居然写着"刃雪城"三个字。

我曾经设想过千万次这个帝国的神秘和繁华，可是当我走进去之后却没有看到一个人，房屋高大而金碧辉煌，和我们居住的"刃雪城"一模一样，甚至每一座建筑，每一条街道，都丝毫不差。但是荒无人烟的这里，全部覆盖着一层厚厚的白雪，一条长街笔直地通向看不到尽头的远处。

星轨轻轻地说：王，长街的尽头，你会看见封天。

封天？就是那个大祭司吗？我走到辽溅面前，俯下身看着星轨，我问她：我有可能胜过封天吗？

星轨的眼睛闭着没有睁开，可是我看得见她眼中隐藏着的泪光。表情是从未有过的绝望。

我抚摸着她的头发，轻声地对她说：星轨，不用担心我，我知道也许很难胜她，但是我会尽全力保护你的。

星轨摇摇头，眼泪流了下来，她说：王，不是这个样子，我不是因为这个而流泪。

漫天席卷的飓风，像是突然从宇宙中某个虫洞中汹涌而出。

地面的大雪突然被卷起来，就像当初梨落第一次出现在我的面前一样，当雪花落尽之后我看到了传说中的那个大祭司。封天。

我终于知道了为什么星轨的表情那么哀伤。

因为我在长街尽头看到了一张我格外熟悉格外依赖的面容，我的婆婆。

如果是别的人我还可以用火族幻术暗杀他们，因为没有人会对我的右手有防备，可是婆婆已经熟悉我的火族幻术，而且对于冰族的幻术，我没信心可以赢过婆婆。

这是一场必定会输的战斗。

Part.2 雪国

婆婆看着我慈祥地笑着说：卡索，当你出生的时候我为你占过星，知道总有一天，我们会出现在彼此敌对的位置上，看来，命运还是按照它被设定好的轨迹前行着。

大雪还是没有停。呼啸的风声在耳边飞快地吹过。空无一人的城市在一片没有尽头的大雪里显得凄凉而又悲怆。

——卡索，我的孩子，沿着这条街一直走，走到尽头就是东方护法的宫殿灭天白虎。东方护法的名字叫倾刃。

我望着婆婆比十多岁的小男孩还短的头发，喉咙里哽得说不出话来。婆婆已经把她的灵力全部过继到了我的身上，我看着盘旋在地面上的长发再看看婆婆，天上的雪花不断地落下来，落在她的肩膀上，我走过去抱住婆婆，为她撑开屏障。现在一个很小的巫师都可以让婆婆没有还手之力。我抱着婆婆像个小孩子一样难过地哭了。

当我和婆婆告别的时候，婆婆紧紧握着我的手，我感受到婆婆手上苍老而粗糙的皮肤，她握得那么紧，我的手都感受到针样的刺痛了。我知道婆婆对我的牵挂。

我带着婆婆和释的灵力，婆婆的声音从后面缥缈地传过来，她说：王，在刃雪城里面你不要相信任何人，对任何人都不需要讲究公平，胜者为王，败者为寇。

当站在灭天白虎神殿前面的时候，辽溅突然对我说：王，您知道吗，我父亲，也就是您父王的东方护法辽雀，从小对我非常的严格，在他眼里我必须成为一个顶天立地的人。我从小学习格斗、力量、厮杀，很多时候我因为练习的强度过大而昏倒在雪地里，每次醒来我都躺在温暖的火炉旁边，周围是木柴的清香味道和一碗热汤。尽管我父亲从来没有对我说过但是我知道是他抱我回房间的。虽然他的面容老是很严厉，可是我知道他对我的关爱。所以我从小就发誓我要成为最好的东方护法。可是在我还没有变成成年人的样子的时候，我父王就死了，被火族精灵杀死在圣战中。父王希望我成为最好的战神，我也希望自己可以做到。

辽溅，你是想告诉我什么？

王，我希望能让我对付倾刃。

辽溅，我知道你的力量很强，可是……

王，请让我试试吧。辽溅在我面前跪下来。

看着他坚定的面容，我没有办法拒绝，我并不知道自己是在一手把他推向荣誉的圣堂，还是亲手把他推向死亡的深渊。

当见到倾刃的时候我很惊讶，我以为倾刃像辽溅的父亲辽雀一样是个魁梧而粗犷的男子。可是不是的，当我见到倾刃的一瞬间，我几乎要以为见到弟弟樱空释了。他们都有着精致的五官和深深的轮廓，飘逸如风的长头发，漂亮得不食人间烟火。他的双眉之间有一道明亮的伤痕，像是刀刃，淡淡的象牙色。我知道那是灵力聚集的表现，正如樱空释的眉间有片樱花痕迹，我的眉间有道闪电，月神的眉间有道月光，而星轨的眉间有个六芒星。

倾刃的头发温顺地散下来，眼神游离而飘散，笑容又天真又邪气。我不知道这样的外表下面怎么会隐藏可以成为东方护法的力量。

倾刃坐在他的王座上，笑着对我说：你就是那个可笑的城堡里面的王，卡索？

我点点头，暗中在手上积蓄着力量。

他还是笑，一些头发从头顶上滑落下来散在他的眼睛前面。他说：你们一起上吧，我不想浪费时间。

Part.2 雪国

我说：想杀你的是辽溅，不是我。辽溅才是真正的东方护法。

真正的东方护法？哈哈，不要笑我了。你们一起上吧。

我说：辽溅是会杀了你的，我不会动手。

月神说：王，婆婆告诉过你不要讲究什么平等……

月神！这是我的决定。我不想辽溅让他父王失望。

然后我听见辽溅从后面走上来的脚步声。他说：我叫辽溅，刃雪城里下任的东方护法。

倾刃的目光突然变得格外寒冷，我感受到周围弥漫的杀气。他说：刃雪城只有一个，就是这里；东方护法也只有一个，那就是我。在倾刃还没说完的时候，辽溅突然对倾刃出了手。可是这次偷袭却没有对他构成任何威胁。

我终于知道倾刃的力量是多么不可思议，辽溅在他的手下走不过十个回合。可是倾刃还是败了，从他一开始就败了。因为他太低估我和辽溅，也太相信我们。

当辽溅进攻第一回合的时候，还没等到倾刃接触到他，他就突然弯下身子，后退，而我急速上前，一上手就是火族最毒辣的炎咒手刀，直刺心脏。当倾刃在我面前倒下去的时候他还是瞪大了眼睛，他不相信自己竟然会被幻雪神山以外的人打败。他英俊的面容在生命最后快要消散的时候依然是一副不可置信的表情，我和辽溅看着他在我们面前化成一摊雪水，没有说话。

我们没有想过这么容易就击败倾刃，预想中辽溅和我至少一人会受重伤，甚至皇栎连巫医结界都布置好了，准备随时把我们送进去，然而两个人毫发无伤。

可是伤痕出现在看不见的地方，在夕阳坠落到地平线上的时候。

辽溅一个人走在前面，他没有说话，背影在夕阳下显得很落寂。我知道他内心的难过，因为他背弃了他的父亲对他的期望。我知道放弃一个人的尊严有时候比死亡还要痛苦，我知道辽溅为了我所做的牺牲。因为如果不是为了继续朝前面那个看不到尽头的征程走下去，他是无论如何也不会做出这样的暗杀行为的。

他从小被训练着，成为正义的勇士，成为尊贵殿堂的战神，在他的世界里，永远只有公平的决斗和正义的生死之战。而暗杀或者阴谋，都是白银骑士的耻辱。

那天晚上我们休息在一片长满樱花的山坡上，很亮的月光如水一样铺泻开来。半夜的时候我突然醒过来，然后看到了辽溅背对着我站在山坡最高处的那块岩石上，月光沿着他的头发和幻术长袍流淌下来，我看见他的背影就觉得很伤感。

我第一次听见了辽溅唱歌，就是那种在战场的军营里可以被反复听到的歌，伤感而苍凉，声音嘶哑可是嘹亮，高高地响彻在云朵之上。我记得在我很小的时候，在那场遮天蔽日的圣战里被我反复地听到，那些战士总是在悲怆的夜里反复地唱着这首歌谣，一直唱一直唱，没有停息。

后来月神走到了辽溅旁边，我听到他们的对话。

月神说：辽溅，其实很多时候一个人都是要放弃很多东西的，因为必定有另外一样东西值得我们去放弃一些什么。比如你想要保护的人，想完成的事情，等待实现的梦境。辽溅，你知道吗，我从小就被人看不起，因为我只会暗杀术，尽管我的灵力比同族的孩子高很多，可是我的父母依然看不起我，他们说我是个让家族耻辱的小孩。在我没有长大的时候，有很多比我大的小孩子欺负我，有很多次我被那些顽皮的男孩子推倒在地上，他们揪我的头发，操纵冰块来砸我，每次我都抱着身子不说话，等他们累了我就爬起来拍干净自己身上的雪然后回家。我的母后是个漂亮的女人，她看见我满身狼狈的样子总是很生气,她不问我是不是被人欺负了,只是一直说我是个让家族伤心的小孩。

月神,你为什么不学习白魔法只学黑魔法,而且只学其中的暗杀术?

在我很小的时候,我和我的姐姐月照一起学习巫术,我们很乖,灵力一天比一天强。父王总是抚摸着我和姐姐的头发,对我们说:以后你们会成为刃雪城里仅次于皇族的最好的巫术师。那个时候,父王的面容很温柔,雪花在我们身边不断落下可是却落不到我们身上,因为父王总是把我们放在他的屏蔽之下。从很小的时候起,我就知道什么是温暖。可是有一天,姐姐被杀了,很突然地死在回家的途中。我记得我还在指着路边的樱花树告诉姐姐你看上面的花瓣多好看。可是等我回过头去的时候,姐姐的瞳孔已经涣散,我看见她脸上茫然的表情,然后她的魔法长袍突然被风吹得飞扬起来,姐姐在我眼前笔直地倒下去。就像是一棵被人砍倒的树一样笔直地倒了下去。我吓得忘记了说话,手中的花瓣散落了一地……后来家族的人出来找我们,姐姐已经死了,而我昏倒在姐姐的旁边,当我醒过来的时候,我已经睡在雍容的千年雪狐的皮毛之中了。后来我的族人告诉我,在很长的一段时间中,我只会说一句话,那句话是,姐姐,你醒醒……

那个时候你就开始学暗杀术?

对,因为我不希望以后当有一个我想要保护的人出现的时候,我还是无能为力地站在他旁边,看着他倒在我的脚边上。

霰雪鸟刺破天空的悲鸣回荡在高高的天顶上。

夜色浓重地渲染着整个空旷的天地。

月光在地上拖出长影,显得天地更加寂寥。

这一片白茫茫的安睡的世界。

我看了看我旁边的星轨,她蜷缩在皇柝为她设定的防御结界中,安然得像躺在一个巨大的安全的卵中一样。

辽溅和月神的背影在那个晚上格外清晰,他们两个高高地站在山坡上面,长袍翻动。

我转过了身继续睡去,只是梦中又梦见了我的弟弟,梦见他被我杀死的那个冬天。

大雪满城。

说不尽的虚空和凄惶。

当我站在一片如同冰海般辽阔的水域面前的时候,我终于发现了幻雪神山是多么庞大而不可思议。星轨告诉我,这片水域是南方护法蝶澈守护的领地,而在这片水域的背后,则是南方宫殿破天朱雀。

这么辽阔的水域只有用幻影移形了。我扣起左手手指,准备召唤风雪。

不行,王。星轨的气息微弱但是急促。王,这不是个简单的湖,在这个湖面上起码叠加了十个结界,那些我没感应到的结界可能更多。也就是说,可能不小心,站在你旁边的人就突然进入了另外一个世界,而那个世界里有什么,我不能占破。也许等待我们的是漫天尖锐的冰刀,也许是铺满整个大地咆哮的烈火,也许是美丽的长满樱花树的山麓,也许直接可以跳过南方护法的领域,甚至我们可能直接见到渊祭。所以王,请您不要轻易使用幻术,因为灵力的汇聚是会引起结界出入口动荡变化的。

我站在这片水域面前,水光凌乱地照在每个人的脸上。

我说:星轨,那我们如何过去?

潮涯走到我身边,说:王,用我的无音琴吧。然后她从头发上拔下发钗,然后那支发钗立刻变大变宽,成为一把很大的黑色古琴。

我终于见到了这把我父皇的御用乐师的琴,通体黑色,却有着白色晶莹的琴弦。琴的尾部被烧焦了。

Part.2 雪国

潮涯说：这把琴是我的母后用的，圣战中这把琴的尾部被火族精灵烧焦了。在圣战中我的母后曾经在凡世待过几年，世间的人惊艳于我母后的琴技，母后便在凡世留下了一把无音琴的复制品，以后的世人代代相传成为人间的名琴，人们把那把琴叫作焦尾。无音琴可以自由变化大小而且不需要幻术支持，所以不用担心会改变结界的分布。我们可以把这把琴当作凡世叫作"舟"的东西，借以渡海。

当我们站在琴身上缓缓飘过水面的时候，潮涯笑了，她说：王，我从来没想过这把琴还有这种用途。

海的另一边就是破天朱雀宫，整个宫殿就是一把琴的样子，当我们走到门口的时候，里面突然传来悠扬的琴声，仿佛从天空上直接破空而下，又像从内心深处如波涛一阵一阵打来。地面的雪突然纷纷扬扬地卷起来，周围的樱花树开始飘落无数的花瓣，那些花瓣很整齐地飘落在我们脚下，在我们前面铺展出一条花瓣的轨迹。空气里弥漫着浓郁的花香，每个人站在花瓣的中央严阵以待，皇栎撑开护法结界保护星轨，我们相背而站成为六芒星的阵形，我隐约感到蝶澈马上就会出现了。

可是当所有的花瓣都落地之后，蝶澈还是没有出现，只有乐曲比先前更加悠扬。

我看见潮涯的脸色很不好，我问她：潮涯，你怎么了。

潮涯说：王，如果你要我与这琴声的主人抗衡的话，我是没有任何胜算的，这样的旋律和旋律里埋藏的力量，远远胜过我。说完后，我看到她脸上沉重的表情。

可是当我转过身的时候，我看到了星轨更加绝望的表情。星轨睁开眼睛，缓缓地说了一句话，然后我看到她眼中的泪水。那一句话让我们每个人站在原地没有动，大风凛冽地吹过去，樱花放肆地颓败。

星轨说：弹奏这首乐曲的只是蝶澈手下的一个宫女。

破天朱雀和灭天白虎完全是两个不同的宫殿,白虎宫恢宏而雄峻,万丈高的城墙笔直地参入云天,宫殿里面到处陈列着三棘剑、冰刃、魔法杖。宫殿里所有的人全部是身材高挑而结实的男子。整个宫殿仿佛都是雄性的力量的凝聚。

可是在破天朱雀里,所有的事物都有着柔和的轮廓,天顶是一层很薄的白冰,外面的天光可以淡淡地洒进来,整个宫殿悬浮在一种淡蓝色的光芒里面。宫殿四处可以听见乐声,在花园里到处可以看见长裙及地的宫女抱着琴微笑,樱花在她们身边缓缓飘落,如同那些华丽而奢侈的梦境。

蝶澈斜倚在王座上,赤裸着双足,头发沿着身体倾泻下来,她看着我,没有说话。可是她的白色晶莹的瞳仁却像在对我说:卡索,你来了。

我不知道她是否真的对我发出了声音,但是那种迷幻的声调,让我的头脑嗡嗡地发涨。

我从小在刃雪城中见过无数的美貌的女子,宫殿里的妃子和以美貌著称的人鱼族。可是我不得不承认蝶澈的容貌是我所没见过的漂亮,甚至这种容貌在最华丽的梦境中也没有出现过。望着她的时候我觉得周围的一切都变得透明。她的眼睛继续对我说话,她说:卡索,你来了。

当月神拍拍我的肩膀的时候,我才突然回过神来。月神靠着我的耳朵说:王,刚才她对你用了冰雾取魂术,请小心。

我看了看蝶澈,她的笑容倾国倾城。

月神走上去,看着蝶澈说:你的暗杀术在我面前还是不要使用为好,你的那些幻术不及我杀人的十分之一。

那你完全可以杀了我。蝶澈说话的声音不带任何感情,缓慢缥缈得如同梦境一样,模糊不真实,仿佛湖面长年不散的雾气。

我看见月神手上已经出现了光芒,我知道那是她用幻术的征兆。

Part.2 雪国

不要，月神。星轨的声音从后面出现。

为什么。月神转过身望着星轨。

星轨说：因为即使杀掉蝶澈，我们依然过不了破天朱雀宫。

星轨从辽溅的怀抱中下来，走到我旁边，伸出虚弱的手臂，指着大殿的尽头，对我说：王，你看见那面墙了吗？

我顺着星轨的手看过去，宫殿的尽头，是面高大而精致的墙壁，直达宫殿的顶部，上面刻满了人物，中间是个绝尘艳丽的女子，也就是高坐在王座上的蝶澈。她的周围有无数怀抱古琴的乐师，可是整面墙壁上，只有蝶澈一个人有表情，周围所有的乐师的表情全部都是空洞而迷茫的，没有瞳仁，没有目光。而蝶澈唯一的表情，就是她现在高傲而又倾国倾城的笑容。

星轨说：这是叹息墙。

然后我听到潮涯急促而浓重的呼吸声。她走到那面墙壁前，伸出手抚摩着角落里的一个乐师的画像，低着头不说话。过了很久，她转过身来说：这是我娘，傺棘。先帝御用的乐师。

潮涯说：原来世界上真的有这面墙。我以为那只是我们巫乐族的传说。

我问：潮涯，为什么有这面墙我们过不去？

王，这面墙不是一般的墙，任何刀剑、幻术、水、火、雷、电在它面前都是徒劳。只有最美妙精准的乐声才能感动它。曾经有无数的巫乐师想要感动这面墙，可是没用。自古只有一个人感动过这面墙壁，她就成为了这面墙壁的守护神。她就是蝶澈，传说中那个有着绝世容颜的女子。所以，即使我们杀掉蝶澈，我们依然过不了破天朱雀神殿。

潮涯走到蝶澈面前，对她说：对于我们巫乐族的人来说，你无疑是我们心目中的神，我想听听您的乐曲，我想看看什么样的旋律才可以感动叹息墙。

算了吧，我怕你听到我的琴声一头撞死在你的焦尾上。

潮涯的脸变得很苍白，身子有着轻微的抖动，我知道她在强忍着怒气。蝶澈对她的无音琴的藐视谁都听得出来。可是潮涯还是没说话，她走过去单腿跪下，说：请您为我们弹奏一曲吧。

蝶澈看着潮涯，然后叹息着说：算了吧，我的琴声你听多少遍都还是学不会的。

潮涯还是坚持跪在她面前。蝶澈站起来，说：那好吧，你们洗耳恭听。

我终于见到了蝶澈的那把幻蝶琴，那把琴其实根本就不是琴。蝶澈站起来，双手向前伸出去，五指张开，然后迅速打开手臂，在她的十指间突然多出了十根绿色闪亮的琴弦。当她用如白玉雕刻的手指拨动碧绿色的琴弦时，我看到无数的绿色闪光蝴蝶从琴弦上不断地飞出来。那些乐声竟然凝结成蝴蝶的样子纷飞在空气里面。我沉沦在琴声中无法自拔，那些早就沉淀在记忆深处的往事又全部翻涌上来，如同白色的樱花瓣一瞬间就飞遍了回忆的四壁。释在我眉毛上的亲吻，梨落高高地站在独角兽上的样子，释倒在燃烧的幻影天中的样子，岚裳死在樱花树下的样子，梦境中梨落葬身冰海深处的样子，那只霰雪鸟撞死在炼泅石上的样子，红莲如火般盛开的样子……

然后我突然感到身体里传来一阵一阵的剧痛，当我回过神来的时候，我看到那些绿色的蝴蝶不断钻进我的身体，融化在我的血液里，一瞬间走遍我的全身。我突然明白原来蝶澈的琴声中居然隐藏了另外一种暗杀术，可是等我想抵抗的时候已经来不及了。我的手臂全部不能动弹，我感到眼前的事物开始逐渐模糊起来，只有蝶澈的笑容，如同春风一样漫延在四

Part.2 雪国

周,倾国倾城。

在我的意志快要消散的时候,我看到辽溅和星轨已经倒在官殿的地面上,他们银白色的头发无力地散落在他们旁边。片风扣起无名指召唤出疾风围绕在他的四周,那些绿色的蝴蝶正在寻找着破绽进入他的身体,我看到他摇摇欲坠。只有月神和皇柝,没有受到危害,蝶澈的暗杀术对于月神来说不能构成任何威胁,而皇柝的白魔法防护结界,也不是那些蝴蝶所能够穿越的。

然后我听到潮涯的声音,她说:王,我不能弹奏出超越蝶澈的乐章,因为我的感情没有她丰富,我直觉她内心肯定有一段难忘的往事,不然她不会有这么深情的琴声。王,我知道您内心有很多被掩埋掉的感情,破裂而又激越,请把那些感情做成梦境,传给我,我希望借助王的感情来毁掉叹息墙。

我已经分不清潮涯在什么地方对我说话,我的眼前开始出现大片大片的纷飞的绿色蝴蝶,于是我开始将我的记忆制作成梦境,那些我和释在一起的日子,我抱着他走在凡世的日子,我从幻影天中救出他的样子,我最后一剑杀死他时他对我微笑的样子,然后我就失去了知觉。那种感觉很奇怪,如同进入了一个深沉的梦境,梦境中什么都没有,就是一片纯净的苍蓝色,如同幻雪帝国冬天结束春天来临时的天空。

当我醒过来的时候,皇柝在为片风疗伤,辽溅虚弱地坐在地上,怀中的星轨还在沉睡。而潮涯,俯倒在地上,口中流出来的白色血液漫延了一地,如同积雪融化时的寒冷的雪水。蝶澈跌坐在地上,两眼无神,她的容貌在顷刻间似乎老了几百岁。而月神手中锋芒的月光已经指在她的脖子上。

而官殿尽头的叹息墙,已经崩塌成碎片,尘土飞扬起来,然后渐渐沉落。

蝶澈一直摇头，她说：不可能，一个幻雪神山以外的人怎么可能毁掉叹息墙。

月神收起了手中的月光，她说：看来已经不用杀她了，她已经死掉了。

在离开破天朱雀的时候，潮涯对我说：王，其实在我们巫乐族的传说里面，蝶澈是个最好的女神，美貌而且善良。王，如果你精通音律的话你应该明白，能够弹奏出那么华丽的乐曲绝对不可能是个心地险恶的人。

月神说：所以我也没有杀死她。王，其实她对我们没有用最强大的暗杀术，不然辽溅、星轨早就死在她手下了。当我真正和她交手的时候，我才发现，她的暗杀术不在我之下。

我回过头，破天朱雀神殿已经变得失去了那种淡蓝色的光泽，蝶澈已经收起了她所有的灵力，那座宫殿已经变成了一个庞大而华丽的废墟。我看到不断有宫女乐师从里面走出来，我知道肯定是蝶澈叫她们离开的。因为在我们通过叹息墙的时候，蝶澈说：卡索，这座宫殿我已经不想再守下去了。因为我一直以为自己的感情才是世界上最伟大的感情，浓烈而又绝望，可是我发现了另外一种完全凌驾我之上的感情，所以我没有必要再守护这座破天朱雀神殿。我想也许我也会去凡世，弹弹琴，唱唱曲，让世间的凡人也记住我的幻蝶琴，如同记住潮涯的母后的无音琴一样。

然后我看到她的笑容，如同杨花般轻盈而温暖的笑。这个倾国倾城的女子已经不再是那个高傲而凌驾一切的南方护法，而是一个普通的女子，怀抱着自己的琴，弹奏忧伤的乐章。

我对她弯下腰，以我的帝王的身份，我不知道以前她的生命里有一个怎样的人，匆匆地穿行过她生命的轨迹然后离开，但那么短暂的时间也可使她在几百年几千年后还是这样牵挂。蝶澈给了我一个梦境，她告诉我那个梦境里面有那个人的样子，这个梦境她一直做，每天晚上做，一直做了一千年。在那个梦境里面,是一个铺满樱花花瓣和积雪的院落,有风吹过,地面的樱花就如同落雪般飞扬,一个人出现在积雪的中央,笑容温柔而灿烂,浓黑的眉毛,闪亮的瞳仁。他走到蝶澈面前,弯下腰,俯下脸对她微笑,笑容如同撕裂的朝阳一样灿烂。然后一阵风,地面上的樱花放肆地飞舞起来,在半空中变成如血的红色,他的头发和长袍同时飞扬起来,发出飒飒的响声。然后画面静止,一切如雾气般渐渐消散。

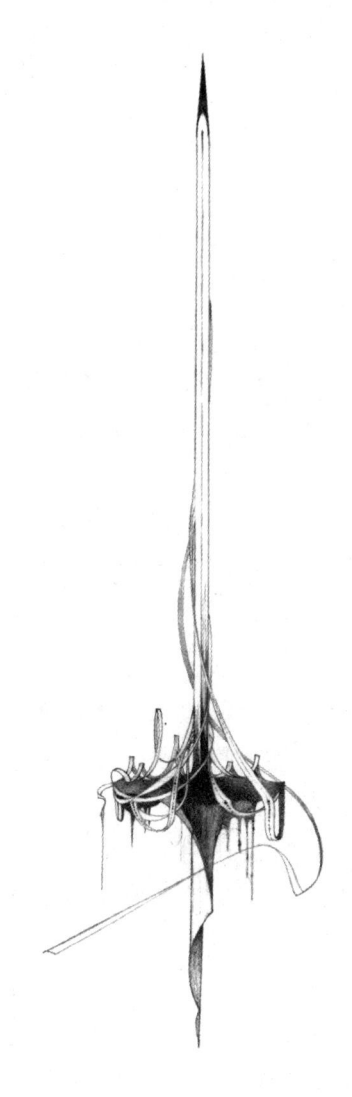

Ice Fantasy

Dream.1

梦魇·蝶澈·焰破

我叫蝶澈，出生在巫乐族。我的母后告诉我，当我出生的时候，浊越星正好升到天空的最高处，那些冰冷的清辉在漆黑的夜空中弥散开来，最后落在我的瞳仁中变成晶莹的魂。

我从小就是个灵力高强的孩子，头发比我的哥哥姐姐们都长，他们都很疼爱我，总是把我抱起来放在肩上。他们总是不断地声声叫着我的名字，蝶澈，蝶澈，蝶澈。

我最喜欢的小哥哥名字叫迟墨，他是我们巫乐族年龄最小的男孩子，头发柔软得如同裂锦的丝绒。我们从小在一起长大。

我的小哥哥和我一样，是个灵力高强的孩子，他教我各种各样的幻术，教我怎样控制幻化成光线的琴弦，温柔的眉眼、微笑的唇角。

在我们都是小孩子的时候，迟墨总是带我到雪雾森林的深处，看着那些巨大的飞鸟从森林的阴影中呼啸着穿过，凄凉而破裂的鸣叫在苍蓝色的天空上拉出一道一道透明的伤痕。小哥哥总是望着那些仓皇的飞鸟对我说：蝶澈，你想过要飞到天空上面去看一看吗？我想知道，云朵上是开满了樱花，抑或是住满了亡灵。

每当迟墨这样对我说的时候，我总是看到那些在阳光下变得深深浅浅的斑驳的树影落到他白色晶莹的瞳仁中。很多次我都错觉小哥哥的眼睛是黑色的，那种如同紫堇墨一样纯粹而诡异的黑色，包容一切、笼罩一切。我总是感到深深的恐惧，可是每次迟墨都会对我笑，笑容干净而漂亮，像那些明亮的阳光碎片全部变成晶莹的花朵，在他的面容上如涟漪般徐徐开放。

我一直执着地相信着哥哥的身上有花朵绽放时的清香。如同我相信他的衣服上有着花的精魂。

刹那的芬芳，却可以永生永世流转。

迟墨比我年长10岁，在我120岁的时候，我最喜欢的小哥哥迟墨已经130岁了。在那个清晨，当我从屋子里跑出来准备去找迟墨陪我玩的时候，我看到了站在雪地中央的迟墨，我长大成人的小哥哥。他转过头来的一刹那，我听到周围樱花源源不断盛开的声音。

迟墨站在我的面前，高大而挺拔，长长的白色披风如同浮云般勾勒出他修长的身材。迟墨比我的父王和我所有的哥哥都要英俊，眉毛如同笔直的剑锋一样斜斜地飞进两鬓的头发，眼睛明亮如同清辉流泻的星辰，脸上有着如同被凛冽的寒风刻出来的深深的轮廓。他面朝着我，嘴角上扬，露出白色的牙齿，我看到小哥哥如同撕裂的朝阳般灿烂的笑容。

樱花在他的身后放肆地盛开。

他走到我的面前，弯下腰，俯下脸来对我说：蝶澈，早上好。

十年之后，我也成为了大人的样子，我站在迟墨的面前对他微笑，如同他十年前对我微笑一样。迟墨眯着眼睛看我，他的睫毛长而柔软，他说：蝶澈，你是我见过的最漂亮的女子。比我娘都漂亮。

迟墨的母后是我父王的一个侧室，在很早以前就已经死去了，他母后的死亡因为某种不知道的原因而被隐瞒，除了我的父王和我的母后，再也没有人知道。

迟墨从小就是个没有母亲的孩子，可是他一直安静而且心地善良，温和且与世无争。长大后依然是那个样子。他会因为一朵花的盛开而露出舒展如风的笑容，会在抬头看天的时候看得笑容满面。每天傍晚的时候一个人坐在宫殿最高的城墙上弹琴，无数的飞鸟在他的头顶盘旋，羽毛散落下来覆盖在他的瞳仁上让他的眼睛变成鸽子灰，云朵盛放如同沉醉的红色花朵。

他就这样生活了百年，每次我问他：哥，你就不寂寞吗？

他望着我，说：有蝶澈，我永远都不会寂寞。

我和迟墨是家族中灵力最强的人，我是我父王的骄傲，可是迟墨不是，父王不喜欢他。在我小的时候每次父王看见我和迟墨在一起的时候，总是走过来，抱起我放在他的肩膀上然后走开，留下哥哥一个人。可是迟墨从来都没有难过，他总是站在我的背后望着我，每当我回过头去总是看见他如同樱花般明亮的笑容，他站在地平线上安静地看着我越走越远。

我问过父王为什么不喜欢迟墨，那是我第一次问他，也是最后一次。因为父王温暖的面容突然如冰霜一样凝结起来。然后他抚摸着我的头发对我说：蝶澈，当有一天我老去的时候，你就会成为巫乐族新的王，你会站在大殿的中央为我们伟大的王弹琴，你的乐律会响彻整个幻雪帝国。你是父王的骄傲。而我抬起头，总是看到父王尊严如同天神的面容，他抚摸着我的长头发，对我微笑，笑容如同沉沉的暮霭。

我从来就没有怪过父王，只是看着小哥哥我会觉得那么忧伤那么难过。因为我崇拜我的父王，他是巫乐族史上最伟大的一个琴师。迟墨也崇拜他，每当他提到父王的时候，他总是两眼放出光芒，神色格外尊敬。可是，我的父王不喜欢他，我总是为迟墨感到难过。

我父王是幻雪帝国的王的御用乐师，也是巫乐族最精通乐律的一个男子。以前有很多巫乐族的王都是女人，她们的乐律柔软华丽，然而我父王的乐律却如同喷薄的烈日、怒吼的风雪。我没有听见过我的父王成为御用乐师的第一次演奏，只是听家族中的人互相传说。他们告诉我，在那天，整个幻雪帝国的上空都飘荡着父王乐律的精魂，所有的飞鸟都从幻雪帝国的四面八方一起飞上高高的苍穹，那些飞鸟破空的鸣叫在刃雪城上空弥久不散。

我是我父王的骄傲，他每次都把我带去刃雪城中参加各种各样的祭典。他把我高高地举过头顶，对所有的巫师、剑士、占星师说：这是我的女儿，我们家族最好的乐师。我在父王的头顶上俯下脸，看到父王仰面的笑容。大殿中有着呼啸的风，我的头发和长袍在空气中散开来，我看到周围那些人的面容，他们在对我微笑，只是我总是想起迟墨的面容，我想知道，那些纷纷飘落的细小的花瓣是不是又落在了他长长的睫毛上面。

每次我离开巫乐族的宫殿去刃雪城的时候，我的哥哥迟墨总是会站在大门口送我，他总是俯下脸来对我说：蝶澈，我等你回来。

我离开宫殿的时候总是会回过头去望我的哥哥，看着他的长袍翻飞在风里面，看到他安静的笑容，如同守候在城门边上的模糊而清淡的星光。周围不断有细小的雪花撞到黑色的城墙上，如同自尽一样惨烈而温柔。

而每次我回来的时候，我总是会看到迟墨坐在最高的城墙上面等我，他的膝盖上放着架古琴，纤细的手指在琴弦上拨出悠扬的旋律，那些谜一样的飞鸟依然盘旋在他的头顶上面，羽毛簌簌地落下来。我看到我安静而气宇轩昂的小哥哥，我总是想要热泪盈眶。

在我和迟墨已经长大离开雪雾森林之后，我们再也没有回去过。迟墨也没有再带我到森林的尽头去看那些一边悲鸣一边穿越树木高大的阴影的飞鸟。只是偶尔我们会站在宫殿最高的那面墙上，眺望冰海彼岸的方向。

哥哥总是被冰海岸边凛冽的风吹得眼睛发疼，可是他仍然固执地不肯闭上眼睛直到眼眶渗出眼泪。我问他为什么不闭上眼睛，他转过头来对我说：为什么那些鸟儿可以在天空里面自由地飞翔而我却必须永远待在这个城堡里呢？

我看着我的哥哥不知道应该怎么回答他，可是他转瞬又笑了，他说：蝶澈，不用想了，有些事情本来就没有答案的。说完他对我很清朗地笑，笑容如同弥漫的花香。

迟墨总是问我：蝶澈，你知道冰海对岸是什么吗？

我告诉他，父皇对我说起过，冰海的对岸是火族人居住的地方，那是个邪恶的种族。

迟墨总是望着冰海对岸的方向很长时间不说话，他背对着我，我看不到他的眼睛，不过我可以想象，他的眼睛里面肯定落满了天空上飞鸟的影子。

海边的风总是很大，小哥哥每次都会问我：蝶澈，你冷吗？然后他会走过来解开他的长袍把我抱在怀里，我闻到花朵放肆盛开的味道。我知道那些花的精魂又开始翩跹起舞了。

迟墨成为了我的家族中和我同辈的唯一的男巫乐师，我另外的哥哥们全部没有通过巫乐师的资格。本来巫乐族的历史上就很少有男乐师,所以我看到我的迟墨哥哥穿上乐师黑色镶着金边的华丽的幻术长袍的时候感到恍惚的幸福,又慢又模糊,可是荡气回肠。

可是我还是听到了父王在我背后的叹息声,当我转过头去的时候,我看到一滴眼泪从我父王的眼角流下来,那是我第一次看到父王哭。

我的小哥哥从小就不喜欢和人说话,总是一个人待在一个地方,安静而平凡。

他对我说的最多的一句话是,蝶澈,你想和我一起离开吗?

当时我没有听明白他的意思,于是我问他:离开?迟墨,你是说离开我们巫乐族的宫殿吗?

迟墨看着我,眼中的忧伤如同仓皇的落日,他走过来抓着我的肩膀,俯下脸来望着我说:蝶澈,我很想带你离开,我们可以去冰海对面,我们可以离开这里,你愿意吗?

我看着迟墨的面容,他脸上的痛苦的神色如同一道一道深深的刻痕。

我说:哥,其实你要我到什么地方去,我都会跟着你去的。

然后迟墨把头埋到我的肩膀上,他没有哭出声音,可是他的眼泪一滴一滴地流进我的脖子,我从来不知道巫乐族的人的眼泪会有这么滚烫,几乎都要把我灼伤了。

迟墨低低地说:蝶澈,我哪儿也不要你去,你应该在巫乐族的宫殿里快乐地生活下去,成为巫乐族新的王。别忘记了,你是父王最心爱的女儿。

天空的霰雪鸟仓皇地飞过去,一声一声鸣叫,一道一道嘶哑的伤口。

当我190岁的时候,我的父王正式宣布我成为巫乐族下一任的王。那天在空旷的宫殿上,我父王的声音格外洪亮,他的声音久久地飘荡在宫殿的上面。我站在大殿的中央,不知道从什么地方来的风一直将我的头发吹来遮住我的眼睛,我想看到迟墨的笑容,那么我就不会这么不知所措。可是我从纷乱的头发间看过去,只能看到迟墨模糊的笑容,我能看到他白色的牙齿挺拔的眉,如同撕裂的朝阳般的笑容却像隔了层水汽。可是我还是突然就安静了,因为我闻到周围花朵盛放的香味。

在我的继任仪式的最后,我见到了幻雪帝国高高在上的王,他来参加我的继任仪式。他和我的父王一样,挺拔而威武,可是却有着一层不容侵犯的神圣的光辉。他走到我的面前,对我微笑,然后对我说:蝶澈,我知道你是你父王最心爱的女儿,我送你一把琴,你把手掌伸出来。

当我伸出手掌的时候,我的十个指尖突然感到一阵细小的疼痛,然后那种疼痛一瞬间就消失了。我抬起头看着王,他对我微笑,他说:蝶澈,你试试你的灵力。

当我念动咒语的时候,我突然看到有十根绿色闪光的琴弦从我的双手之间放射出来,然后一瞬间就笼罩了整个大殿。当我用手指轻轻拨动琴弦的时候,我听到了我从未听到过的乐律。

王坐在高高的王座上对我微笑,他说:从此以后,这把琴就叫作幻蝶琴。

然后我和整个大殿中的所有家族的人跪下来,我听到所有的人对王的朝拜和祈祷。

可是当王快要走出大殿的时候,他突然停了下来,停在我的小哥哥迟墨的前面。我的哥哥迟墨跪在地上,低着头没有说话。

我看到王突然变了脸色,他的眼中突然涌动起无数纷飞的风雪,他转过头来看着我的父王。我看到父王惊恐的面容,王的脸上弥漫着一层冰蓝色的杀气,我感到一阵沉重的压力覆盖到我的身上,这个时候我才知道,王的幻术是多么不可超越。

我听到父王苍老的声音，他低低地说：王，我知道怎么做了。

我看着王离开了大殿，风灌满了他的凤珈幻袍，翩跹如同展翅的苍鹭。在他离开大殿的时候，我的小哥哥突然倒在了宫殿的地面上，他的眼睛闭着，头发沿着长袍散落开来，口中不断涌出白色晶莹的血液。

父王走过来，抱起他，然后离开了大殿。当他走到大门的时候，他转过头来对我说：蝶澈，从现在开始，你就是巫乐族的王，你身上有着整个家族的命运。

父王已经离开了，所有的人也都离开了，只有我站在空旷的大殿中央不知道应该去哪儿。我抬起头仰望高高的穹顶，泪如雨下。

从那天之后，我就再也没有见过我的小哥哥，迟墨。

从我的小哥哥离开我的那天开始，我就做着相似的无穷无尽的梦境。梦里面都是迟墨干净的笑容，他白衣如雪地站在高高的城墙上，气宇轩昂，他在等着我回家。无数飞鸟在天空上聚拢又弥散开来，如同那些瞬息万变的浮云，羽毛飘落，樱花绽放，我的哥哥在风里面衣袍翻动。我的哥哥在弹琴，手指干燥而灵活，他的乐律却又破裂又明亮，如同撕裂的朝阳。我总是听到哥哥对我说话，诉说他向往的绝望、破裂、不惜一切的爱。梦境的最后，那些飘舞的樱花总是一瞬间就全部变成红色，鲜红得像朝阳融化在水里变成幻影一样的光影和色泽。然后一切消失，在渐渐消散的雾气中，我哥哥的笑容时隐时现。

我总是问我的父王，我的哥哥迟墨去了什么地方，他有没有事，怎么一直不来见我。

我的父王总是默默不语，只是望着天空用手指着那些掠过天宇的霰雪鸟的身影，他对我说：蝶澈，你看那些鸟儿，多么自由。

我会突然想起以前，我的小哥哥迟墨带我去雪雾森林深处看那些穿越

Part.2 雪国

阴影的飞鸟，看着那些树木的阴影落进他的瞳仁里面幻化成诡异的黑色。可是一恍神一刹那，已经是一百多年过去了。

天边滚动着雷声，如同密集的鼓点般响彻了整个幻雪帝国。

我的哥哥迟墨死于200岁，也就是我190岁的时候成为巫乐族的王的那一年。

是我杀死了我的哥哥，我最爱的迟墨哥哥。那个身上有花朵绽放的清香的哥哥，那个最疼爱我的哥哥，那个说"有蝶澈，我永远都不寂寞"的哥哥。

在我哥哥迟墨失踪一个月之后，我做了个梦。梦境里面，迟墨被关在祭坛下面，黑暗而且潮湿，他被钉在一面墙壁之上，低着头，他的头发散落下来遮盖了他英俊的面容。我看不到他的脸，可是我知道，我的哥哥肯定很痛苦。

我去找了父王，然后父王告诉了我关于哥哥的事情。父王的叙述缓慢而且迷幻，如同一个模糊可是感觉清晰的梦境，当梦醒的时候，我早已经泪流满面。

我的父王告诉我，其实迟墨的母后是他这一生最爱的女子，他的母后有着火红色的瞳仁和火焰般飘动的长头发，因为她是火族的人。在父王娶她的时候，她还是冰族女子的容貌，可是当她200岁的时候，她的头发和眼睛突然变成了焚烧一切的火焰，红色成为了破天的火种。

迟墨的母后为我的父王生下了迟墨。在迟墨出生的时候，他的母后用冰剑剖开了自己的肚子，然后无数闪耀的火种滚落到地上，迟墨出现在火焰里面，神色安详，眼神灵动。然后火焰缓缓地熄灭了，迟墨的头发和瞳仁变成如同父皇一样的白色，可是父王知道，迟墨在200岁的时候，一定会恢复火族的样子。

那天王从迟墨身边经过的时候，就是发现了迟墨。我的哥哥竟然是火族的后裔，所以王叫我父王让迟墨消失掉，而且是用残酷的刑罚。于是我的哥哥必须在墙壁上被五把冰剑钉在上面十四天，然后等待血液流干才可以慢慢地死去。

当我听到这儿的时候，我的眼泪不断地流出来，我想到了小哥哥单薄的身体。

我终于在祭坛下面的暗室中见到了我的哥哥迟墨，他被几把冰剑钉在厚厚的玄武岩墙壁上，红色的血液沿着那些穿刺他胸膛的冰剑源源不断地流淌下来，漫延在冰冷的地面上。我看到他的头发和瞳仁已经变成了火焰一样的鲜红色。

我走到他的脚下，他从上面俯下身子看我，我看到他头发覆盖下的脸，他的表情没有痛苦和怨恨，依然平静而充满感恩。

他对我说：蝶澈，你已经知道一切了吧？

我望着迟墨红色的瞳仁，点点头，说：知道了，小哥哥。

他说：蝶澈，你不要难过，我从来没有恨过父王，我更加喜欢你。我能够来这个世界上走一次，我已经觉得很幸运了。请代我照顾父王，照顾巫乐族的每一个人。

当我去的时候正好第三把冰剑洞穿他的胸膛，我听见血肉模糊的声音，沉闷如同黏稠的岩浆汩汩流动。

我看到哥哥皱紧的眉毛，心如刀割。

迟墨望着我，他说：蝶澈，不要难过，还有两把冰剑。然后我就可以睡去了。

我说：哥哥，王为什么要对你这么残忍，我不允许。

然后我走过去，召唤出手中的冰剑，然后一剑洞穿了他的咽喉。

Part.2 雪国

我的哥哥迟墨头低下来，头发覆盖住我的脸，他的眼泪滴在我的眼睛上，我听见他喉咙里模糊的声音。他说：蝶澈，为什么这么傻，为了我而犯法典？

我说：哥，我怎么可以看着你这么难过。

迟墨的鲜血沿着我手上的冰剑流下来，渐染了我的整件巫乐族的幻术长袍。

因为我杀死了王要求酷刑处死的迟墨，所以王对我大发雷霆。我的父王看着我的时候眼中只有忧伤和怜惜，我走过去抱着他，一瞬间苍老的皱纹在他脸上弥漫开如同生长迅速的藤蔓植物。

他说：你怎么办呢？

我说：父王，我已经不准备当巫乐族的王了，我会离开这个宫殿，随便找个地方，隐居，度过我剩下的一生。

我的父王没有说话，我只听到飞鸟破空长鸣，我抬起头，恍惚中想起那些飘落的灰色羽毛和我迟墨哥哥的眼睛，忧伤一晃一晃，倾国倾城。

当我准备离开宫殿的时候，我在高大的城墙脚下遇到了一个女子，她告诉我她的名字叫渊祭。她问我，是不是愿意去看看我对哥哥迟墨的感情能不能感动传说中的叹息墙。我回过头去看看我的家族的宫殿，觉得它是那么渺小，如同一个水晶花园。

渊祭说：对，它就是一个水晶花园。

我突然转过头去，我问她：你怎么知道我在想什么？

渊祭没有回答我，她说：我知道你是灵力最好的乐师，愿意去看一看巫乐族的神话中的叹息墙吗？

我低着头想了想，发现刃雪城中再也没有任何值得我留恋的东西了，于是我点了点头。

在我点头的那一瞬间，我看到周围空气里无数的花朵凌空开放，无数的花的精魂。那不是幻觉，因为我看到了渊祭手指的屈伸和她动用的幻术。

当我离开刃雪城的时候，我的脑海中突然浮现出无数的画面：我看到我的哥哥站在积雪的中央俯下身子对我微笑；我看到飞鸟的阴影落到他的眼睛里面如同弥散的夜色，他眼中的一场一场声势浩大的幻灭；我看到迟墨站在城门口守候我归来的目光闪烁如同星辰，他衣服上的花魂色彩流转；我看到我的小哥哥坐在最高的城墙上弹着琴等我回家，风吹动他的头发朝正北方飞舞，他的幻术袍永远干净而飘逸；我看到我星目剑眉的哥哥被钉在墙壁上，他的眼泪掉下来浸润了我的脸也浸润了他的蓝色的幻术袍，大朵大朵的水渍在长袍上绽放开来如同莲花……

身后传来密集的雷声，轰轰烈烈如同一座城市的崩塌。
我抬起头，周围全部是花朵盛放时的清香。花的精魂。
小哥哥，小哥哥，我最爱的迟墨，终于消散在我的眼前。
哥，请你原谅我，我要离开了，离开这个纷扰的宫殿，离开这个埋葬了我苍翠年华的幻影之城。也许天的尽头，我会再次看见你的亡灵，那个时候，请你对我微笑，如同撕裂朝阳一样的微笑，让我可以笑着流完我的眼泪，然后让我听见你自由地，歌唱。

Part.2 雪国

因为星轨一直昏睡没有苏醒，所以我们一直没有办法上路。因为前面是北方护法星昼的领地，如果没有星轨，我们的每一步都是不可预测的炼狱。

纵天玄武神殿在一座雪山的最高处，即使站在南方护法的领地依然可以看见，那个白色恢宏的宫殿如同最锋利的三棘剑一样伸向苍蓝色的天空。

在星轨沉睡的那几个晚上，我们都可以看见纵天神殿尖顶上的那些星星按照很奇怪的轨迹变换着它们在天空的位置。偶尔整个神殿会发出耀眼的白色光亮，那些白色的光芒映射到漆黑的天空上，投影成一个巨大的六芒星，如同星旧星轨眉间的痕迹。

在星轨昏迷了三天之后她突然醒了过来，可是顷刻又昏睡过去。在她醒来的片刻里，她口中不断汹涌出白色的血液，她抓着皇柝的长袍，痛苦地说：带我……回破天……神殿……带我回去求你了……

然后她就沉沉地睡了过去，没有再醒过来。她的脸呈现出一种死亡般的白色。

当我们把星轨带回已经成为一片废墟的破天神殿之后，星轨开始醒过来，虚弱得像是全身的灵力都要散去一样。皇柝一直把她放在白色防护结界里面，然后星轨一天一天地好起来。

就这样，我们在破天神殿里面待了将近半个月，星轨终于可以站起来了。

星轨告诉我，原来占星师和其他的种族不一样，他们彼此之间有种最奇特的牵制，那就是灵力高强的占星师可以轻易压制灵力弱的占星师，甚至可以轻易地控制和杀死灵力弱的一方。那是占星家族从最久远的冰原时代就开始流传的，没有人可以逃避这种限制，所以身为占星家族的人如果灵力弱的话是最最悲哀的事情。也就是说，一旦进入纵天神殿的控制范围，如果北方护法星昼愿意的话，星轨的能力就完全无法施展，甚至星昼可以轻易地就将星轨杀死。而且纵天神殿又是在最高的雪山上面，所以星昼控制的范围比任何一个护法所控制的范围都大。

我问星轨：难道星昼的灵力真的那么强大吗？

星轨转过身去，她说：王，她的力量，和我们所见过的力量，完全不是一个层面的。王，你知道婆婆是个多么好的占星师吧，在以前她给过你的那个梦境，里面的真实感连我哥哥都制作不出来，可是婆婆用的占星杖是落星杖，而星昼的占星杖却是纵星杖。你可以看见她神殿上的那些星星，它们在不断地变化位置，星昼在某种程度上甚至可以操纵星星的轨迹。这已经不是简单的占星师所能达到的境界了。她和我们之间的距离，如同无法逾越的天堑。

Part.2 雪国

我低下头来，没有说话。

皇柝走过来，他抱起星轨如同抱起自己的小女儿，他微笑着对星轨说：那你在北方护法的领域的时候就永远待在我的防护结界里面，不要出来，我可以保证你不会被星昼杀死。他的笑容沉着而坚定，我突然想起以前我的父皇，在火族攻到刃雪城下的时候，他也是这种表情，坚定如同最坚固的寒冰玉。

月神说：皇柝，那你怎么办，你不会任何黑巫术的，有人进攻你怎么办？

皇柝笑了笑，他说：没有关系。

片风说：不要紧，我会站在皇柝身边一直保护他的。而且还有辽溅，我想除了北方护法，没有人是我和辽溅两个人的对手的。

之后的三天，星轨每天晚上都站在最高的山坡上占星，我看到她不断地对着天空举起落星杖，那些星光聚集成一束很明亮的光线，将星轨笼罩在里面，周围总是有很大的风。星轨的头发和占星袍总是向上飞扬起来，我隐隐地感觉得到大地的震动。

这是我第一次看到如此长时间和如此强度的占星仪式，我们每个人都站在山坡下面，没有说话。当第三天星轨占星结束的时候，那些天上的星光所凝聚成的光柱突然如同玻璃一样碎裂开来散落在星轨脚边。我看到山顶上星轨的身影笔直地向后倒下去，长袍猎猎飞扬。只是没有等到星轨的身体接触到地面，皇柝已经走上去抱住了星轨，然后马上把她放进了早就召唤出的防护结界。在那个透明的光球里面，我看到星轨的嘴角不断有白色的血液流出来，如同她昏迷在北方领域的时候一样。

在那三天里面，星轨找出了详细的进入纵天玄武神殿的路线，包括什么地方停下，什么地方要连夜行走。星轨的灵力透支到接近枯竭，皇柝撑开恢复灵力的结界，将星轨放在里面，然后带着她出发了。因为一进入北方护法的领域，星轨就必须一直待在皇柩的结界里面，否则会被星昼轻而易举地杀掉。

星轨选择的路线复杂而又曲折，路过了森林、湖泊、沼泽、石林，因为星轨占星的精确，我们总是与北方领域里的那些占星师擦肩而过，没有正面冲突。一路上星轨都在使用灵力压制除了星昼的那些其他占星师，以免我们在见到星昼之前就消耗掉大量的战斗力。

在行走了十天之后，我们站在了雪山的最巅峰上，纵天玄武神殿矗立在我们面前，宫殿高得几乎接近天空，城墙仿佛有几千仞，笔直地向上延伸。星轨在防护结界里告诉我们纵天神殿的分布，它是按照六芒星的位置布置宫殿的，六芒星的每个角上有一个很高很高的塔楼，上面是最利于占星的位置，而六芒星的中心，就是星昼的大殿。而大殿的中心，则是星昼的纵星王座，那个宝座是用幻雪神山祭星台的玄武岩打造成的，被星昼赋予了无穷的灵力，与她的灵力彼此辉映，彼此弥补。

我们站在纵天宫的门口，星轨说：王，我们现在进去，星昼应该还不知道我们已经到了，如果月神悄悄地进行暗杀，应该会成功的。

月神走过去，抱着星轨外面的透明圆形结界，说：星轨，你不用担心，我会用我的暗杀术来杀掉那个让你痛苦的人。

然后我们的头顶突然响起一个缥缈的声音，那个声音说：月神，你还是直接来见我的好，不然你会像你的姐姐一样，连自己怎么死的都不知道。卡索，我尊称你一声王，为了不让你迷路，我告诉你来见我的路径，你们现在站立的地方是痃雷祭星台，只要直走，在遇见的第二个路口左转，你们就可以看见我了。王，我在那儿等你……

周围开始响起尖锐而破裂的笑声，连掩住耳朵也没用，那种笑声还是轻易地就进入大脑里面来回响彻，让人觉得格外难受。而当我回过头去看星轨的时候，我才明白星昼为什么要笑，因为星轨已经昏迷在防护结界里面，口中喷薄而出的白色的血液已经染透了她的大部分占星袍。而皇柝的嘴角也开始有血液流出，他单脚跪在地上，双手向后伸展开来如同飞翔的霰雪鸟，他在竭尽全力维护星轨周围的防护结界。可是那个结界已经开始变薄变小，我看见皇柝的眉头紧紧地皱起来，身体也开始有明显的晃动。

那阵笑声突然消失了，就如同响起时一样突然，不可捉摸。

那个声音说：卡索，来见我吧，我就是你要找的星昼，北方护法，幻雪神山里最伟大的占星师。我在纵星王座上等你……

看来星昼早就对我们的行动一清二楚，我们低估了星昼的能力。片风望着高耸入云的玹雷祭星台说。风在纵天神殿的四面八方涌动，我们每个人的头发和幻术袍都被吹得猎猎飞舞如同旗帜。

月神说：我们的行动都在星昼的掌控之中，看来我们除了听她的别无选择。

星轨从防护结界中抬起头，对我说：王，我没有想到星昼的能力是那么强大，那不是我所能够对抗的。王，对不起……

辽溅走过去，跪下来，把脸贴在星轨周围的结界上，对她说：星轨，没有人会怪你的，你好好睡，我不会让你有事的。

当星昼出现在我们面前的时候，星轨和皇柝已经昏倒在地面上，皇柝的防护结界被消耗得只剩下一些碎片。而星轨，早就俯倒在地上丧失了所有的知觉。当我们从玹雷祭星台走到纵星王座的途中，星昼的灵力越来越大，而星轨受到的影响也越来越严重，皇柝也越来越不能支撑防护结界。星轨强忍着被撕裂般的剧痛，嘴唇被她自己咬得流出鲜血，我看见辽溅的手握得很紧，可以看见白色的骨节。

卡索，你来了。

当星昼对我说话的时候，我完全看不到她嘴唇在动，只听到她的声音从整个空旷的大殿的某个不知名的地方传来，恍惚得如同梦境。我只希望星昼不要操纵梦境控制他们，因为我看见片风和辽溅的脸上已经出现了恍惚的表情。而月神却没有受到任何影响，因为那些暗杀术对于她来说是很容易化解的。月神的表情凝重而充满杀气，我看到了她手上的月光逐渐凝聚成一把冰剑的样子。

星昼的声音再次出现了，她说：月神，我知道你想让我看到你手上的月光，我也知道你真正的杀招不是那把冰剑。你会在进攻之后马上将冰剑向我投过来，然后你会利用我挡掉冰剑的瞬间用孔雀胆的毒加在幻术里面操纵风雪包围我，我就不能动弹，否则一碰到那些围绕我飞旋的风雪，那些毒就会进入我的身体。而我不动，你的月光刃就会长驱直入。我说得对吗，月神？

我看到月神沉着的表情，可是她眼中惊恐的表情还是无法掩饰。

星昼的表情依然诡异而恍惚，缥缈如同梦境。

我第一次感到绝望。从进入幻雪神山开始，从封天、倾刃到蝶澈，我从来没有感到这么绝望过。星昼可以洞悉所有人的思想，那么所有的进攻对她来说都是没用的。我不知道怎么才能打败她了。

我望着月神，她也望着我，我知道她想让我一起出手，于是我点点头。

但是马上我就发现即使我和月神联手，我们也一样不可能打败星昼。我们的每次进攻都被她提前预料到，我们出手的方位、幻术，甚至出手的速度都被星昼预料得分毫不差。

我和月神俯倒在地上，星昼的微笑依然恍惚而缥缈，如同雾气中黑色的曼陀罗花，有着令人沉沦和恍惚的香味，却危险而致命。

Part.2 雪国

卡索，你是不可能让你弟弟复活的，你连纵天玄武神殿都过不去，更何况在我之后的西方领域。还是让你们死在这里吧，纵天神殿的灵力又会增加了。

然后我看到星昼手上出现了一个光彩变幻不定的光球，我知道那是星宿族独有的梦境，星旧和星轨都曾经使用过。我知道月神和我只要进入那个梦境之中，我们就再也不会醒过来。

可是我已经没有任何力量反抗了，灵力如同在红日之下的雾气一样迅速消散。我看了看月神，她俯倒在地上望着我，我看到她眼中绝望的神情。

就在我要坠入梦境的时候，突然一阵凛冽的风从后面破空而来，然后无数的尖锐的冰凌从我肩膀上面飞过去，我听见一阵一阵冰凌刺入血肉的沉闷的声音。

我抬起头，星昼张大了嘴，眼中是不可置信的神情，可是鲜血还是沿着那些贯穿她胸膛的冰凌不断流出来，一滴一滴地洒落在纵星王座上。

我回过头，看到片风站在我的背后，闭着眼睛，眼泪从他眼眶中不断涌出来。皇柝跌坐在地上，而在他面前，是倒在一片血泊中的星轨，头发散开来，双眼睁开，望着纵天神殿的上空，脸上没有任何表情，空洞而麻木。

星昼脸上突然露出诡异的笑容，她的声音依然缥缈不可捉摸，她说：尽管你们过了北方纵天神殿，可是你们永远也不可能过得了西方护法的领域，因为西方护法……

星昼的话还没有说完，贯穿她胸膛的每根冰剑上都突然长出了尖锐的倒刺，我听见星昼身体碎裂的声音。原来击败她的幻术不是简单的破空冰刃，而是渐次玄冰咒，第一次攻击成功之后马上会在那些冰剑上长出新的冰剑，发动第二次进攻。这种魔法一般都是对付灵力比自己高很多的人的，因为这个幻术太耗费灵力，是某种意义上的同归于尽。只是我不知道，身为占星师的星轨怎么会冰族幻术师的高等级魔法。

其实我很想要星昼把话说完，可是她再也不能说一句话了，她的身体倒在地上，脸上的表情依然诡异而模糊。我隐约感到她知道什么秘密，却无法确切地捕捉到什么。

我将星轨葬在纵天神殿的背后，那片长满樱花和鸢尾的山坡，辽溅用他的宝剑为星轨挖掘出坟墓，尽管他没有说任何话，可是我看到他的眼泪一颗一颗地掉进埋葬星轨的黑色泥土中。当坟墓挖好之后，辽溅的宝剑已经被地下坚硬的石头磕出了很多道缺口，他抱起星轨，把她放进去，然后用手一捧一捧地将黑色的泥土掩盖到星轨的身上。看到泥土把星轨瘦弱的身体埋葬的时候，我的心里像是突然出现了一个巨大的空洞，无止境地往下掉，我的脑子昏昏沉沉地痛，太阳穴像被很亮很亮的细小的光芒扎着一样隐隐作痛。

月神站在最远处，站在一棵樱花树的下面，风吹起她的头发和长袍，皇柝站在她的旁边，也是沉默着没有说话。潮涯坐在星轨的坟前，开始弹奏巫乐族的安魂曲，我知道那是巫乐族的最伟大的巫乐，只有历代的帝王才能有资格在死后让巫乐师为他弹奏安魂曲。因为安魂曲会消耗掉巫乐师很多的灵力，而聆听的人会在死后拥有不灭的灵魂。

那天晚上我又听见了辽溅苍凉而雄浑的声音，破碎地飘荡在纵天神殿的上空。很多的占星师出来，他们站在纵天神殿的各个塔楼上面，望着我们没有说话，我知道他们很多都是以前占星家族的人，在很多年前隐居到幻雪神山。他们高高地站在天空之上，长袍翻动如同绝美的白色莲花。没有人说话，只有辽溅的歌声和潮涯的巫乐高高地飘荡在云朵之上。

在那天晚上我快要入睡的时候，我突然想起星旧，我不知道他在刃雪城里是不是已经占卜到他妹妹的死讯，抑或是毫不知情地继续在祭星台上

Part.2 雪国

为星轨祈福，每天望着幻雪神山的方向，想念星轨安静的笑容。我突然觉得很难过，可是又说不出来。于是只有沉沉地睡过去，等待红日破晓天光大亮。

我沉溺在黑暗中不想苏醒过来。我不知道那天晚上我有没有哭，我只知道梦中我好压抑，某种我无法描述的情绪从喉咙深处不见光的部分一寸一寸往上涌，眼前全是星轨最后躺在地上，躺在白色血泊里的样子。

我终于知道了星昼的死因也知道了星轨的死因。原来星昼不是片风杀的，杀死星昼的人是弱不禁风的星轨。片风说，当他一进入神殿中央的时候他就听到星轨对他说话。星轨说：片风，等一下你尽量保护自己的灵力同时要装出无力抵抗星昼的样子，等到我在空中悬浮出冰凌的时候，请用最急速的风将它们刺穿星昼的胸膛。因为星昼会以为我在她的控制之下没有任何反抗的力量，所以她不会花任何力气来预测我的行动，只是王和月神他们的行动会被星昼了如指掌的。片风，请一定帮我，这是我们通过纵天神殿的唯一办法。

片风对我说：当时我完全不知道星轨所说的唯一的办法就是牺牲掉自己，因为在星昼的控制下星轨真的几乎没有任何反抗的能力，她要动用灵力而且特别是星宿族不擅长的进攻类型的幻术，那几乎就是要消耗尽灵力的。我只是很兴奋于可以打败星昼，却忘记了星轨孱弱的身体。等到我看到冰剑全部刺入星昼的胸膛并且分叉出无穷的尖刺的时候，我开心得像个孩子，我笑着去看星轨，然后看见她躺在血泊里，两眼望着天空，没有表情，却像要说无穷的话。我只觉得手中操纵的风全部不听我的召唤，往四面的空间里消散掉，我摊着空虚的手掌难过地掉眼泪。

我裹紧凰琊幻袍，周围的雪花不断飘落在我的头发上。自从我弟弟死了之后，我就再也没有用过幻术屏蔽雪花，可是从来没有一次雪花掉在我身上有这次寒冷,我裹着幻术袍不想说话。

悲哀像浓郁的夜色,从天边黑压压地吞没整个世界。

在离开北方领域的时候,皇栎给了我一个梦境。他告诉我,星轨一共留下了四个梦境,第一个让我在离开北方领域的时候打开,第二个在进入西方领域时打开,第三个,在没有线索没有方向无法继续前进的时候打开,最后一个,在我见到西方护法的时候打开。

第一个梦境的华丽和美好,超越了我所有的想象,如同最璀璨的烟火盛放在深蓝色的天空里,光影变换,时光流转。

梦境里,星轨一直在自由地奔跑,尽管她一生从来没有自由奔跑过。她的笑容弥漫在一片铺满樱花花瓣的雪地上,星轨一路跑过去,花瓣在她身后缓慢地,缓慢地,飞扬起来,飞扬起来,起来,起来……

王,原谅我不能和你们一起走了,尽管我很舍不得。我的出生是个错误,我从小就是个让家族心疼的孩子。我的父王和母后总是为了我掉眼泪,我看着他们苍老的面容总是在心里感到最深沉的难过。还有我的哥哥星旧,在我眼里他是最伟大的占星师,有着伟大的胸怀和温柔的笑容,有着对我无穷无尽的放任和纵容。可是我的星象注定是被打断的,我的生命必然会在某个弥漫樱花香味的清晨或者月光笼罩的黑夜悄然中断。所以,我想这样死也没有任何遗憾了。我总是在行进的途中需要你们的照顾,要辽溅抱我,要皇栎为我消耗灵力做防护结界,要片风操纵风为我吹散天上的乌云。很多时候我都想强大起来,不让你们担心,可是我没有办法,我甚至连走路的能力都没有。

王,我从出生开始一直待在幻星官的最底层,为整个家族的兴衰荣辱占卜预言。我从来没有见到过樱花凋零的凄凉和月落时的静谧,没有听过一朵花开放时微弱的声音。我很想到外面的世界看一看,我想感受到外面

Part.2 雪国

的风吹动我的头发和长袍。王，我很感谢你在我生命的最后一段时光中让我走出黑暗的祭坛，让我站在阳光下面。我看到了灭天神殿恢宏的城墙，听到了感动了叹息墙的潮涯的乐律，见到了星宿族的神星昼，尽管我死在她的手下，可是我没有埋怨过。

王，我能了解你对你弟弟和梨落、岚裳的感情，浓烈而深沉。在蝶澈的官殿里面你把那些梦境给潮涯的时候，我就已经感受到了你内心澎湃汹涌的情感。王，我只希望你能按照自己的意愿自由而快乐地活下去，我希望有一天，复活的释能再一次俯过身来亲吻你的眉毛，叫你哥，就像我曾经对我哥哥星旧做的一样。只是以后我不能再亲吻我的哥哥了，王，请替我照顾他。

王，前面的道路我不能为你占星了，请你勇敢地走下去。其实我在蝶澈的官殿里的时候，我就知道了我会死在纵天神殿里面，那个时候我不敢告诉你们任何人，因为命运是无法改变的，我只能笑着接受。

王，在进入纵天神殿之前我曾经为你占卜过西方护法的领域，可是星象却是一副从来没有过的样子。我不知道是因为西方护法特别强大还是西方领域特别奇特，我只能告诉你，西方领域是脱离于幻雪神山的另一个独立的结界，整个结界由西方护法的幻术支撑。我无法预测那个世界的样子，也许是和前面几个护法一样的恢宏的官殿，也许是一片冰封的雪原，甚至可能是一个火族的世界，在你杀掉西方护法的时候，他的灵力会崩溃消散，而那个世界也会随着消失不见。然后你们就会看见渊祭，幻雪神山的统治者。

王，我要离开了，你们要好好地活下去，我爱你们每一个人。王，请先不要告诉我的哥哥我的死讯，因为他是那么爱我，我不想让他难过。我一想到他如同剑一样狂放而斜飞入鬓的眉毛皱起来，我的心就如同被一寸一寸割下来一样痛。

就像你弟弟说的那样，王，请你自由地飞翔吧……

在我们即将离开纵天神殿的那天，我接到星旧从刃雪城中写过来的信，用掣风鸟传递过来。信上说：王，我占星时知道你们已经过了北方护法的纵天神殿，心中特别地安慰，希望你们早日回来。王，请替我好好照顾星轨，星象上好像显示她一个人独自去了一个遥远的地方，你不要让她孤独地一个人行走，她从小就怕寂寞的，请陪在她身边。

我的手握不住信纸，一阵风吹过来，那张信纸很轻易地飞了起来，朝苍蓝色的天空飞去，飞入了我们不可知的世界，沿着西方领域的方向缓缓地飘过去。

我在心中设想过一万种西方领域的样子，光怪陆离或者刀山火海，然而当我踏上西方世界的时候，我仍然惊讶得说不出话来。因为我看见的，居然是凡世的样子。

我们进入西方护法的领域时太阳刚刚升起来，俗世的气息格外浓厚，有提着花篮的清秀的小姑娘，花篮里装着新鲜的茉莉，用线穿起来一大串一大串，沿着沾满露水的青石板路面沿街叫卖。路边的各种茶肆酒肆里面有着喧哗的人声，此起彼伏。有路边卖煎饼的货郎，对着所有过往的人群兜售着煎饼和廉价的笑容。也有身后挂着华丽佩剑的长衫年轻人，头发束起来，眼神明亮而骄傲。也有站在桥上的青丝罗带的年轻女子，她的头发是黑色的，在风里面飞得格外轻盈。

而真正让我惊讶的是，当我们几个有着长到地上的银白色头发的人出现在凡世的时候，他们居然没有一点惊慌。每个人的笑容依然稳定，甚至酒肆里的小二居然跑到我们面前问我们要不要落脚休息。我回过头去看月神，现在没有了星轨，一切都只有靠月神的来自于杀手本身的接近于野兽的敏锐感觉来躲避危险。

月神说：王，这不是简单的凡世，因为我感觉得到很多杀气。

我说：我明白，一般的人不可能看到我们的样子而没有任何的反应。

Part.2 雪国

我们小心地前进，精神集中到甚至可以分辨出脚下雪花碎裂的声音，月神在我旁边，小声地告诉我，街边哪些小贩是绝顶的杀手，哪些婆婆是灵力高强到无法估计的幻术师，而哪些乞丐，才是真正的乞丐。

当我们走到这条繁华的长街的尽头的时候，我看到了一家奢华而歌舞升平的客栈，那家客栈门口有个有着深黑色眼睛的漂亮的小男孩，正在玩一个白色的如同雪球一样的圆球。我走过去，蹲下来对他说：小弟弟，哥哥可不可以玩玩你的球？然后那个男孩子对我笑了，如同最清澈的泉水一样干净而舒展的笑容，他把那个球给了我，我拿到手上，然后脸色变了。因为那个球是真实的球，也就是说，这个凡世里的东西全部都是真实的，我从来没有想过西方护法的灵力居然强到这种地步，居然可以将幻术实化。我叹了口气，想叫他们停下来，明天再说。

当我转过头去想要告诉他们的时候，我看到了辽溅空洞的眼神，他望着我完全没有表情，脸色呈现出一种诡异的蓝色。然后他突然地倒下来，死在了进入西方领域的最初的地方。

当辽溅倒下来的时候我还完全没有反应，而片风已经一步跨过去抱住了辽溅，可是已经晚了。皇栎伸出手去探辽溅的鼻息，然后他的手僵硬地停在那里，无法动弹。

皇栎扣起左手的无名指沿着辽溅的身体在他的皮肤上的虚空游走了一遍，然后他抬起头来望着我，表情严肃。他说：王，辽溅死于中毒，慢性毒。

皇栎告诉我下毒的人必定是个暗杀高手，因为他算准了辽溅会在进入西方领域的时刻突然暴毙。可是这种慢性毒的潜伏期很长，也就是说早在我们没有进入西方领域的时候，辽溅就已经被人下毒了。

我看见皇栎的眼睛中突然有一丝很模糊但是诡异的光芒一闪而过，可是之后他又恢复了冷静得近乎残酷的表情。他说：王，在之前的行程中，谁最有机会在辽溅的身上下毒?

每个人的脸色都变了,我知道他们全部明白了皇柝的意思,只是谁都没有说话。

过了很久,我说:每个人都最有机会下毒,月神、潮涯、片风、你,和我。

片风说:皇柝,你不该怀疑我们任何一个人。

月神冷冷地说:如果我要杀他,他会死得相当完美,你根本无法从他身上看出他死亡的原因。

潮涯没有说话,低着头,风吹过来,她的头发纠缠地飞起来,有些遮在她的脸上,显得格外柔弱。我知道在蝶澈一战之后,潮涯的灵力消耗格外严重,没有可能是潮涯。

皇柝说:我没有怀疑任何人,我只是在陈述一个事实,而且我也相信我们之中不会有人暗杀辽溅。我只是想让大家知道,那个人的暗杀技术是多么出神入化。

那天晚上我们在客栈住了下来,那家客栈有着格外奢华的装饰和建筑,亭台楼阁,小桥流水。我们几个人住在听竹轩,那是几间坐落在一片浓郁的竹林里面的精致的木舍。那些苍翠的竹叶上还残留着积存的雪,偶尔有风过来的时候那些雪花就从竹林间如同花朵一样纷纷飘落。

潮涯很喜欢这个地方,她说在刃雪城里面从来都是高大而恢宏的宫殿,有着参天的玄武石柱和高不可及的天顶。从来没有见过这么小的房子。

辽溅被我们葬在屋子背后的空地上,潮涯本来想为他弹奏安魂曲,可是她的灵力已经无法支持。她对我笑了笑,我看得到她笑容里面的难过。

那天晚上潮涯吃过饭之后最早去睡,我看着她走进房间,我从她的背影里看得出她的疲惫。

我躺在床上无法睡去，脑海里面不断重复着从进入幻雪神山到现在的画面，一幅一幅，不断从夜色中浮现出来又隐没到夜色中去。我不得不承认西方护法是我从来没有遇见过的厉害的对手，对于他的进攻，我们甚至连还手的力量都没有。我突然发现，原来暗杀术真的是幻术里面最难以抵抗的。

我翻过身，面向窗户，看着月色从窗棂流淌进来铺满地面。然后我突然从床上跃起来，闪身到窗户后面。

因为我看到月神突然出现在我屋子的后面，月光将她的轮廓勾勒得格外清晰。月神背对着我，站在屋子后面的空地里，站在辽溅的坟墓面前。我无法想象在这样的晚上月神去辽溅的坟墓干什么。突然天空上面有云朵飘过来遮住了月亮，在那些明亮的月光突然减弱的时候，我看到了月神手上的月光。我不知道现在月神想动用幻术干什么，这里没有任何敌人出现，甚至没有任何人出现。

正在我奇怪的时候，皇栎突然无声无息地出现在月神身后。在那凛冽的风里面，皇栎的幻术长袍竟然纹丝不动，我知道他的全身已经布下了防护结界。

可是月神还是感觉到了他的出现，月神低低地疾呼了一声"谁"，然后迅速地转身，她手中的月光刀刃已经出手了，从下往上斜刺皇栎。从她说话到转身到出手，不过一刹那。我终于知道了月神暗杀的速度和实力，以前我一直低估了她的能力。

可是皇栎似乎早就知道她一定会出手，所以他很从容地伸出手架住了月神的光刃。

月神收回手，说：竟然是你。

皇栎面容冷酷，他说：为什么不可以是我。你在这里干什么？

月神冷笑，她说：你又在这里干什么？

皇栎说：这个不用你管。

月神说：这个也不用你管。说完之后她转身离开。

在月神就要走出屋子背后的空地时，皇栎背着月神，低声说：月神，这间听竹轩只有我们几个人，你为什么一出手就是那么厉害的杀招？

月神停下来，可是依然没有转身，停了一下，然后还是一个字也没说就离开了。

皇栎站在夜色中，我看着他的背影，他的防护结界已经撤掉了。风灌满了他的幻术长袍，他的银白色长发飘扬在月光里面。

晚上我没有睡着，后来我又起身看了看辽滟的坟墓那儿，可是不知道什么时候，皇栎已经回去了。空地上除了月光什么都没有。

第二天早上，我打开房间的大门的时候，月神和潮滟已经起来了。月神站在竹林间，潮滟坐在石凳上弹琴，两个人映衬着白雪和翠竹，长发和长袍飞扬在风里，如同一幅绝美的画面。我看到远处阁楼上已经有很多的男人在张望，我知道月神和潮滟在凡世绝对是惊若天人。没有任何一个凡世女子可以比拟她们的美貌。

皇栎和片风也从房间里面出来了，月神看见皇栎的时候表情依然没有任何变化，而皇栎也是一样，似乎昨天晚上两个人之间的针锋相对甚至彼此出手都没有发生过。我也没有问他们昨天晚上的事情。

皇栎走到我面前说：王，我们似乎忘记了一件重要的事情。

我问他，什么事情？

他说：星轨的第二个梦境。

当我走进星轨的第二个梦境中的时候，我才发现星轨的这个梦境格外简单，因为梦境里面什么都没有。周围好像是浓重的灰色的雾气，只有星轨的声音不断地说：去找这里外号叫太子的人，他的名字叫熵裂。

Part.2 雪国

我问了店里的小二是否知道这里有个人叫樀裂，他抓抓头然后笑着对我摇了摇头。我说那么太子呢？然后我看到他的眼中露出恐惧的表情。

你找太子做什么？问话的人是在大堂里面的一个戴着斗笠的人，他的斗笠样式格外奇特，遮住了他的脸，只能从斗笠的缝隙里面看到他的眼睛格外明亮，我可以看见尖锐的光芒一闪而过。他穿着一件深灰色的袍子，低着头正在吃一碗面。

我说：你认识太子？

他说：认识。

他是个什么样的人？

一个不是人的人。

那么他是神了。

可以那么说。因为在这个城市中，他就是神。

为什么？

因为他的地位、财富、幻术、相貌、智慧都是无人可以超越的。

我说：你可不可以带我们去找他？

不可以。

为什么？片风问。

因为我不高兴。

我刚想走过去，然后月神就伸手在我背后碰了碰我，我听到月神对我说：和他保持六尺的距离。我望着月神，她一直看着那个人，我知道她的感觉肯定不会有错，因为我也感觉到了这个人身上的不寻常的气息。

月神走过去，俯身下去在那个人的耳边说了几句话，然后她抬起身子望着那个人微笑。那个人看着我，然后说：好，我带你去。

片风说：为什么你现在又愿意了？

那个人说：因为我高兴。

那个人说完转身走出了客栈，于是我们跟着他走出去。我问月神：你对他说了什么?

月神笑了笑,说:那个时候我手上的月光刃已经抵在他的后背上。我只是对他说你不带我们去,那么你就会看见一截月光刃从你的胸口穿出来。

那个人在凡世的街道上快速地行走着,而现在我才发现他绝对不是个普通人。因为他的速度快得惊人,无论我们如何快速移动,他始终保持在我们前方一步。

他领着我们走过了很多条复杂的街巷,有些繁华且人群涌动,而有些则冷落且诡异,他似乎对每个地方都很熟悉。

在走了相当久之后,一个很大的庄园出现在我们面前。那个人说:走进大门,然后一直走,走到尽头,你就可以见到太子。

我向门里面望去,一条很长很长的青色石板路延伸到尽头,石板上覆盖着白雪,白雪的尽头是一扇雕刻精致的厚重的木门,上面有着精致的铜扣和环。

我转过头来问他:太子在里面吗?

可是那个人已经不见了。

片风说:那个人是在什么时候幻影移形的?

月神说:那个人没有幻影移形。因为我在进入西方领域的时候就曾经试过了,在这个世界里面似乎我们的幻影移形术被封印了。

那他为什么会突然消失?

月神的表情突然很严肃,她说:因为他的速度够快。

那是个很大的院落,青石板上的积雪显然是刚下的,因为那些雪是纯净的白色,而且没有一点被人踩过的痕迹。我们从那条石板路上走过,周围安静得可以听见雪花在我们脚下碎裂的声音。

Part.2 雪国

片风叩响了门上的铜环,那扇朱红色的木门发出沉闷而深厚的响声,不过里面依然没有任何声音。

片风说:难道那个人骗我们?

当片风的话刚刚说完的时候,那扇门已经自动地打开了。里面不仅有人,而且有七个。

我们走进去,然后那扇门又突然关了起来。如同它自动打开一样。

片风问:谁是熵裂?

没有人回答。

房间有一扇窗户,通过窗户可以看见外面的景色。那是个积满雪的庭院,有着怒放的红色的梅花,那些梅花掩映在那些雪花之中,显得格外冷艳。当风吹过的时候,那些树枝上的积雪全部簌簌地往下掉。窗户的旁边站着一个年轻人,长衫、剑眉、星目。他的腰上有着一个纯白色的玉佩,一看就知道价值连城。在那个玉佩的旁边,是把通体黑色的剑,白金吞口。可是除此之外,他身上没有任何奢华的东西,长衫旧可是干净挺拔,剪裁格外合身。他站在那里,一句话也没有说,身体也没有动,只有他的长衫在从窗口吹进来的风中飒飒作响,他的整个人就像是一把出鞘的锐利的剑。他似乎对这里突然多了我们五个人完全不在意。

在他的旁边,也就是在这间房间的最里面的角落里坐着个头发全部是银白色的老人。这个老人的头发是银白色并不是因为他有着冰族最纯正的血统,而是因为他是凡世的人,凡世的人到了老年的时候头发都会变成银白色。他的穿着显得地位格外尊贵,紫色的长袍上绣着条金色的龙。他的目光格外轻蔑,我可以看到他眼中的轻视,他甚至在悠闲地修着他的指甲。谁都可以看出他的指甲必定是他的最得心应手的武器,因为他的指甲坚硬而锋利,如同十把小巧却吹毛断发的剑。

在房间的另外一边站着个衣着艳丽光彩逼人的中年妇人,尽管不再年轻却有着真正的成熟的风韵。她的头发高高地盘在头顶上,发髻上插着很多细小的发钗。可是我知道那绝对不是简单的发钗,那些像绣花针一样的装饰品随时都可以变成她手中的致命的杀人工具。我将目光集中到她的手上,因为我突然发现,她的手上戴着很薄的透明的手套,无疑她是个用毒的高手。

在房间的最里面正中央的地方,是个弹琴的女子,在她面前是一架古琴,琴声一直弥漫在这间房间里面。她的面容很年轻,可是奇怪的地方在于她的脸上却有着不符合她的年纪的沧桑,她的眼角甚至都出现了一些细微的皱纹。当我观察那个弹琴的女子的时候,我发现潮涯也在看她,然后我看见潮涯转过头来对我微笑,我也马上明白了潮涯的意思。

在房间中央是一个软榻,上面一共有三个人,左边的一个是个魁梧如同天神的男子,在四处飞雪的天气下他依然敞开着衣襟露出坚实的胸膛。右边的是个绝美的妇人,衣着考究且表情高傲。在她的脚边跪着一个婢女,正在为她捶脚。

我回过头去看月神,发现月神也在看我,然后她对我点了点头,我知道她和我的判断一样。

我走到那个佩剑的年轻人旁边,然后他转过身来对我说:算你有眼光,还知道我是太子。

我说:你不是。

那个年轻人的表情突然很尴尬,他说:为什么我不能是太子?

因为你不够放松,你太紧张。你装作不在意我们走进房间,其实只是你怕别人发现你脸上表情的慌张,所以你背对房间面向窗户。

那个年轻人没有说话,退到一边,眼中有着愤恨的光芒。

月神走到那个修指甲的老人面前,那个老人叹了口气,说:看来还是骗不过你们。我的确就是太子。

月神笑了,她说:你绝对不是。

Part.2 雪国

为什么？那个老人面无表情地问。可是他脸上的皱纹却有不能控制的颤抖。

因为你比那个年轻人更加慌张，你为了掩饰你内心的不知所措于是修指甲，不过这只能更加暴露你的内心。你故意做出地位尊贵的样子，有着高贵的服饰和藐视一切的神情，可是如果我没猜错的话，你是这里地位最低的人。

那个老人的脸已经因为恼怒而变成了酱紫色。

我继续走到那个头上插着细小银针的妇人面前，她笑着问我：难道我也不是？

你不是。

为什么？

如果我没看错的话，你是一个用毒高手。

不错。

那么你就不可能是太子。

为什么？

因为用毒的人内心都不是真正的纯粹，即使可以成为最好的暗杀高手，也不能成为统领一方的豪杰。太子既然可以纵横这个城市，那么他必然不是依靠暗器用毒来达到目的。而且，就算太子善用毒，那么也不会在头发上插上那么明显的暗器，也不会故意让我看见你的手套。这本来是你们计策中一个很高明的招数，因为这是暗杀护法的领域，所以你们料定我必然会以为暗杀术越好的人地位就越高。可惜在我小时候，我的父皇就告诉过我，一个内心不是真正宽广而伟大的人，是无法达到最高的境界和地位的。

潮涯走到那个弹琴的女子面前，对她说：你可以休息了。

那个女子抬起头来看着潮涯，没有说话。

潮涯笑了，她说：除了蝶澈，没有人比我更加了解乐律，你的乐律里面有着最细腻柔软的感情，你的内心也必定和你的乐律一样细腻而柔软。太子不可能拥有像一个纯粹的女子一样细腻的心思，因为即使太子是个女人，那么她也必定有着和男子一样刚强和坚韧的内心世界。

潮涯坐下来，她说：让我来弹吧。然后整间房间里都是那种悠扬华丽如同梦境的乐律，那种曾经感动了叹息墙的乐律。

月神走到中间软榻的前面，对着那个男的说：下来吧，你的地位轮不到坐这个位置。

那个男的沉默了很久，然后从软榻上下来，他望着月神，似乎在问你怎么知道我不是。

月神说：你的身材太魁梧，却没有什么用，那些肌肉只是徒有其表，完全没有实用价值。你信不信，潮涯，也就是那个弹琴的女子都可以轻松地击败你。

然后月神走到那个女子面前，弯下腰，她说：太子，见到您很高兴。

可是当月神抬起头来的时候，她却是看着那个捶脚的婢女，她说：太子，您可以休息了。

于是我开心地笑了，月神的判断和我一样。真正的太子其实是那个捶脚的婢女。

这时，婢女的手突然停止了动作。她站起来，望着我们，叹了口气，说：你们怎么会想到是我？

因为我们排除了那个妇人，而最后剩下的就只有你。

太子抬起头来，我可以看见她的面容，可是秀气的脸却有着不容侵犯的神色，双目不怒自威。她说：你怎么知道不是她是我？

我说：本来我也没想过是你，而且她没有任何不适当的举措。只是我突然想到，当你的婢女在为你捶脚的时候，你绝对不会是正襟危坐，除非为你捶脚的人才是你真正的主人。而且，太子，你捶脚的手泄露了太多的秘密，你的力量拿捏得格外精确，每次的力道都是一样的。而且你的手指

Part.2 雪国

比一般人灵活很多，无论是用暗器或者召唤法术，都会有更强的威力。

太子叫那些人全部退下了，月神料得没错，那个衣着高贵修指甲的老人的确是身份最低的一个，他走在最后面。

当太子换好衣服重新出现在我们面前的时候，他已经是一个玉树临风的男子，如同我的弟弟樱空释和东方护法倾刃一样，都是美到极致的男子。他没有任何的动作，可是却让人感觉到他身上散发出的压力，他的表情似笑非笑，神秘而模糊。

当所有人退出去之后，太子说：你们来找我做什么？

我说：我也不知道，是星轨给我一个梦境，叫我来找你的。

星轨？熵裂的声音不经意地颤抖了一下，尽管他隐藏得很好，可是无法瞒过月神的眼睛。他似乎也知道不能掩饰，所以他咳嗽了一下说：对，我认识她。

然后熵裂告诉我们，原来在熵裂曾经还待在刃雪城中的时候，星轨曾经救过他。因为星轨在一次占星中偶然发现了熵裂的星象中出现劫数，于是她用梦境提前告诉了熵裂，那个时候熵裂还是冰族里面一个即将隐退的幻术师，所以，直到现在他一直感激星轨曾经对他的帮助。

熵裂说：既然是星轨叫你们来的，那么你可以问七个问题，随便什么问题我都可以回答你。现在你可以开始问了。

这是不是个普通的凡世？

不是，这是西方护法用灵力幻化出来的一个结界，里面的人有一部分是真正的凡世的人，而有些却是跟随在西方护法身边的绝顶的暗杀高手。这个世界中有着一个最大的组织，叫作千羽，因为里面所有人的名字都是鸟，最厉害的两个人是凤凰和乌鸦。其中更高一筹的人不是凤凰，而是乌鸦。而这个组织的领袖，就是西方护法。

怎么才能离开西方领域从而见到渊祭？

找出西方护法，杀死他，然后这个结界也会随着他的消失而崩溃。

怎么才可以找到西方护法？

等。

等什么？

等他来找你。

如果他不来呢？

那就一直等。

西方护法是谁？

不知道。

谁知道？

没有人知道。

好了卡索，七个问题已经问完了，你可以离开了。或者你愿意的话也可以住下来，我保证这里的房间比外面任何一间房间都要好。

我刚想说好，我们就留下来，可是月神已经抢先替我说：不用，我们还是回客栈去。

我不知道月神为什么不愿意继续待在这个地方，只是我相信她的判断，所以我点点头，没有反对。

当我们回到客栈的时候，客栈的大堂里面突然多了七个人，我看见太子转过头来对我笑，他说：我们也住这里。

太子对我说：在这个世界中，到处都有暗杀的高手，凤凰和乌鸦是最厉害的两个人，可是从来没有人知道他们的真实身份。我和我的手下住在你们附近，你们有什么事情尽管可以找我或者差遣他们去做。尽管我们的幻术可能比你们差很多，可是，在这个暗杀的世界里，强者和弱者不是靠灵力的强大来区分的。

在那家客栈里面我们又见到了那个玩球的漂亮的小孩子，店小二告诉我他是店主的儿子，店主有事情出了远门，于是把他留下来交给他照顾。当我看见那个小孩子的时候没想到他还记得我，他走过来，对我说：哥哥，陪我玩球好吗？

当听到他叫我哥哥的时候，我突然想起了几百年前，在我已经变成了一个大人而释还是小孩子的时候，我抱着他走在凡世风雪冰天的路上，释躺在我的臂弯里面，安静地睡去，表情温暖，因为他是那么信任我。在他心里面，我一直都是他的神。可是他最最信任的神却将剑洞穿了他的胸膛，将他的血洒满了大雪覆盖的地面。

我抱着那个小孩子，用力地抱着，一瞬间我产生了幻觉，觉得我抱着的孩子就是释。我小声地说：好，释，哥哥陪你玩。

我的眼泪流下来，滴在我的手背上。

那家客栈其实比我们看到的要大很多，我们居住的听竹轩只是很小的一个部分，在这个客栈里面，有着小桥流水，也有着樱花满园。在我们的那间房间背后还有个长满各种凡世植物的花园，有着如同凡世鲜血一样的红色梅花，也有着我最喜欢的柳树，只是还没有长满柳絮，没有开始飘零出一片一片的伤感和颓败。

暮色四合。似乎凡世的夜晚来得格外迅捷而且转瞬就完全没有光亮。刃雪城中即使到了夜晚，周围的积雪和千年不化的寒冰以及恢宏的白色宫殿，都会反射出柔和的月光或者星光。可是在这个客栈里却不是，黑暗似乎有着令人感觉压迫的重量，整个客栈里只有在院落门口挂着几个红色的宫灯，那些宫灯在风中飘摇不定，那些微弱的光芒仿佛随时都会熄灭。除此之外就只有自己房间里的一盏油灯。

店小二将我们五个人安排在南面的一排房间，当我走进自己的房间的时候，暮色已经浓到看不清楚房间里的东西了。于是皇柝走过去将那盏油灯点燃，就在皇栎背对着我们的时候，月神悄悄地在我背上写了四个字。我抬起头，望着她，她没有任何表情，皇栎已经转过身来，他说：王，您早点睡吧，要我为您布置防护结界吗？

不用了，你小心保护你自己。

我送他们几个出去，看着他们房间里面的油灯一盏一盏亮起来，我才关好门。

我想静下心来，因为这几天发生的事情太多，从辽溅的死到现在的熵裂，我隐约觉得西方护法的行动已经完全展开了。可是我却找不到进行防范的切入口。

我左面的房间住的是潮涯，右边是皇栎，再两边是月神和片风。而熵裂和他的那些手下就住在我们对面的北边的浅草堂里，在南北中间是个大约有七八丈的空地，中间有着浓郁的长青松柏和嶙峋的山石。

在那天晚上，当我快要睡着的时候，我突然听到了我的屋顶上的脚步声，准确地说是我感觉到的，因为那个人的动作实在是精巧细腻，完全没有发出任何声音。只是我的第六感告诉我，屋顶上肯定有人。

正当我准备从床上起来的时候，我的油灯突然熄灭，我的眼睛无法适应突然的黑暗。就在这个时候，我突然听到几道破空而来的风声，几点寒光突然出现在我的面前，我从床上跃起来朝旁边掠开一丈，那些寒光几乎贴着我的长袍飞过去，我的肌肤甚至都可以感觉得到刺骨的寒冷。我不得不承认刚才我几乎就死在那些寒光之下，那些寒光可能是尖锐的冰凌，或者袖里剑，或者毒针，但无论是什么，都差点要了我的命。

在我横向掠开的刹那，我突然反手向上一挥，一道冰刃急射屋顶，我听到瓦片碎裂的声音以及锋刃割破肌肤的声响，然后有人从屋顶上跌落下来。

我冲出房间，然后看见皇栎站在南北房屋中央的空地上，他正在往北方的屋子飞快地走去。他听见我打开门的声音，对我说：王，看见一个黑色衣服的人吗？他刚从你的屋顶上跳下来。他说话的时候一直没有转过身来看我。

我说：不要让那个人走掉。

于是皇柝身形展动如同一只逆风飞扬的霰雪鸟，我从来没有想过皇柝的幻术也是如此高强，我一直以为他只会白巫术的。我突然想起一些事情，于是转身奔向潮涯和月神的房间。

和我预想的一样，月神不在房间里面。可是让我感到无法解释的是潮涯居然也不在房间里面。她会去什么地方？或者她是不是已经被西方护法的手下或者就是被西方护法杀掉了？

我感觉到冰冷从脚下一点一点地升上来。

片风出现在我的身后，我说：和我一起去北边的那些房间，有个暗算我的人现在正在里面。

当我赶到北边的那些房间时，皇柝已经站在那里了。他胸口的长袍被锋利的剑刃割出了一道很长的口子。

他转过来对我说：王，那个人穿着黑色的夜行衣，我刚才在山石那里和他交过手，他善于使冰剑，我的胸口被他的剑锋扫了一下，然后他就突然一闪身蹿进了这边的房间。

谁的房间？

没有看清楚。可是，他的剑却掉在这里。

他抬起手，手上有一把冰剑，谁都可以看出那绝对不是凡世的东西，那是用幻术凝聚成的剑，锋利且有灵力凝聚在上面。

可是当我从皇柝手上接过那把剑的时候，我却发现了一件很奇怪的事情。因为那把剑的剑柄上不知道有什么东西，让人觉得格外滑腻，这是剑术里面最忌讳的，因为如果一个人连剑都握不稳，那他绝对使不出最好的剑法。可是能够伤皇枛的人，剑法绝对不会弱。

在他说话的时候，住在北边房间里的人全部从房间里走了出来，站在走廊里面。

熵裂最早出来，因为他根本没有睡，依然穿着同白天一样的衣服，甚至头发都梳理得很整齐，英气逼人，全身散发出花一样的味道。他的眼睛在黑暗中显得格外明亮，如同天空上最闪耀的星星。

他问：发生了什么事？

我说：有人在我的屋顶上，他刚刚对我进行暗杀。

我看到熵裂的神色变了。

他转过身看着那些人，然后他对皇枛说：你看见他的确是穿的黑色夜行衣？

绝对是。皇枛望着出现在走廊里的人，冷冷地说。

那么从你追赶他看见他奔入这边的屋子到现在，一共多长时间？

不是很长。

不是很长是多长？熵裂问。

我突然明白了熵裂的意思，于是我替他问：够不够一个人重新换好衣服？

皇枛一字一顿地说：绝对不够。

站在熵裂旁边的就是那个英俊的佩剑少年，我现在知道了他的名字叫伢照，他穿着白色的睡袍，睡袍里面是一套白色睡衣，赤脚，头发没有梳理，柔顺地披散在肩膀上。

那个白天衣着华丽高贵可是身份却最低的老人名字叫潼燮，他披着一件白色的狐皮披风，披风里面，是件蓝色的绣着一条青龙的真丝睡袍。看着那条青龙，我突然想到现在自己就是待在西方护法青龙的领地上，可是面对越来越诡异却完全没有线索的事情，我连还手的能力都没有。

Part.2 雪国

同熵裂一样没有睡的人还有那个白天正坐在软榻上的妇人，她叫铱棹。她旁边是和她一样坐在软榻上的那个肌肉很发达的男子，熵裂告诉我他的名字叫鱼破，可是他却显然已经入睡了，他是被吵醒的，因为他的脸很红眼睛里面全部是血丝，头发凌乱，显然是经过一场大醉。我明白一个人在大醉之后被人吵醒是件多么不愉快的事情，所以我没有问他问题。

而那个戴着透明手套的用毒的妇人，熵裂说连他也不知道她的名字，只知道她的外号，而她的外号却只有一个字，那就是：针！她穿的却是一件纯黑色的柔软的睡袍，奇怪的是她的手上依然戴着那双透明的手套，难道她连睡觉的时候都戴着？

我问皇柝：你是不是说暗杀的人穿的是黑色的衣服？

是。

那么会不会是她？我指着针问皇柝。

不会。

为什么？

因为那个暗杀您的人穿的是紧身衣，而针却是穿的宽松柔软的长袍，这种衣服在行动上特别不方便，会发出特别重的声音。有经验的暗杀高手绝对不会穿着这种衣服行动。

所以，这里只有你的嫌疑最大。我转过头去，看着那个白天弹琴的女子说。熵裂告诉我，她的名字叫花效，曾经是一家青楼中有名的琴师。

她说：为什么？

因为只有你裹着一件宽大的灰色长袍，我很想看看长袍下面是什么。

你以为是什么？黑色的夜行衣？

也许是，也许不是。

然后我看到花效的脸色变得很难看，她说：如果我说不呢？

那么你会立刻死在这里。熵裂轻描淡写地说。可是我知道他说过的话总是有效，而且绝对有效。一个人若是到了他这种地位，每次说话都会变得小心而谨慎，因为说错一句话，就可能永远没有机会去纠正犯下的错误。

花效低着头咬着嘴唇，我不知道她在想什么。我看到皇栎手上已经凝聚好了灵力，因他的左手开始隐隐发出银色的光芒，我也将左手的无名指扣上，好防备花效突然地逃跑或者进攻。

可是花效没有逃走，也没有出手，只是她脱下了那件灰色的长袍。

看到她脱下来我就已经后悔了，因为里面没有夜行衣，根本就什么都没有。她里面竟然没有穿衣服。

花效咬着嘴唇，我看到她眼中已经有了泪光。

我转过头去，对她说：对不起，是我弄错了，你穿上衣服吧。

月神和潮涯呢？熵裂问我。

她们两个人没有在房间里面。

那你为什么不怀疑她们？熵裂看着我，他的目光变得格外尖锐而寒冷，如同闪亮的针尖。

不会是月神。我淡淡地说。

为什么？这次发问的是皇栎。

我望着皇栎，想起那天晚上他和月神的针锋相对，我知道他们两个人之间一定有秘密。只是皇栎一直没有告诉我，月神也没有说。于是我问皇栎：你为什么那么怀疑月神？

我不是怀疑月神，我是怀疑每一个人。

那么我来告诉你为什么。在我进入那间房间的时候，月神在我背后写了四个字：小心油灯。那盏油灯是你点燃的，你点的时候没有发现已经只剩下一点油了吗？将灯油放掉的人肯定是精确计算过的，那些灯油刚好可以支撑到晚上他来暗杀我的时候。因为当突然进入黑暗的时候，人的眼睛看不见任何东西。

那么潮涯呢？皇栎问。

Part.2 雪国

我不知道。我不知道潮涯为什么不在房间里面。她应该是会待在房间里的，因为她的身体一直没有完全恢复过来。

我看大家还是先回自己的房间，等明天再说。

那么月神和潮涯怎么办？

没有办法，只有等。

那天晚上我没有睡，我脑子里一直在想刚刚发生的事情，我多少可以猜到一些东西，可是依然很模糊。我知道自己肯定忽略了一些很重要的事情，可是我却不能清楚地想到是什么。

那天晚上似乎过得特别快，也没有再发生什么事情。

当早上我起床走出门的时候，我发现熵裂他们已经站在门外了。出乎我的意料的是月神和潮涯也站在外面，潮涯在抚琴，笑容安静而恬淡。

我走过去，问：潮涯，昨天晚上你……

潮涯，你昨天晚上睡得还好吗？熵裂没等我说完就打断了我的话。

很好，我睡得很安稳，连梦都没做就一觉到天亮。

那就好，你身体弱，要好好休息。熵裂的笑容依然安定，可是我的手心里却已经有了一层细密的汗珠。潮涯为什么要说谎？

月神，你呢？熵裂继续问。

我没在这里，我出去了。

我问：你去了什么地方？

她望着我说：王，昨天晚上我发现一件事情，我晚上到你房间告诉你。我看得出月神绝对不是故弄玄虚，她肯定发现了一些事情。

王，晚上我也有些事情要告诉你。皇枥望了望月神，然后对我说。

那天晚上皇枥告诉我，其实辽溅不是死于慢性毒。因为之后他将辽溅的尸体从坟墓中挖出来仔细地检查了一遍，发现他的头顶上，在浓密的头发覆盖下，有根细小的针，针上有剧毒。

皇栎说：王，你还记得当我们刚进入西方领域的时候，也就是在辽溅死的时候，我们周围有什么可疑的人吗？

月神告诉过我有几个绝顶的杀手，可是他们根本就没有出手，因为当时月神在那里，没有人敢在月神面前出手。

王，你记得吗？当辽溅昏倒的时候，是片风第一个跑过去抱住他的，好像片风知道辽溅要倒下去一样。当时我很清楚地记得片风抱着辽溅的头。

皇栎，你想说什么？

王，我没有想说什么，我只是告诉你我发现的一些被我们遗漏掉的事情。王，请您自己判断。

正当这个时候，月神出现在门口，她看见皇栎在我的房间里面，什么话都没有说。

皇栎看了看月神，然后对我说：王，我先回房间了。

那天晚上月神告诉我的是同一件事情。她说在我被暗杀的那天晚上她没有在房间就是因为她去看了辽溅的尸体。月神说在坟墓四周的那些草已经全部枯萎了，因为辽溅的尸体上有毒，而且在辽溅的头发里面有一根很小的银针。

我没有告诉月神皇栎已经知道了这件事情，我只是问月神：你觉得是谁杀死了辽溅？

月神没有怀疑我们中的任何人，她说：王，你记得那个满头插满银针的妇人吗？

针？

对，我很想看一看，她头发上的针是不是和辽溅头上的针一样。

当月神刚刚准备离开我的房间的时候，她突然转过身来对我说：王，昨天晚上你被暗杀的事情你不觉得奇怪吗？

你是说……

Part.2 雪国

看见黑衣人和发现黑衣人跑进熵裂他们房间的都是皇枥，全部的话都是他一个人说的。而且他的胸口被锋利的刀刃割破了。王，你想过会是你发出的冰刀割破他的衣服的吗？"

我看了看月神，心中开始觉得恐惧和寒冷。

那根针已经被月神从辽溅身上取下来了。针是银白色，却也不是银的，比银坚硬很多，针尖在灯光下发出诡异的绿色，很明显上面有剧毒。针头是格外醒目的鲜红色，当我仔细看的时候我赫然发现那红色的针头竟然是雕刻出的一个凤凰头！

凤凰！我失声喊出。

月神看着我，表情很严肃地点了点头。

我刚想伸手去拿，月神制止了我，她说：王，这种毒很厉害，就算没有伤口，毒素也会从皮肤上渗透进去的。虽然不致命，但是也会伤得不轻。

我看着那根针，没有说话。可是我却突然想起了一些事情，从皇枥的话里，从月神的话里。

那天晚上什么事情都没有发生，我睡得很安稳，梦境却一个接一个。在凡世待久了，突然梦见刃雪城中的事情，觉得一切虚幻得如同水中的倒影，一晃一晃的，几百年就这么过去了。曾经和释一起的日子却再也找不回来，只有在梦境里面可以见到那个任性而英俊的释，冷酷的时候让人觉得满脸杀气，可是开心的时候，笑容甜美像个小孩子，又任性又霸道。我的弟弟，樱空释，可是现在他却在天空上面哀伤地歌唱。不知道亡灵怕不怕冷，他是不是还是任性地不用屏障屏蔽雪花，让那些如同樱花花瓣一样的雪落满他的肩膀，落满他的头发，落满他如同利剑一样的眉毛。梦境里面没有纷争，没有王位，没有血统区分，没有厮杀和背叛，只有我们兄弟两个人，高高地站在刃雪城最高的那面城墙上，长发逆风飞扬。雪花樱花从我们的头发里、长袍间飞快地掠过去，长袍飞扬开来如同绽放的千年雪莲，纯净而透明的白色。一千年，一万年，我和释就那样站在那里，俯视整个幻雪帝国，俯视我们的子民，俯视潮起潮落的冰海，以及冰海对岸遍地盛放的火焰般的红莲。

一只巨大的霰雪鸟从刃雪城的城墙上空低低地飞过，然后无数的霰雪鸟擦着我们的头顶飞过去。我听到翅膀在风里鼓动的声音，那些巨大的白色飞鸟全部隐没在天的尽头，然后苍蓝色的天空上面依次出现了那些我一直不能忘记的人的面容：头发微蓝色的梨落，敢爱敢恨得让人心疼的岚裳，我的哥哥姐姐，还有那些在圣战中死去的冰族的人。他们的微笑弥漫在天空里面，最终如同雾气般渐渐消散了。

梦境的最后，我孤独地站在刃雪城冬天一落十年的大雪中，周围没有任何人任何声音，只有雪在风中的怒吼绵绵不断地冲进我的耳朵。然后刃雪城在我身后无声无息地倒塌了，尘土飞扬起来遮天蔽日。

我的眼泪开始流下来，从梦境中一直流到梦境结束，流到我从床上坐起来，流到梦醒的那一刻。

我抱着膝盖坐在床上，头靠着墙壁，我听见自己小声地说：

释，你过得好吗？哥很想你……

当我早上醒过来的时候，窗外的大雪已经停了，竹叶上还剩下一些积雪，在风中很细小很细小地飘落下来。

我走到客栈的大堂里面，我发现月神他们已经在那里吃东西了。除了那个弹琴的女子花效没有在之外，所有的人都在大堂里面。奇怪的地方在于，月神和一个人坐在同一个桌边，而那个人就是熵裂手下最善于用毒的那个妇人，针。

我走过去，在针旁边坐下来，然后店小二过来问我要什么，正在我叫

Part.2 雪国

东西的时候，针对我说：卡索，晚上到我的房间来一下。

我疑惑地抬起头，望着针，不知道她想要干什么。

她对着我笑了，笑容神秘而模糊，她说：王，我知道你的一个朋友辽溅死于一根毒针，晚上你过来，我就告诉你关于那根针的事情。

我望着月神，她没有说话，低头喝茶，于是我转过头去对针说：好，晚上我来找你。

那天晚上我把月神叫到了我的房间，我对她说：月神，你陪我去找针。

月神说：好，王，请千万小心。

我和月神等到所有的人都入睡后才走出房间，可是当我们来到针的房间外面的时候，里面却没有点灯，而且没有任何声音。一片黑暗。

我扣起了无名指，然后风雪开始绕着我的身体不断飞舞，越来越密集，因为我怕一推开门就会有无数的毒针向我射过来。我回头看了看月神，她也将左手举起来，举过头顶，然后她手上的月光将她整个身体都笼罩在里面。

然后月神推开了门，在月神身上的月光射进房间的时候，我们看到了针。她正面对着我们，坐在椅子上面，对我们微笑，可是笑容说不出的诡异。正当我们要进去的时候，月神突然叫了一声然后飞快地往后退，我也马上往后面飞速地掠过去，因为我也已经看到了针手上的那些寒冷的光芒。

她头发上的针已经全部被拔了下来，被她放在手里，随时可以出手。

可是我和月神一直在外面等了很久她都没有任何动作。我们加重了身体的防御然后走进去，针的笑容依然诡异。而我终于发现了她的笑容为什么会显得诡异。因为她的笑容已经凝固了，没有任何变化。

她死了。月神收起手中的光芒说。

第二天早上针的尸体被安葬在客栈背后的那块空地上。所有的人都站在她的坟墓面前，新挖的泥土堆成一个土堆，在雪白的积雪中显得格外耀眼。她曾经戴在头上的那些见血封喉的毒针也随着她埋葬了。我们知道，在她的坟墓上面不会被苍翠的青草覆盖，因为那些毒针上的毒会漫延在土里面，成为她曾经是暗杀术的高手的见证。

原来她就是凤凰。潮涯缓缓地说。头发飞在眼前遮住了她的面容，可是依然遮不住她脸上的疲惫和无奈。

我回头看了看皇柝，他依然没有表情，可是他眼中的光芒依然闪耀，我不知道他又在想什么。我只看到他一直盯着针的坟墓，没有说话。

在凤凰死了之后的几天，整个客栈都很平静，依然每天都有人入住，每天都有人离开，只是我不知道我在等待什么。也许就像墒裂说的一样，我只有等待西方护法的到来，完全没有防备的能力。月神经常都不见踪影，皇柝总是待在屋子里面，片风和潮涯总是陪着那个店主的儿子玩球。而我，总是站在听竹轩前面的竹林中，看着那些细小散乱的雪花从竹叶上簌簌地掉下来，掉在我的头发上，掉在我的肩膀上，掉在我的白色晶莹瞳仁中融化开来。

在三天之后发生了一件事情，那件事情让所有的人重新陷入恐慌之中，因为凤凰根本就没有死。

那天那个店主的儿子哭着跑过来，他拉着我的手对我说他最喜欢的那些花枯死了，然后他把我带到了客栈后面。当我到了那个地方的时候，我突然沉默下来没有说话，后来月神和皇柝也来了，他们的表情和我一样严肃。

因为在听竹轩后面的那块宽阔的草地中央，有一大片草已经枯死了，很大的一块，像是一片明亮的伤痕。

皇柝说：那块土下面有问题。

Part.2 雪国

然后月神走过去，手上凝聚出月光向地面劈下去，那块地面突然裂开。在裂开的土壤中，我看到了一大把针，针上淬着剧毒，所以那些草会大量大量地枯死。只是那些针的头部，却不是凤凰的样子。

皇柝说：我们应该再看看针的尸体。

针的尸体被重新挖出来，阳光照在针僵硬的尸体上。

皇柝指着针手指上的瘀血说：王，你看她的手指。

我问皇柝：为什么会有那些瘀血？

皇柝说：因为在她死后尸体已经僵硬了，可是还有人动过她的尸体，有人硬把她的手指掰开。

月神说：因为当有人要杀针的时候，针已经把她头发上的针拔下来握在手上了，可是针还没来得及把针射出去，那个人就杀死了她。然后再硬掰开她的手指把她手上的针换成凤凰用的针，好让我们以为针就是凤凰。

燋裂没有说话，他的表情一直很严肃。过了很久，他轻轻地说：把她埋下去吧，不要再动她了。

第二天早上我在大堂吃饭的时候，皇柝突然走过来在我身边坐下。他在告诉了身边的店小二他要什么之后就什么也没说了，只是摊开手掌，我看他手中是一张白纸，纸上是从地里挖出来的针。

我仔细地看着那些针，因为我知道皇柝绝对不会无缘无故地叫我看这些东西。当我在灯光下看了很久之后，我突然动容，然后我看见皇柝的微笑，他知道我已经发现了秘密。

因为其中有根针上面有着血迹，也就是说，那个把毒针从针手中换下来的人被针刺到了，所以现在他必然已经中了毒。

皇柝说：解那些毒必须要几种特别的药材。

我看到皇柝的眼睛很亮，然后我突然明白了他的意思，于是我说：只要我们找到客栈中谁买了那几种药就可以知道谁中了毒。

皇柝点点头，说：知道谁中了毒，就知道谁是凤凰。

客栈每天都会有运货的马车停在门口，然后店小二和掌柜会去清点那些客栈需要的货物，当然也会有药材。如果是居住在客栈中的客人订的货，那么就会有搬运的工人直接将货物送到客人的房间里面去。

我们发现每天都会有药材从这个城市中的各大药铺中被运到这个客栈中来，一大部分是客栈炖药汤用的补药，而另外却有一小部分药材是被送进铱棹的房间里面。

当我和皇柝把这件事情告诉熵裂的时候，熵裂却摇摇头说：绝对不是铱棹。

熵裂告诉我们，原来铱棹一直都在吃药，因为在很多年前，她就有伤一直没有医好，在居住在太子的府邸时，都有专门的人为她每天送药。搬到这个客栈来之后，只有把药送到这个客栈。

熵裂说：铱棹吃的那些药都是些恢复灵力的药材，绝对不是解毒的药材。

当我们和皇柝离开熵裂的房间的时候，皇柝对我说：王，我们应该去看看铱棹的药方。

落草斋是这个城市里面最大的一家药铺，那些为铱棹送药的人全是这个店里的伙计。我们走进那家药铺，找到大夫，然后问他要铱棹的药方。

那个大夫很勉强地笑，但是他的笑容里的漫不经心还是可以清楚地看到。他说那是病人的隐私，作为医生不能随便给别人。

皇柝走上去说：如果你答应给我们看那张药方，我可以答应随时替你医治三个人。

那个大夫很轻蔑地笑着说：我自己就是全城最好的大夫，我为什么要你替我医治病人？

皇栎看了我一眼，然后我走上去，拉过旁边的一个伙计，一挥手，一把冰剑突然就刺穿了他的胸膛。我看到那个大夫惊慌失措的面容，当那个伙计的鲜血不断地喷薄而出漫延到地面上的时候，我和皇栎笑着转身离开。当我们跨出大门的时候，我们听到了那个医生颤抖的声音，他说：请你们留下来。

皇栎用手上凝聚的光芒轻抚那个伙计的胸膛，然后那个被冰剑刺出来的不断流血的伤口慢慢愈合了，最后竟然成为一段光滑的皮肤，仿佛从来没有受伤过。那个医生早就瘫坐在地上，眼中是惊诧和恐惧。

那张药方被我们拿在手上，粉红色的纸张，薄而透明，上面大夫的字迹龙飞凤舞。在药方的最后，是三味奇特的药材，崆鳕草、火蟾蜍、魄冰蛛丝。

皇栎说：这三味药是最好的解毒药材。

我望着皇栎，他的眼睛里又出现了那种奇特但是格外吸引人的光芒。我知道他的意思。

当我们回到客栈的时候，我在浅草堂的院落里看到了铱棹，她穿着一件洒金的黑色长袍，华丽而充满神秘，她的面容冷傲而神秘，如同黑色的曼陀罗花盛开时的诡异。可是当她看到我的时候，她突然露出了笑容，如同风吹开冰冻的湖面，那些微笑在她脸上如同细小而精美的涟漪徐徐散开，她说：王，卡索，你还好吗？

我说：还好，我看见你每天都在吃药，你身体还好吗？

她拢了拢额前的头发，笑着说：没关系，只是一些养伤的补药，谢谢王的关心。

那天晚上皇栎来到我的房间，他对我说：卡索，我们应该去一下铱棹的房间。

我说去干什么？

去看看她的药材里面是不是只有补药。

我告诉皇枥，我们应该叫月神。

皇枥看着我，迟疑了很久，然后说：为什么要叫月神？

我说：如果铱棹是凤凰，那么只有月神才可能和她较量暗杀术。

皇枥望着窗外的夜色，然后点了点头。

那天晚上，当我和月神、皇枥来到那个房间的门口的时候，铱棹已经睡了，因为房间里没有任何灯光。

在伸手推门的一刹那，我突然有种奇怪的感觉，似乎以前有过同样的情景出现。我回过头看月神，她的表情也是一样，我们彼此对望了一会儿，然后同时明白发生了什么事情。于是我们推开门，可是还是晚了，铱棹躺在地板上，脸望着天花板，面容上是惊恐得不可置信的扭曲的表情。她的咽喉上有着一道很细小的伤口，可以看出是一剑致命。杀她的人肯定是铱棹完全没有想到的人，因为她完全没有还手的能力，如果不是出其不意，没有人可以让铱棹连还手的机会都没有，因为熵裂曾经告诉过我，铱棹的灵力绝对可以达到幻术师的水平。

月神点燃铱棹房间里的油灯，然后我们看到了她的床边的那个柜子，那个柜子已经全部被打开过了，可是都没有关起来。柜子里全部都是药材，可是皇枥却告诉我，那三味解毒的药已经全部不见了。

月神说：这样看来铱棹不是凤凰，真正的凤凰就是杀死铱棹的人，她来偷药，可是被铱棹发现了，于是杀了铱棹，可是我们突然来了，所以她还没来得及关好柜子就只有走了。

我问月神：那么你觉得凤凰是谁？

月神说：现在就去房间看看。

房间里一个人也没有，所有的人都聚集在大堂里面，除了潮涯。

熵裂坐在大堂的中央，片风坐在他的旁边，花效坐在大堂的一侧，可是她没有弹琴，她只是安静地坐在那里。另外一侧是佩剑的英俊的年轻人伢照，伢照旁边是那个老人潼燮和肌肉发达的男人鱼破。

　　我问熵裂：刚才有谁不在这里？

　　熵裂说：这里的每个人都是在天一黑就开始在这里喝酒的，其间伢照和鱼破曾经离开过一段时间。

　　那段时间够不够杀一个人？月神继续问。

　　熵裂的表情变得严肃起来，他说：不够，绝对不够。

　　伢照冷冷地看着月神，说：连杀只鸡都不够何况杀人。

　　熵裂低声问我：这次死的是谁？

　　铱棹。我回答他。

　　然后我听到皇柝的惊呼，他说：我们竟然忽略了一件最重要的事情。然后他冲了出去，我和月神也跟着他冲出客栈，我隐约地感觉到了皇柝要去的方向。

　　当我们赶到落草斋的时候，落草斋已经陷入了冲天的火海中。站在那片火海面前，我突然觉得似乎重新回到刃雪城中，在幻影天的大火里，释倒在地面上单薄的身体，他的白色晶莹的瞳仁。

　　火光弥漫在皇柝和月神的脸上，我看到他们变幻不定的表情。

　　我问皇柝：你怎么知道这里会出事？

　　因为我们忽略了一件最重要的事情，王，你还记得那三味药吗？

　　记得，崆鳕草、火蟾蜍、魄冰蛛丝。

　　可是，王，你知道吗，那三味药是幻雪神山和刃雪城里才有的东西，凡世的一个普通的大夫怎么可能知道这三味需要灵力凝聚才可以生长的药材？

　　那么那个大夫……

对，那个大夫是另外的人乔装的。

月神缓缓地说：你们最好去问问潮涯，今天晚上她在什么地方。

第二天晚上，在我们将铱棹的尸体下葬之后，全部的人都聚集在客栈的大堂里面。那天晚上花效迟迟没有出现，熵裂叫店小二先把菜端上来。那天的菜很丰盛，可是所有的人都不是很有胃口，没有人在面对接二连三的死亡之后还会有很好的胃口。当店小二把菜摆完之后，花效还是没有出现，于是熵裂叫店小二先退下去，我们继续等花效。

当我们几乎要以为花效也被人暗杀了的时候，花效出现了，她穿得很随便，脸上没有任何妆容，脸色显得很苍白。

熵裂没有问什么，我也没有问什么。然后大家开始吃饭。

在开始吃饭不久，我突然看到月神面容上弥漫出杀气，我从来没有看见她那么充满杀戾的表情。然后她手中的月光突然出现，她转身冲了出去。当门打开的时候，月神看到了走廊上店主的小孩子，他抱着柱子，惊恐的表情，张大了嘴望着听竹轩的方向，眼神里的恐惧无穷无尽地弥漫出来，影响了每一个人。月神朝着听竹轩的方向飞掠过去，长袍在风里发出裂锦般的声音。

我隐约感觉到凤凰已经出现了，我不放心月神，于是跟着展动长袍飞掠过去。可是我的胃中突然一阵剧痛，眼前出现斑斓的色彩，无数的幻觉从地面升腾起来，我回过头去，看到所有的人全部倒在了地上，我突然意识到饭菜里面被人下过毒。只是皇柝和潮涯依然站在黑色的风里面，风将他们的长袍吹动起来，我眼前一黑昏倒过去。在昏过去的时候，我眼前最后的画面让我想叫出声来，因为皇柝已经对潮涯出手了。他的防护结界已经全部展开，而潮涯的无音琴也已经出现了，我看到无数的白色晶莹的蝴蝶从黑色的琴弦上幻化出来，我知道潮涯已经学会了蝶澈的暗杀术。只是我不知道，皇柝和潮涯，谁会被对方杀死。我已经无能为力，黑暗突然崩塌下来,我被埋葬在最深的不见天日的深渊里面。

当我醒过来的时候,我依然在大堂里面,周围的人也渐渐苏醒过来。皇柝正在照顾那些中毒的人,奇怪的是潮涯也站在他的旁边,月神也已经回来了,她站在房间的一个角落里面没有说话。

我刚想去问皇柝究竟发生了什么事情,可是皇柝已经用眼神示意我不要说话。我望着皇柝的面容,觉得一切变得越来越不可预料。

月神走过来,跪在我的面前对我说:王,对不起,没有保护你。

我说:月神,你没事就好。你追到那个人了吗?

月神说:没有,我笔直地追过去,却发现越追杀气越淡,然后我就明白我被人调走了,等我回来的时候,你已经昏迷了。

之后的几天又是漫天漫地的大雪,整个客栈的气氛都很压抑,因为不断有人死去。在某些晚上,我甚至可以听见死去的人的亡灵在天空之上倏忽而过的声音。那些绝望、恐惧、宿命、背叛、暗杀、温暖、鲜血、樱花,所有的幻觉夹杂在如同鹅毛一样的大雪中纷纷扬扬地从天空之上飘落下来覆盖了整个黑色的大地。

我已经厌倦了死亡带来的黑暗沉重的感觉,那种如同黏稠的夜色一样令人窒息的惶恐。可是死亡还是不断地出现在客栈里面。而这次死的,竟然是片风。

片风死的时候是正午,太阳从竹叶间摇晃下细小琐碎的阳光。听到片风的惨叫的时候,皇柝正在我的房间里面。然后我和皇柝同时冲了出去,当我们赶到片风的门口的时候,花效也从浅草堂赶了过来,她的气息非常急促,她说:刚才我好像……听到……

然后她就没有说话了,因为她看到了皇柝脸上凝重的表情,我相信这个时候我的表情也一样。可是当我们去推片风的门的时候,居然没有推开，那扇门居然是从里面锁上了的。

皇桪看着我，他说：杀死片风的人应该还在里面。

然后我看到花效惊恐地退后了很多，我转过身对她说：你退后吧。

然后皇桪伸出手召唤出防护结界，把我和他一起笼罩在里面。当我和皇桪破开门的时候，里面却没有任何的反应。我已经做好了迎接任何进攻的准备，可是里面安静得如同一座空旷的坟墓。实际上里面的确如同一座坟墓。片风躺在地面上，面容恐惧而扭曲，如同铱棹死时的表情一样。

片风的房间因为在最角落里面，所以没有任何窗户，这扇门是唯一的出口。很明显，暗杀的人依然停留在房间里面。

可是皇桪突然对我说：王，我们去找人。然后他转过头对花效说：你留在这里，看着这个出口不要让凶手跑掉。

然后皇桪拉着我离开房间，我想告诉皇桪怎么可以把花效一个人留在那里。可是皇桪在拉着我的时候，用手做了一个很奇怪的手势，我知道他应该有他的打算，于是我跟着他离开。可是在转过走廊的时候，皇桪突然停了下来，他叫我安静地看。

从我这个角度看出去，我只能看到花效的上半身，她的下半身被走廊的围栏遮挡了。可是还是可以清晰地看到她走过去，打开房间的门，然后露出了诡异而神秘的笑容。但门里面一直没有人走出来，而花效却将头转过去看走廊的尽头，好像已经有人从房间里走出来又消失在走廊的尽头了一样。我回过头去看皇桪，他的表情依然是冷漠而坚硬，一瞬间，我突然想起了很多事情。

这家客栈的酒相当有名，熵裂是个懂得享受的人，于是他总是频繁地在大堂里面大摆酒席。店小二当然对这样的客人格外喜欢，所以当他上菜的时候他的笑容格外动人。没有人面对进账的财富不笑容满面的。

Part.2 雪国

皇柩和我还有月神坐在一张桌子上，伢照、鱼破还有熵裂坐在一张桌子上，只是花效没有来。

皇柩喝了一杯酒，然后转身对熵裂说：我现在可以告诉你凤凰是谁了。

然后我看见熵裂手中的杯子跌落在地上，那个晶莹的陶瓷杯子碎裂开来，酒洒了一地。他身边的伢照和鱼破的脸色都变了。

熵裂问：凤凰是谁？

然后皇柩突然撑开防护结界，月神手中的月光突然暴长出一把光剑，而我也已经召唤出所有的灵力，身边围绕着无数的冰凌不断飞旋。潮湟的琴声也突然变得尖锐而刺耳，无数的白色蝴蝶从晶莹的琴弦上飞出来充满了整个大堂。

气氛突然变得格外紧张，无数的风从地面升起来在房间里左右盘旋，所有人的长发和长袍都被吹起来，大堂中的灯光变得飘忽不定，甚至整个地板都在震动。因为所有人的灵力都已经凝聚起来了，熵裂他们显然已经意识到了一场大战马上就要来临，所以他和伢照、鱼破、潼燮都扣起无名指召唤出了自己的武器。伢照的是一把弥漫着紫色光芒的狭长的冰剑，鱼破的是一把不断变化的三棘剑，潼燮的是一根冰蓝色的幻术召唤法杖，而熵裂的武器竟然是驭火弓，那把通体红色的弓箭是在冰族传说中被封印禁止使用的兵器。

那个店小二已经吓得说不出话来，他瘫坐在地上，正企图爬出去，可是身体却被恐惧控制发不出力气。他很缓慢地向门口移动，口中说着，不要杀我，不要杀我。

皇柩突然闪身挡在他面前，他说：放心，我不会轻易地杀你的，因为你杀死的人太多了，我不会要你轻易地死的，凤凰。

然后店小二的面容突然变得格外镇静，仿佛刚刚那个吓得瘫坐在地上的人根本就是另外一个人。现在他的目光坚定而锐利，浑身散发出逼人的杀气。

他转过来看着我、月神、潮涯，然后问我们：你们怎么知道我就是凤凰？

潮涯突然轻轻地笑了，她对凤凰说：请过来为我们弹奏一曲吧，花效。

然后我看到凤凰的脸色突然变得很难看，她说：你连我是花效都知道。

熵裂的表情格外惊讶，我知道，没有人会想到是花效，这本来就是个接近完美的暗杀计划，而且是个连环的暗杀计划。

凤凰转过身来，望着窗户外面，轻声地说：乌鸦，你可以出来了。

当她说完这句话的时候，所有的人都转过身去看着窗户外面，可是外面只有凝重的夜色。我突然听到长袍掠风的声音，当我回过头去的时候，凤凰已经飞掠向窗户，我知道她想冲出这间屋子，因为没有任何人有能力对抗房间里所有的人。

可是凤凰在靠近窗户的时候突然跌落下来，她回过头来看我，脸上是愤怒的表情。

我走过去对她说：我早就知道你会逃走的，所以我已经将四面的围墙幻化成坚固的寒冰，包括大门和窗口。如果我没有解除幻术，这里的人绝对出不去。

凤凰脸上的光芒暗淡下来，她的面容变得说不出的苍老。

她问我：你是从什么时候开始怀疑我的。

从你第一天在我屋顶上暗杀我的时候开始。

你怎么知道是我？

因为那天你的灰色长袍下面什么也没有穿。皇栎说那个黑衣人绝对没有时间换衣服，可是，要将身上的衣服脱下来却只需要很短的时间。

Part.2 雪国

所以你就怀疑我？

还没有，那个时候我只是觉得有些奇怪而已。然后你又杀了针。

你怎么知道是我杀了针？

当时我的确不知道是你杀了针，我只是怀疑店小二，那个时候我还不知道你就是店小二。

为什么？

因为那天早上我和月神告诉针晚上我们会去找她，可是她在我们去之前就已经被人杀死了。当我们和针谈话时只有店小二在我们旁边，所以我从那个时候开始怀疑店小二。你将针杀死之后又将自己所使用的凤凰针放在她的手上，然后把她的针取下来埋进土里面。你想让我们怀疑针就是凤凰。我们本来也的确相信了，可是你忽略掉了针上的剧毒，那些剧毒使地面上的青草全部枯死。所以我们发现了针其实不是凤凰，杀死针的人才是真正的凤凰。因为你在取下针头发上的毒针的时候，忘记了戴手套，所以你的手已经中毒，可是你不能让任何人发现，所以从那个时候开始你再也没有弹过琴。

可是你必须解毒，但是你又不能明目张胆地去拿那些解毒所需要的药材，所以你悄悄杀掉了药铺的大夫，然后易容成他的样子，去找那些珍奇的药材，放进他的药铺里面。你本来想让我们继续转移怀疑的目标，所以你把铱棹药方的最后三味药改成了那三味解毒的奇药，可是这却让我更有了怀疑你的理由。

为什么？凤凰问我。

因为一个凡世的医生绝对不会知道世界上还有崆鳕草、火蟾蜍、魄冰蛛丝这三味药材。所以我和皇柝知道了那个医生绝对不是普通的人，而铱棹也绝对不是凤凰。

然后呢？

然后你去偷药，结果被铱棹发现，于是你就杀了铱棹。

然后我听到了凤凰的笑声,她说:如果是我杀了铱棹,那么我又怎么会一直在大堂里陪着熵裂喝酒呢?我望着她,她的眼睛里全是嘲讽。

那个时候我看见你出现在大堂里面,我也几乎动摇了自己的判断。当时潮涯不在,我于是想到了两种可能性,一种就是其实你一直在大堂里面,而进去偷药的其实是店小二,而那个店小二,当时我以为就是乌鸦。第二种可能就是潮涯,我不得不承认对于潮涯的不在场你做得相当高明,当时让我和月神、皇栎全部将怀疑转到了潮涯身上。

那么你们怎么又重新相信潮涯而怀疑到我身上呢?

因为那天的下毒。我不得不说你的计策相当高明,你故意叫乌鸦引开月神,因为如果月神在那里,她一接触那些饭菜就会立刻知道有人下毒暗杀。在她走了之后,所有的人全部中毒,那个时候你也装作中毒,本来这是你计划中最高明的一招,却也是你露出破绽的一招。因为皇栎在之前就检查过饭菜,他那个时候已经发现饭菜里面被人下过毒,但是他没有说出来,而是提前配好了解药,准备看到时候谁没有中毒,那么谁就是下毒的人。只是那个时候阴差阳错,潮涯并没有吃任何东西,所以她也没有中毒,而你也假装中毒,所以皇栎马上就做出判断潮涯就是下毒的人。

那么他为什么没有怀疑下去?

因为你吃了皇栎的解药。

每个人都吃了,为什么没有怀疑他们?

皇栎缓缓地说:因为我的解药本来就是种毒药,没有中毒的人脸色会变成蓝色而自己并不自觉。当我要对潮涯动手的时候,我就发现你脸色已经变了。所以我知道了,其实真正下毒的人是你。

然后我接着说:也就是从那个时候,我们开始完全相信潮涯,于是我们问了潮涯为什么很多个出事的晚上她都没有在房间里面却要说自己在房间睡觉。可是潮涯依然告诉我们她什么地方都没有去。那天晚上我们就躲在潮涯房间里面,然后半夜的时候,你进来了,对她用了迷魂香,将她迷昏之后你就把她搬到了床底下。然后离开了。于是我们也就明白了为什么以前每次出事的时候我们去看潮涯，她都不在房间里面。其实她就在床底下，而当天快亮的时候，你又去将潮涯搬到床上，所以潮涯会说自己一直待在房间里面，这样在我们看来格外明显的谎言就会使我们怀疑到潮涯身上去。你的计划的确很周密。

所以你们从那个时候就开始怀疑我？

对，可是还不敢确定，直到片风出事的时候，我们才肯定你就是凤凰。

那天你们是故意把我留在那里的？

对，我们在转角的地方看到你开门放暗杀者出来，尽管我们没有看到有人出来，可是我们知道房间里面肯定有人出来过，不管他是用的隐身或者什么别的方法。

你们怎么又会想到店小二也是我的？

曾经我们以为店小二是乌鸦，可是后来我们发现店小二也是你。首先你从来没有和店小二同时出现过，每次有他在的时候你都不出席，我们都是在等你。而你每次也是在店小二退下去之后才姗姗来迟，而且从来都是没有任何的化妆，脸色苍白，因为你刚刚卸掉易容成店小二的装容。此外在我们要去找针和铱棹的时候，都是只有店小二在我们面前，只有他才可能听到我们的对话。还有，那天晚上皇柝拾到的剑的剑柄上很滑腻，后来我发现，那不是别的什么东西，只是烧菜的油烟，只有店小二的手上才会有那么多的油腻。我又仔细看过你的手，一个琴师的手上是绝对不应该出现那么多油腻的。你可以看看潮涯的手，干净、细腻、柔软、干燥。这是一个琴师必需的条件。

皇柝走到我身边，说：在我们知道了店小二其实就是你之后，我们猜测乌鸦另有其人。因为杀死铱棹的时候，你的确是陪着熵裂在喝酒，所以，杀死铱棹的人应该是乌鸦。而且，片风死的时候那间房间是从里面锁住的,而当时你和我们一样在外面,所以杀人的也是乌鸦。

凤凰看着我,她叹了口气,说:我一直以为你是个无能的王,昏庸而且懦弱,原来我错了,你一直没有说话,其实你比谁都清楚。你还有什么要问我吗?

有,第一,我们并没有看到乌鸦从那个房间里面走出来,她是隐身吗?可是在这个世界中,隐身和幻影移形是被封印的,为什么乌鸦可以使用?

第二,乌鸦是谁?

凤凰看着我,然后很诡异地笑了,她说:你永远也不可能知道,原来你也不是什么都明白,我绝对不会告诉你的。

你已经没有反抗余地了。

可是如果我告诉你,就算你不杀我,乌鸦也会杀我,我对乌鸦的幻术没有任何反抗的力量。可是,如果我不说,乌鸦也许会救我,因为……

可是,凤凰的话还没有说完,我就看到了她脸上的诡异的蓝色,可是她自己仍然不知道,我说:花效,你的脸……

我的脸怎么了?花效的表情显示出她仍然不知道自己已经中毒了,看来这种毒是让人不能觉察的。

然后花效突然大叫一声,也许她已经明白过来,她奔到墙上的那面铜镜前,然后她开始发疯一样大声叫着,不可能,乌鸦不可能杀我……

可是已经晚了,她的声音越来越微弱,然后她的身子向后倒下去。皇柝跑过去抱住她,急促地问:告诉我乌鸦是谁?快!

乌鸦是,是……

可是花效没有说完。她永远也无法说完了。

乌鸦不会相信任何人,她只相信死去的人。只有死去的人才会真正保守秘密。

Part.2 雪国

大雪一直没有间断过，转眼已经到了凡世的新年。我记得在我流亡凡世的那几十年中，我从来没有真正感受过这个凡世间最热闹的节日。客栈的门口挂满了红色的宫灯，大雪从天上不断地降下来，越是临近新年雪花越是大，如同鹅毛一样纷纷扬扬地铺满了整个大地。那些红色的宫灯在风雪中来回地晃动，温暖的红色的灯光弥漫到街上。

大街上不断有孩子在雪地里奔跑，他们穿得都很臃肿笨拙，眼睛明亮笑容灿烂，有着孩子所特有的单纯和欢乐。有时候月神和皇柝会站在门口，偶尔那些小孩子会走过来好奇地看着他们。因为他们的头发是纯净的银白色，长长地沿着幻术长袍漫延下来如同流淌的水银。月神和皇柝都会蹲下来和那些小孩子一起玩，很难想象这两个对着小孩子笑容温暖而包容的人会是刃雪城中最厉害的两个角色。而且其中月神还是一个最顶尖的暗杀高手。不过当我看到月神的笑容的时候我突然觉得很温暖，我从来没有看过月神的笑容，原来月神笑起来的时候如同最和煦的风，舒展而飘逸。

潮涯总是喜欢那个店主的小孩子，我觉得那个小孩子格外像樱空释小时候。在我们流亡的时候，我觉得自己就像是释的父亲，因为我已经变成同我的父皇一样桀骜而英俊的成年人的样子，而樱空释依然是小孩子的身体和面容，眼睛大大的，漂亮如同女孩子。我总是抱着释穿过一条又一条的街道，看着他在我怀里东张西望兴高采烈的样子，我就会不自觉地笑起来。在很久之后，在我们回到刃雪城之后，在释也已经变成一个比我都还要英俊挺拔的王子之后，释告诉我，他说：哥，其实我最怀念你在凡世的笑容，眼睛眯起来，长长的睫毛上落满雪花，白色的牙齿，嘴角微笑的弧线又温柔又坚强。他俯下身，亲吻我的眉毛，头发散落下来覆盖我的脸。

客栈里面渐渐地没有人居住了，因为所有的浪子都要赶回去，即使没有家的人，也会寻找一个像家一样的地方，否则，一个人住在客栈中，在半夜醒来听到窗外深巷中淅沥的雨雪声的时候，肯定会感到空旷的孤独。

只是，我已经过了好几百年那样的生活了，每天在空如坟墓的刃雪城中来回地踱步，在屋顶上看星光碎裂下来，在冰海边听年轻的小人鱼的歌唱。我总是一遍一遍地怀念曾经在几百年前，那每当黄昏降临时就会出现的人鱼唱晚。

客栈中又有了新的店小二，是个普通而老实的人，从小生长在凡世，看见我们这些长着及地的银白色长头发的人他还吃惊了好久。

新年逐渐来临，每个人脸上的笑容都越来越安静越来越温暖，我看着每个人脸上静谧而恬淡的光芒，心里总是感到一种很平淡的快乐。开心的时候我们几个人甚至会站在听竹轩前的那个空旷的院落中施展幻术，潮涯用琴声召唤出无数的蝴蝶，萦绕在整个客栈的天空上。月神将手中的月光打碎，悬挂那些闪光的碎片在周围光秃秃的树干上，如同闪光的星星躲藏在树干之间。而我总是把地面的雪花扬起来，然后扣起无名指，用幻术将那些飞扬的雪花全部变成粉红色的樱花花瓣。那个凡世的店小二看得目瞪口呆，他很开心地笑了，甚至带着自己的妻子和孩子过来看。在他们眼中，我们几个白发长袍的人是最伟大的神。

我生平第一次体会到凡世简单而明亮的欢乐，我发现原来幻术带来的不只是杀戮、死亡、鲜血，它带来的还有希望、正义以及高昂的精魂。

可是在新年到来的那天晚上，死亡的阴影再次覆盖过来，那些被遗忘的惨烈和破碎全部再次翻涌起来，如同永远不醒的梦魇。

在那天晚上，当我们围坐在大堂中间的桌子边的时候，突然屋外传来伢照的呼喊。我看到皇柝和月神的脸色同时改变了，皇柝说：乌鸦。

可是，当所有的人冲出去的时候，却只看到伢照站在院落中，披散着凌乱的长发，眼神幽蓝而诡异。他赤裸着上身，手中拿着他的独特的紫色的冰剑，嘴角的笑容如同诡异的阴影。

熵裂走过去，问他：伢照，你在干什么？

伢照没有说话，眼中突然弥漫无穷无尽的雪花，只是依然掩盖不住他眼中幽蓝色的阴影。

　　正在熵裂准备走过去的时候，潮汐的声音从背后传来，缥缈而虚无。她叫熵裂退后，因为，伢照已经被梦境控制，而现在能操纵梦境的，只有她。

　　潮汐的琴声急促而激越，一瞬间似乎有无数的银白色的丝线贯穿了周围的所有的空间，无数的白色的蝴蝶从空间中幻化出来。我知道潮汐在操纵梦境，她想将伢照从那个可怕的梦境中转到她所创造出的梦境中去。

　　伢照的长发突然向上飞扬起来，他的周围似乎有着向上旋转的狂风。可是当我回过头去看潮汐的时候，我看到了潮汐口中不断涌出来的白色血液，那些白色血液落到院落黑色的地面上，变成无数支离破碎的蝴蝶。然后皇柝跑过去，将她放入他的防护结界中。

　　潮汐的眼神恍惚起来，她在昏迷之前的一刹那对我说：王，原来我控制不了那个梦境，因为那个梦境的制造者，太强大。

　　伢照的死亡格外惨烈，他将他佩带了一辈子的紫色冰剑高高举起来，然后朝自己的胸口插下去。在那把冰冷的冰剑刺入他的胸膛的时候，我听到血肉被撕裂时发出的沉闷的声音，然后伢照眼中的蓝色阴影突然消失，重新变成白色晶莹的瞳仁，我知道他已经从梦境中出来了。可是他出来，只能看着自己面对死亡。

　　他向后倒下去，在他的身子倾斜的时候，他望着我和熵裂说：王，太子，请小心冰蓝色的……

　　可是他却再也说不出一句话，他的眼睛望着苍蓝色的天空，失去了任何的表情。

　　新年还是来了，在死亡的白色笼罩下姗姗而来。

　　我感到从未有过的寒冷。

大雪开始降下来，一片一片，落满了整个世界。

桌上有灯，那盏油灯的光芒柔软地散在屋子的四周，昏黄色的灯光让这个冬天萧杀的气氛减弱了很多。

潮涯依然躺在床上，皇柝的防护结界依然笼罩在她身上。

月神站在窗户边上，风从夜色中破空而来，她的头发四散开来。

皇柝问：王，伢照的死你有什么看法？

我只能说是乌鸦做的。

月神转过身来对我说：不一定，说不定西方护法已经出现了。

我问月神：那么，会是谁？

月神说：谁都有可能。月神望了望躺在床上的潮涯，然后转过头来对我说：王，你可以出来一下吗？

凡世的冬天其实比刃雪城里的冬天更冷。尽管是在新年，可是当那些顽皮的孩子玩累了回家去之后，整个街道就变得格外冷清。地上有他们放过的焰火纸屑和玩过的灯笼，残破地堆积在两边积满白雪的街道上。

月神站在风里，长发和长袍从她的身后飞扬起来。她说：王，我郑重地向你说一些事情，第一，我怀疑潮涯；第二，我怀疑皇柝。他们两个中间，有一个就是西方护法。

我看到月神眼中弥漫的漫天风雪，我突然觉得身体像被抽空了一样，我虚弱地问她：为什么？

关于潮涯，王，我问你，在经过蝶澈的破天神殿之后，你觉得潮涯操纵梦境的能力怎么样？

绝对已经达到一流的占星师的灵力。

那和我比呢？

说实话，应该在你之上。

的确，王，潮涯制造梦境的水平已经在我之上，从某个意义上来说，她已经可以算是一个优秀的占星师了。我学过的暗杀术中就有操纵梦境这种方法，而伢照也是死在这种暗杀手法之下。可是，王，你知道吗？今天笼罩伢照的那个梦境，连我都有能力去破除。只是当时潮涯已经开始动手，我想那个梦境对于潮涯来说是很简单的事情，于是就没有动手。可是潮涯居然被那个梦境所伤，等我想要动手的时候，伢照已经死了。

你的意思是……

我的意思是，月神看着我，缓慢地说：潮涯完全有能力破除那个梦境，可是她没有救伢照，而且她在装受伤。

那么皇柝呢？

既然潮涯是在装受伤，那么皇柝就应该发现，可是皇柝没有说出来，他和潮涯一起演戏。而且，皇柝身上有很多让我觉得不可思议的地方，具体是什么我也不知道，总之是一种直觉。

风从长街的尽头，从月神的背后吹过来，那些寒冷凛冽的风如同薄而锋利的冰片，一刀一刀切割在我的脸上。我看着月神，觉得从来没有过的绝望。

我不得不承认，西方护法是我遇见过的最厉害的对手，甚至他不用现身，就可以轻而易举地杀掉我身边的人。而我只能站在雪地中央，看着身边的人一个接着一个地死去。

那天晚上当我回到客栈的时候，潮涯房间中的灯已经熄灭了。皇柝房间中的灯也已经熄灭了。

我躺在床上，可是梦魇一个接着一个压到我身上，那些死去的亡灵在天空之上绽放成恍惚的涟漪，他们在我的耳边说话、微笑、黯然神伤。那些前尘往事破空而来。席卷了我梦境中那些安静站立的记忆，所有的事物崩塌碎裂，轰隆隆地坍塌下来。而我站在一片废墟中，站在那些枯萎泛黄的樱花花瓣的尸体上，泪流满面。

几只巨大的霰雪鸟横空飞过，那些清冽的鸣叫在我的白色的瞳仁上刻下一道一道不可磨灭的伤痕。

梦境的最后,大地上又开满了火焰般的红莲,如同几百年前释死亡的时候一样,那些红莲如同岩浆一样从天的尽头喷涌出来,从云朵的缝隙里喷涌出来,最终淹没掉了一切。

火光冲天。

被梦境操纵而死亡的第二个人是鱼破。同伢照一样,他用三棘剑贯穿了自己的胸膛,依然是蓝色的诡异眼神、阴影般模糊的笑容,以及从地面汹涌而起的狂风。

当我们赶到鱼破身边的时候,他已经用三棘剑洞穿了自己的胸膛。无论是月神还是潮涯,都没有来得及破解笼罩他的梦境。

然后是第三个,潼夑。

熵裂在看到倒在地上的潼夑的时候,没有说任何话,只是一直望着苍蓝色的天空。过了很久,他才说:我的手下最终还是全部死了。下一个也许应该是我了。

新年终于还是过去了,可是在这个新年中却弥漫了太多的死亡的气息。我们没有告诉那个新的店小二这些人的死讯,因为他是那么单纯而简单的一个人,也许一生都不会经历这些离奇的死亡和诡异的暗杀。他只是个简单而幸福的凡世的人,满足于自己的生活,开心地和自己的家人一起生活一百年,然后从容而平静地离开。有时候我都在想这样的生活也许才是真正快乐的生活,而不是像我一样,是一个被无穷枷锁禁锢的王。灵力绝顶,却永远孤寂。

店小二依然每天忙碌,用笑脸迎接那些重新开始流浪的浪子和旅途中的行人。店主的孩子依然每天玩着他的那个冰蓝色的球,看见我们的时候开心地笑着叫我们陪他玩,整个凡世依然是按照它惯有的轨迹运行着,没

Part.2 雪国

有任何异样。

可是，死亡的气息依然笼罩在我们头顶上，如同浓重而浑厚的乌云，经久不散，不见光，不破风。

没有人知道伢照和鱼破是怎么会被梦境操纵的，按照他们的灵力而言，是不可能轻易被人操纵到自杀的地步的。除非是开始的时候完全没有防备，然后跌进梦境之后就再也无法出来。可是在经过那么多离奇诡异的死亡之后，伢照和鱼破不可能还是那么放松警惕，除非用梦境控制他们的那个人是个他们绝对不会去怀疑的人。在事情发生之后月神这样告诉我，我听了没有说话，皇柝也没有。因为我们都不知道现在应该怎么做，完全迷失方向，似乎可以等待的就是乌鸦和西方护法来继续杀人。

皇柝突然说：王，你们还记得星轨的第三个梦境吗？

月神的眼睛突然亮起来，她说：当然记得，星轨告诉我们，在没有线索没有方向无法继续前进的时候打开。

那个梦境是个冗长可是简单到极致的梦境，因为整个梦境就是樱空释，我的弟弟。他英俊桀骜的面容，梦境里面，释朝着远处跑过去，远远地跑过去，樱花和雪不断从他身后落下来铺满了他跑过的痕迹。在最远的远处，地平线跌落的地方，释变成了他小时候的模样，他站在地平线上对我微笑，大雪簌簌地落下来堆积在他的手上幻化成一个雪白的球，他的声音从地平线上缥缈地弥漫过来，他叫我，哥哥，你快乐吗？你，快乐吗？

我一直无法明白星轨为什么要将这个梦境给我，是让我可以回忆樱空释吗，还是有什么别的意思？如果只是让我回忆樱空释，那么她为什么要叫我在完全没有线索的时候打开呢？

我突然想起以前星旧给我的一个梦境，就是那个我和我弟弟在落樱坡通过幻术师资格的梦境，也许和这个梦境一样，有些细节一直被我们忽略了。

于是我重新走进了那个梦境，我仔细观察着在身边发生的一切事情，在梦境的最后，我终于发现了星轨想要告诉我们的秘密。

雪已经停了，只是青翠的竹叶上依然有着厚厚的积雪，在风的吹拂下会像杨花般洒落。

潮涯在院落中弹琴，我和皇栎在房间中，彼此没有说话。

然后我们突然听到了潮涯的尖叫声，从我的这个角度向窗口望出去，潮涯的眼睛变成了诡异的蓝色。她的长袍和长长的头发突然向上飞起来，她的琴被她用灵力悬在她的头顶正上方，无数的白色蝴蝶从琴弦上幻化出来围绕着她自己飞旋。

皇栎望着我点点头，他说：王，的确和你预料的一模一样。

当我和皇栎走到院落中的时候，潮涯头发凌乱地飞舞在风里面，她的瞳仁越加诡异的蓝，而那个店主的儿子站在潮涯旁边，吓得惊慌失措。他含着眼泪害怕地说：姐姐，你怎么了？

我走过去，在那个小孩子面前跪下来，抚摸着他的发髻，对他说：姐姐没有怎么，姐姐只是被你的梦境暗杀术控制了，她没事。

那个小孩子望着我，不明白我在说什么，他说：哥哥，你在说什么？

我突然一扬手，一道锋利而短小的冰刃突然飞扬出来划断了那个小孩子系头发的黑色绳子，然后他的头发长长地散落在地上，超过了我在这个西方护法幻化出来的凡世里见过的所有人的头发，包括熵裂。熵裂和他比起来更像个不懂事的小孩子。

而潮涯的头发突然停止了撕裂般的吹动，安静地散落下来，沿着她的幻术袍如同水银泄地。她的眼睛是纯净的白色，瞳仁又干净又纯粹如同最洁净的冰。她说：小弟弟，我说了我没事，我只是中了你的梦境控制而已。

Part.2 雪国

然后那个小孩的面容突然变得说不出的冷傲和凛冽，如同锋利的朔风从面上不断吹过。

他看着我，没有说一句话，可是眼神却依然锐利而森然。

我说：乌鸦，你可以停止了。

乌鸦望着我，他说：你不可能知道我就是乌鸦的，这不可能。

我说：对，的确不可能，可是我还是知道了。

乌鸦望着我，然后望着潮涯，他说：你们是在演戏，潮涯根本就没被控制？

潮涯说：是的，我是在演戏。可是我不得不承认，你是我见过的操纵梦境最好的人，我差点就沉溺于你的梦境中无法苏醒了。如果不是早有准备，我想现在我应该是用琴弦把自己勒死了吧。

乌鸦望着我说：你们怎么怀疑上我的？

铱棹死的时候，凤凰肯定在大厅里陪熵裂他们喝酒，所以杀死铱棹的绝对不是凤凰花效。而且这种事情也不可能让西方护法亲自来做，所以肯定是乌鸦杀死了铱棹。

那么你们怎么怀疑到乌鸦是我？

因为我们看了铱棹咽喉的伤口，发现伤口是从下往上切进皮肤的，也就是说杀死铱棹的人是从比铱棹矮很多的地方出手，然后以剑洞穿了她的咽喉，所以我们想到杀死她的人一定是身材格外矮小的人，而且是个她绝对不会怀疑到的人，因为她连还手的力量都没有。

还有呢？

还有就是片风的死。那个时候皇柝说暗杀者绝对还在那间屋子里面，可是我们却没有看到有人从房间里面出来。其实的确有人从房间里面出来，那个人就是你。因为你的个子太小，还没有达到花效的腰的高度，所以就被走廊上的围栏遮挡住了，从我们的角度看过去就好像是花效看着一个透明的人走出来一样。

所以你们就想到是我？

还没有，那个时候只是觉得蹊跷。然后进一步怀疑你却是因为月神的一句话。

什么话？

你还记得当那天我们全体中毒的时候，有人引开月神吗？那天我们打开门的时候，你出现在走廊上，表情惊恐地望着听竹轩的方向。于是月神追了出去，可是月神回来之后对我说"我越往那个方向追杀气越淡"，然后我突然想到，其实那股杀气根本就是你站在门口制造出来的。你本来就是暗杀的顶尖高手，制造杀气对你来说轻而易举，等月神出现时你就突然收回，让所有人都不会怀疑到你。

乌鸦望着我，脸上是阴毒而怨恨的表情，他一字一顿地对我说：说下去。

然后就是星轨的梦境，星轨在梦境里重复了樱空释，也就是我弟弟小的时候的样子，和你一模一样。他的手里也有一个同你的球一样的球，不过是雪白色，开始我不知道这个梦境是什么意思。可是到后来我明白过来，我记得在我刚刚进入这个由西方护法幻化出来的凡世的时候我见过你，当时你手上的球是雪白色，而现在你的球却变成了冰蓝色。我记得伢照死的时候对我说的"王，请小心冰蓝色的……"，那个时候我不知道他要我小心的是什么，可是现在我知道了，他是要我小心你的那个冰蓝色的球。后来我问了潮涯，潮涯告诉我，的确灵力高强的梦境操纵者可以将梦境凝聚为实体，也就是你那个球，然后触碰过那个梦境的人就会在一瞬间被梦境吞噬。所以我们要潮涯去试试你的球是不是杀人的梦境。结果不出我们所料，那个球的确就是你操纵的杀人的梦境。

乌鸦望着潮涯，他说：原来你并没有被我的梦境控制，你只是装出来

Part.2 雪国

的样子?

潮涯点点头说：对，皇柝已经在我的身上下了防护结界，一般的幻术无法进入我的身体，而且不要忘记了，我也是操纵梦境的人。

乌鸦站在我们当中，低着头没有说话。他的样子就是一个乖巧的小男孩，可是谁会想到他就是这个世界中仅次于西方护法的暗杀高手呢。

皇柝的结界已经将周围的空间冻结了，而潮涯也将琴弦召唤了出来。乌鸦站在中央，我不知道他在想什么，可是他眼中的色泽变幻不定。

然后他突然就笑了，他走过来，抬起头望着我对我说：哥，你抱抱我好吗？

那一瞬间我觉得周围的空气被搅动得形成巨大的旋涡，一恍神我竟然看见站在我面前的是我的弟弟樱空释。他的头发晶莹如雪地披散下来，乖巧纯真的面容，望着我微笑，如同几百年前那个在我怀中沉睡的小孩子，会在梦境中安静地微笑的释。我眼前开始出现大团大团华丽的色泽，整个脑子里都是我弟弟的声音，他说：哥，你抱抱我好吗？抱抱我好吗？好吗？好吗？

然后释踮起脚来伸手抚摩我的脸庞，可是当他的手要触及我的时候，皇柝在我身上种下的防护结界却突然出现，一个晶莹透明的球将我笼罩在里面。释被突然出现的结界弹开倒在雪地里，他趴在地上，眼泪大颗大颗地从眼睛里面滚落出来落在雪上，他哭着说：哥，你为什么不理我？

我的心突然如同刀割一样，撕裂般的疼痛从胸腔中汹涌而出，我走过去，弯下身子准备抱起我的弟弟，我说：释，不要害怕，哥在你身边。

在我弯下腰的一刹那，释突然变成了乌鸦，周围的幻觉一起消失。我看见乌鸦诡异的蓝色的面容，然后一道冰冷的白光突然出现在他的手上，闪电般划向我的咽喉，我已经来不及后退了，一瞬间身体如同冻结一样。

可是当乌鸦手中锋利的冰刃出现在我的咽喉前面的时候，我突然看到了乌鸦凝固的笑容。他的冰刃再也无法前进一寸，因为我看到了一道月光从他的胸膛穿出来,然后我看到了站在乌鸦身后的月神。她的面容冷酷而光芒闪耀,头发飞扬在空中,如同萧杀的呐喊一样撕裂而锋芒。

乌鸦慢慢地在我面前倒下去,在他身体快要落到地面的时候,他凄凉地对我说:哥,你为什么不抱抱我?为……什么?

周围的空气里突然出现大片大片的樱花,然后一瞬间变成了如同凡世的血液一样鲜红的颜色。我听到大地的震动,如同天边沉闷而钝重的雷声。

我抬起头的时候眼泪无声地滑落,我听到释在天空的声音,他说:哥,请你自由地……

听竹轩的背后又多了两座落满雪花的坟冢,凤凰和乌鸦并排躺在冰冷而坚硬的泥土之下。我不知道当春天来临的时候,他们的土壤上会不会长出青翠柔软的野草;我只知道,他们坟墓旁边的樱花树,在来年的花季,会开得格外灿烂而夺目。

其实樱花是种最残忍的树,它的根下埋葬的尸体越多,它就开得越灿烂。如同朝霞夕阳一样流光溢彩。

月神和皇柝站在风里面,他们的表情疲惫可是依然坚忍,幻术袍在风中猎猎作响。

只是潮涯的表情格外伤感。在乌鸦死的那天,潮涯对我说:王,也许帮您复活了您的弟弟之后,我就会离开这个纷扰的世界了。

我问:为什么?

潮涯说:这个世界有着太多的厮杀和血腥,无数的亡灵栖息在云朵之上,每日每夜不停地歌唱。那些黑色的郦歌总是穿进我的胸腔,让我觉得难过可是无力抵抗。王,也许我应该和蝶澈一样,去凡世,寻找一个爱自己的男子。也许他根本不懂得幻术和乐律,可是我只要他有干净明朗的笑容和坚实的胸膛,那么我宁愿舍弃我千万年的生命在他肩膀下老去。王,

Part.2 雪国

您知道我的母后吗？就是您父皇的御用乐师，其实她早就已经死了，因为她就是去了凡世，在那个阳光明媚、草长莺飞的凡世微笑着死去。她死的时候，她的丈夫在她的身边，眼泪大颗大颗地掉下来，而她的丈夫，已经白发苍苍。这是我的母后在死前最后给我的一个梦境，我总是为这个梦境而忧伤。其实很多时候我都在难过，我在难过地想，我为什么是个被禁锢的神？

我对潮涯说：几百年前，我就在为这个事情而难过了，因为为了我的自由，我失去了我最爱的弟弟。

潮涯转过身来，云朵从我们两个人的头上倏忽地飘过去。缓慢无声地飘过去。

新年已经过去。

日子依然流淌如河水。有时候我躺在高大的樱花树的树枝上的时候，我总是眯起眼睛望着天空那个潮湿的红日，如同躺在河底，看着水面的落叶无声地漂过去，然后再漂过去。

就像婆婆说的那样，我终于成为了一个安静地等待时光覆盖而过的寂寞的王。

可是西方护法依然没有出现，我和月神、皇柝、潮涯依然被困在这个用灵力幻化出的凡世里面无法移动。

我曾经将这里的情况用幻术记载在一卷羊皮纸上，用擎风鸟传递给了星旧。我问星旧，现在应该怎么办。

可是当星旧的擎风鸟飞回来的时候，他的纸上却只有两个字：等待。如同当初我问熵裂我们应该怎样才可以见到西方护法时的答案一样。

熵裂已经离开，他走的时候大雪已经停了。他站在我和月神、皇柝、潮涯面前，气宇轩昂，依然是这个凡世里最伟大的人。

熵裂笑着对我说：王，我所能够帮你的已经全部完成了。其实我没有帮助你任何事情，凤凰和乌鸦已经死了，剩下的西方护法不是我能对抗的。王，请你自己小心。

然后熵裂在我面前跪下来，抬起头望着我，他的笑容温暖如同穿街而过的阳光。他说：王，你是我见过的最年轻也最伟大的幻雪帝国的统治者，如果以后有什么需要我帮忙，请用掣风鸟召唤我。就算我已经死亡，那么我的子孙也会出现在您的面前不会有任何犹豫。

我难过地点了点头，然后看着熵裂转身离开，他的身影逐渐缩小，慢慢消失在长街的尽头，消失在冰雪融化的地方。

我可以想象熵裂一个人长袍纷飞地行走于凡世明亮的喧嚣中的样子，气宇轩昂。一个人就算失去了所有，却不会失去他生命中的精魂，而正是这种精魂让一个人成为不灭的神。熵裂就是这样的人。

我回过头去看月神、皇栎，他们两个站在一起，长发柔软地散落一地，如同一幅最安静的画面。经过无数的厮杀和格斗，他们的灵力也变得越来越强大，他们的头发已经超过了刃雪城中所有的幻术师，甚至超过了星轨和星旧。

潮涯低着头站在他们背后，我可以看见她眼中的泪光。

然后我听到精美的乐律突然腾空而起，冲上无穷空茫的苍穹。周围的空气在潮涯幻化出的蝴蝶的飞舞下被激荡起一圈一圈透明的涟漪，我看到周围路人惊若天人的表情。他们望着潮涯，望着这个有着及地的白色长发的绝尘艳丽的女子，忘记了说话。

只有不灭的乐律如同精魂一样飞舞盘旋在透明的天空上面，飞鸟匆匆穿过，浮云如同锦缎般渐次撕裂。

无数的透明的伤痕出现在天空里，然后又缓慢地消失。

熵裂离开的第三天，他的尸体在城门外的那条尘土飞扬的驿路旁边被发现。当我们赶到他的身边的时候,大雪重新从天而降,一点一点地覆盖到他的尸体上。他的尸体已经冰冷僵硬了,脸上的表情惊诧扭曲。

我站在熵裂的尸体旁边仰望着长满铅灰色云朵的天空,我听见寒冷冻裂我的骨骼的声音。我甚至可以看见那些裂开的裂缝,一道一道如同白色的闪电。

潮涯没有说话,我看到了她眼中的泪水。

皇柘正在检查熵裂的尸体,而月神也站在他的旁边。

我走过去,问皇柘:他是怎么死的?

皇柘没有说话,只是掀开了熵裂胸膛的衣襟,在熵裂坚实的胸膛上,有三个血肉模糊的洞,肌肉被残忍地撕裂开来。那些白色的血液已经凝固,熵裂的眼神空洞而惊恐,望着天空,丧失了所有的语言。我转过身,不忍心看,而潮涯早已经后退了很多步开始低下头呕吐。

然后月神突然说:王,你看他的手。

当我去看熵裂的手的时候,我突然发现了一件很奇怪的事情,因为熵裂的左手手指维持着一个奇怪的造型,而那恰恰是占星师占星时的幻术召唤手势。

王,你知道熵裂以前是一个占星师吗?

不知道,他没有告诉过我。

月神望着我说:那么他为什么在死的时候还要占星呢?或者说是不是因为他占星发现了一些什么东西所以他才被暗杀掉?

我望着天空,无法回答出月神的问题,我只觉得西方护法的面容在天空上时隐时现,可是我无法看清楚那到底是张什么样的面容。而唯一可以感知到的,是西方护法轻蔑的嘲笑,那些从他眼中散发出来的寒冷的光芒如同锐利的锋芒刺进我的躯体。

樱花放肆地颓败,那轮血色的夕阳惶惶然地沉到地平线以下,周围的风突然变得凛冽而空洞。

客栈依然人来人往，凡世的喧嚣依然如同不灭的年岁一样流转不息，日升月沉，草木枯容，繁华如同红颜身上的纤纤素衣，一簇一簇抖落。那些倾国倾城的女子依然在编织着如梦的歌舞升平，那些快马平剑的少年依然奔驰在空旷的风尘之上苍穹之下蓦然回首来路的凄惶与悲壮。谁知道那飞扬的长袍和闪电般的剑锋下，埋葬了多少等待的目光，以及多少曾经清晰得毫发毕现的回忆。谁在乎那些在厮杀中流亡的血统和呐喊中迎风独立的惨烈。

我只知道我在很多的晚上都是泪流满面。

我总是漫步在听竹轩的空旷的院落中，每一步都让我觉得凄凉。曾几何时，在听竹轩和浅草堂中，那些鼎沸的人声和欢笑的雾霭，每日每夜如同不散的雾气一样笼罩这里，那种人世的喧哗和清亮曾经让我觉得那么温暖。可是现在，人去楼空，物是人非。那些挺立在风雪中的竹子依然苍翠如玉，那些樱花依然放肆地盛开和凋谢，只是再也没有人走在我的身边叫我王，对我微笑如同解冻的春风。星轨、辽溅、片风、针、伢照、潼燮、鱼破、铱棹、熵裂，甚至凤凰和乌鸦。只是他们的面容都已经模糊地氤氲开来，如同终年不散的雾气，模糊得如同前世。

院落的樱花树又重新发出新的叶子，一点一点充满希望的浅绿色。潮涯总是坐在那些高大的树木下面弹琴，没有用任何的幻术灵力，只是弹奏着精致到极致的旋律。那些客栈中的人总是对潮涯的容貌和琴技惊若天人。可是潮涯依然如同在刃雪城中的大殿中一样，闭着眼睛，完全忘记了周围的喧嚣。在经过与蝶澈和凤凰、乌鸦的战斗之后，潮涯已经成为了最好的巫乐师，她的头发已经如同月神、皇柝他们一样了，又长又晶莹纯白。可是她眼神中的忧郁却总是让我难过。

潮涯总是在那些树木的阴影下，在早春来临的清亮的阳光中抚琴，一直抚到泪流满面。然后在太阳渐渐隐没的时候，在光影混乱地弥散的时候回到自己的房间。

我站在远处看着她寂寞的身影，心里出现一道一道透明的裂缝。我抬头看着那轮仓皇的落日，恍惚中发现我们已经在凡世停留了好几个月了。

我朝潮涯走过去，可是刚走两步我就停了下来，因为我看见月神出现在潮涯的背后，穿着一件纯黑色的长袍，上面有着蓝色的星光图案。我知道那是月神最好的一件幻术袍，上面的星光其实全部是散落的灵力，可以帮助主人在召唤幻术的时候增加很多的灵力。

月神站在潮涯背后，她对潮涯说：站住。

潮涯回过头来，她的表情平淡如水。她望着月神，没有说话。

潮涯，杀死伢照的那个梦境是很厉害的暗杀术吗？

潮涯低着头说：对，那个梦境的制造者的灵力绝对是凌驾在我之上。

那么你觉得是你的释梦能力高还是我呢？

潮涯回过头来望着月神，她说：不知道，也许我们一样吧。

那么你告诉我，为什么我却可以轻易地破掉那个梦境呢？

当我听到这儿的时候，我就知道月神要做什么了。

潮涯回过头来，阳光在她的头发上流淌如同明亮的溪涧。只是她周围的风开始涌动起来，一圈一圈透明的涟漪凌空散开。

月神站在她的对面，表情冷漠，可是我看到了她手上闪烁的光芒，锐利如同森然的冰凌。

潮涯坐了下来，安静地开始弹琴，悠扬而婉转，无数的鸟群在她头上聚拢来，盘旋着飞舞。我感觉到周围空气中不经意的一阵一阵的颤动。潮涯的声音很模糊，缥缈如同从遥远的地方破空而来。她说：原来月神你一直在怀疑我。

月神说：因为你值得怀疑。

然后潮涯的笑容像是一朵突然绽放的莲花，一下子扩散得如同漫天的烟雾，那些白色的蝴蝶全部涌动出来如同铺天盖地的落雪。而月神也早已经开始移动开了，她的那些光芒在白色的蝴蝶中如同若隐若现的闪电。破碎的蝴蝶尸体如同簌簌落下的雪，安静而沉闷地跌落到黑色的地面上，融入到那些积雪之中。当最后一道闪电突然如同撕裂的锦缎一样破空而过的时候，一切的画面都静止了。我听到潮涯的无音琴的琴弦一根一根崩断的声音，无数细小尖锐的月光从潮涯身体里穿涌出来，然后潮涯在月神面前笔直地倒下去，她的眼神涣散开来渐渐模糊了。

而我的眼中已经潮水涌动。只是喉咙如同被掐住一样，一点声音都发不出来。

月神转过身来的时候看见了我，她的表情有一瞬间的晃动，然后又恢复了她冰冷的容颜，她说：王，你在。

我说：我在，我在。然后一句话都说不出来。

月神说：王，如果我没猜错的话，潮涯就是西方护法。

如果你猜错了呢？我的声音无力而软弱。

月神说：这个世界上本来就有着对和错，有些错误是不可避免的。如果你要成就一些事情，那么就必须要牺牲一些事情，王，不是吗？

我转过身离开，没有说任何话，只是当我走进房间的时候，我背对着院落中的月神说：月神，如果潮涯是西方护法的话，那么你觉得你可以那么轻易地就杀死她吗？

凡世现在依然春寒料峭，偶尔还是有雪从天空中簌簌而下，我不由得想起刃雪城中的冬天，冬天里一落十年的大雪。

我站在房间的窗户旁边，月光如水一样流淌在地面和树叶上，风将树枝的阴影摇晃得如同奇怪而烦琐的幻术手势。我听到天空上乌鸦嘶哑的鸣叫，一声一声如同落到我的头顶上，沉闷得让人感到惶恐。

我对着月光伸出手，我动了动左手手指，然后我弟弟的面容从天空中

Part.2 雪国

浮现出来，他叫我哥，哥。他的面容不断地改变，有他微笑时如同阳光的笑容，有他冷酷时如同寒冰的面容，有他死的时候望着我的绝望的面容。可是这一切都是幻觉，这几百年来我就是靠着这种记忆影像的幻术支撑着我孤单得可以听到风声的时光，支撑着我可以一点一点地看着我的年轻的岁月如同马匹一样从我身上奔跑践踏而过。而现在，有谁才是像释一样完全值得我相信的人呢？有谁可以因为我的笑容而高兴好几百年呢？

释，你知道吗，你再叫我一声哥，我就可以泪流满面了。

客栈中间依然人来人往，只是和我一起吃饭的人只有两个了，皇枥和月神。

当我开始吃饭的时候，月神突然用手挡住了我，她说：王，先不要动这些饭菜。

为什么？

月神说：因为这些饭菜有毒。然后她望着皇枥，冷冷地说：我们的饭菜不是全部由你负责的吗，怎么还会有毒？

皇枥没有抬起头，只是淡淡地说：你是在怀疑我吗，月神？

没错！然后月神的月光突然如同暴长的锋芒一下子逼到了皇枥的咽喉，我弹出一道冰刀切断了月神的光芒。我说：月神，够了，不要再彼此怀疑了。

月神突然闪身到皇枥面前，她说：不可能。

皇枥在她凌厉的招式下已经越来越难移动了，我跑过去，用风雪冻住了月神的光芒。在那一瞬间，月神突然惊诧地看着我，仿佛不相信我会对她动手，而这个表情，也成为了我看见的月神的最后一个表情。皇枥在我冻住月神光芒的时候突然将手重重地击打在月神的咽喉上。我回过头去，然后看到了皇枥诡异的微笑。

月神倒在地上，我看到她眼睛中哀怨的神色。那种哀怨渐渐转成了难过和忧伤，我看到她眼角流下的晶莹的眼泪。

月神和潮涯被葬在客栈的背后，和辽溅、片风安葬在一起。月神和潮涯的坟冢还是黑色的泥土，而片风和辽溅的坟冢上已经长出了嫩绿色的草。离离地演示着死亡和生命的彼此纠缠。寒冷的风笼罩在坟墓的上空，我和皇柝站在坟墓的前面，彼此都没有说话。大风呼呼地吹过去，我和他的长袍猎猎地作响。

皇柝，你为什么要杀死月神？

因为她要杀我。

可是你没看见我已经出手了吗？她根本就没机会杀你了。

皇柝没有说话，只是依然有诡异的笑容弥漫在他的脸上。他说：王，我们就在这个地方分开吧。

分开？你是说……

我是说我要回到刃雪城中去了，尽管也许你觉得那是个玩具城堡，可是那个地方毕竟有我的整个族的人在等着我，我是他们的神。

你是说你要放弃以后的行程吗？

王，你觉得你还有以后的行程吗？这是一条看不到尽头的路，而我也已经疲惫了，王，我要离开。

当皇柝走的时候，我突然对他说：皇柝，其实你才是真正的西方护法，对不对？

皇柝没有回过头来，他说：卡索，这个问题已经没有必要再问下去了，你觉得你还有希望经过西方护法的领域吗？连西方护法都过不了，那你怎么可能战胜渊祭呢？

当皇柝快要消失在浓厚的雾气中的时候，我跑到他的面前拦下了他，我的剑笔直地指向他的咽喉，我说：如果你是西方护法，我绝对不会要你走出去。

Part.2 雪国

皇栎看着我，脸上是恍惚的笑容，他说：可是我说我不是，你会相信吗？

皇栎最后还是死在了我的手下，他在我的剑下流淌了满地白色晶莹的血。我听到他喉咙中模糊的声音，他说：王，你不要再被禁锢了，自由地飞翔吧……

皇栎被我杀死的地方是在这个西方护法灵力幻化出来的凡世的尽头，那个地方是一大片耀眼得如同清澈的阳光的金色麦田，风从麦田上面匆匆地跑过去，然后奔向这个凡世的尽头。在尽头，我隐约地看到雪花寂寞地落下来，落下来，我知道走到了尽头，我就可以回到我的刃雪城，回到我的寂寞得可以听见时光碎裂的声音的生命，然后在那里孤单寂寞地再过几百年几千年。

皇栎倒在这片麦田中，脸上是如同月神死的时候一样的忧伤的笑容，他的头发在金色的麦田中如同闪亮的水银，随着起伏的麦浪无边无际地流散开来。长袍早已被血浸湿了，贴在黑色的泥土上面如同死亡的苍鹭展开的黑色羽翼。

我仰望苍蓝色的天空，上面的鸟群低低地向我压过来，它们盘旋在麦田上面不肯离去。如同我一样，如同我这个迷惘而绝望的王一样，因为我也丧失了自己的方向。

我从来没想过，自己有一天真的孑然一身。我想到我身边的人，一个一个地亡失，白色的瞳孔和飞扬的长袍消散在肃杀的空气里面。我再次听到亡灵的歌唱，所有死去的人站在天空上面，他们透过云朵向我俯视，在我抬头看天的时候，我难过得心如刀割。

我还是不知道西方护法到底是谁，如同一个经久不散的梦魇般让人无法挣脱也无法看清。我甚至不知道月神、皇栎，甚至潮涯和片风、辽溅，他们是不是因为我的不信任和无能而死亡。也许真正的西方护法正在我的背后看着我微笑。那雾气中的莲花一样的微笑。

我告别了那家客栈的店小二,我想哪怕只有我一个人,我还是要孤独地走下去。

店小二送我离开,他没有说什么话,就是个单纯的凡世的子民,和我千千万万的子民一样,只是他不知道我就是那个高高在上的伟大的神。

当我离开的时候我回过头去看那个渐渐缩小的客栈,青瓦白墙,柳木扶疏。已经有梨花开始开放了,那些一点一点的白色如同细小而温柔的雪,弥漫在空气里面,又从空气中聚拢。

我转过身离开,再也没有回头,因为我的眼泪已经开始流下来。

一幕一幕,时光残忍而空旷地跑过去,我看见辽溅站在他的父王面前,对他的父王说:父王,我会成为最好的东方护法。我看到月神寂寞而坚强的样子,偶尔笑的时候如同舒展的春风。我看到星轨倒在血泊中瘦小的身影,听到她叫我要找到自己的幸福。我看到片风快乐地操纵着风的样子,看见潮涯弹琴时一群围绕着她翩跹的白色蝴蝶,看见皇柝为我撑开的防护结界,看见熵裂最后惨烈的死亡……

我只觉得胸腔中有什么东西渐渐地分崩离析,一片一片尖锐的碎片……

我已经远远地离开了繁华的街市,周围已经没有凡世的人。我躺在空旷的草地上面,阳光从头顶温柔地覆盖下来。周围的空气里有着凡世春天来临的香味。

当我坐起来开始考虑我应该做些什么的时候,我突然看到在草地的最远处,在地平线跌落的地方,那里的空气出现了透明的旋涡。我知道肯定有一个灵力卓越的人出现了。我隐隐地感觉到大地的震动,然后我看到地平线的地方突然汹涌起无数鹅毛大雪。如同当初梨落出现的时候一样,我

Part.2 雪国

的记忆开始轻微地摇晃,如同散乱的倒影。

当所有的雪花落尽之后,我看到了我无法相信的画面。

星轨高高地站在空中,凌空而立,风从她的脚下面汹涌地往上冲,她的头发、长袍向上飞扬如同撕裂的锦缎。

星轨下落到地面上,然后缓缓地走过来,我看着她模糊而诡异的笑容如同观望一个幻觉。

她走到我的面前,仰起面孔,对我说:王,你还好吗?然后她的笑容一瞬间弥漫开来。

我觉得身体的力量一点一点流失,仿佛连站立的力量都丧失了。

我问她:星轨,你不是在北方护法星昼那儿就死了吗?

星轨的声音出现在我周围的空气里,可是我看不到她嘴唇在动,她的脸上唯一出现的就是那种诡异的笑容。她说:你以为凭星昼的灵力可以杀死我吗?

那么你……

我就是你找了很久的西方护法。星轨。

我说不出话来,只是看着星轨的笑容在我面前变得越来越诡异越来越模糊。星轨怎么会是西方护法?我的脑海中不断出现这样询问的声音,如同从天而降的审问。

王,我亲爱的王,我不是给了你最后一个梦境吗?叫你在看到西方护法的时候打开的,您忘记了吗?

星轨的笑容如同符咒。

在星轨的梦境里,她的样子同出现在我面前的时候一样,模糊的笑容,诡异的声音。她告诉我,其实一切只是她的游戏。

她说:王,你是我哥哥最信任的人,所以我知道你不简单,于是我尽我的能力来帮你战胜了前面三个护法，因为如果你死在他们手上，那就太没意思了，他们那些人敌不过我的一根手指。我想和你玩一个游戏，一个杀人和被杀的游戏。你是个很好的对手，只因为我的生命太无趣，所以我又怎么可能放过这样刺激的事情。我想看看你能不能找到谁才是真正的西方护法，可惜我哥哥信错了你，你的思想比我想象的要简单得多。卡索，我会让你身边的人一个一个死掉，这是一场伟大的追逐和厮杀。到最后如果你身边的人全部死了，那么我就会出来告诉你，我才是真正的西方护法，只因为你已经不能奈何我了。论灵力，你比不过我，尽管你有一个灵力卓越的弟弟给你的继承幻术，可是你还是不是我的对手。

王，星辰的路线已经被我设定，请跟我来，玩这场最好玩的游戏……

当我从星轨的梦境中挣扎着醒来的时候，星轨的笑容依然在我面前，只是周围的景色渐渐清晰，我看到了草地和头上的阳光，内心却如同冰雪笼罩。

星轨在我的面前，我看到她手上突然出现了我从来没有见过的武器，仿佛无数闪亮的黑色缎带一样的东西围绕在她的手指间，又似乎是有形的一缕一缕的风纠缠在一起。周围的空气全部凝结一样让人感到窒息，我听到星轨的声音高高地飘荡在我们的头顶上，她说：卡索，你现在孤单一个人，我看你怎么过我这里！

我突然觉得很疲惫，然后我低声缓慢地对她说：是吗？那你回过头去看看。

因为我已经看到潮涯、皇柝和月神出现在星轨的身后。他们三个人的长袍翻涌如同变幻的流云。他们是我最信任的人。

星轨的神色仍然安静，只是她望着我的时候眼神中多了一些光芒。她说：原来他们都没有死。

我说：是的，他们都没有死。我宁愿我死，我也不愿意他们死掉，因为他们是刃雪城里最优秀的人。还有片风甚至包括死在你手下的辽溅和熵裂。他们都是最优秀的人。

你连辽溅是被我杀死的都知道？从那个时候你就开始怀疑我了吗？

不是的，那个时候我根本想不到是你。

那你是怎么知道我就是西方护法的？

从很多的方面，首先就是辽溅的死。因为我们在他的头顶发现了一根剧毒的针，所以我们全部被引到一个你设下的圈套，以为辽溅是被人用毒针杀死的。其实不是，后来皇栎在辽溅身上发现，其实凝聚到他头顶的那种剧毒是从叫作熵妖的那种花的慢性毒转换过来的，也就是说辽溅在我们进入西方护法的领域之前就已经被人下毒了。而那个时候，他整天都抱着你，最有机会亲近他而且不被人察觉地对他下毒的人就是你。

对，辽溅是我杀死的，而且也的确是用的熵妖那种慢性毒。然后呢？就从这一个简单的推想就知道我是西方护法吗？

不是，除了辽溅的死然后就是你的死。

我的死？

对，我不得不承认你的死亡是你最精明也最厉害的手段，谁都不会怀疑到一个死去了的人。因为皇栎在你身上下的防护结界是最好的一种结界，是他的生命所在。也就是说如果他不死的话那么一般他的结界里的人就不会死，否则如果防护结界被攻破那么先死的人肯定是皇栎自己。可是你还是死了，开始皇栎和我都以为是因为你太虚弱的体质和占星师之间奇妙的克制所造成的，于是只是难过，难过你的死亡。然而你哥哥给我的信中却说，他占星预感到你一个人去了一个陌生的世界，叫我不要让你孤单地一个人。当时我以为星旧占到你的死亡，以为你去了冥界。可是后来知道，你是去了自己幻化出的西方领域，等待我们走进去。就因为你怕你哥哥告诉我你没有死的事情,所以你才叫我先不要对你哥哥讲你已经死亡的消息。

星轨的眼神越来越寒冷,她望着我,冷冷地对我说:说下去。

然后还有在北方护法星昼那儿,其实杀死她对你来说是轻而易举的事情。当她死的时候她正想说出西方护法是谁,因为她看到你在我们之间觉得特别可笑,可是你没有给她说话的机会,你再次召唤了幻术杀死了她。只是那个时候我们以为你用的是渐次玄冰咒,而且我们很奇怪身为一个占星师的你怎么可能会这么复杂高深的黑魔法,因为一般只有最好的幻术师和司暗杀的巫师才会这种幻术。

然后我们就进入了你的西方领域,之后你和凤凰、乌鸦制造出一系列的死亡,让我们根本没时间来想以前你的一些问题。直到伢照死亡的时候,我又开始怀疑你。

为什么?

因为月神对潮涯的怀疑,本来潮涯和月神都有能力破除那个梦境,可是很奇怪的地方在于潮涯的释梦能力比月神强,却破不了那个梦境。很显然有一个比潮涯的释梦能力更强的占星师在周围,而你,就是一个最好的占星师。本来你利用潮涯来让我们怀疑到她的身上,可是你忘记了一点,那就是不可能同时有两个西方护法。如果潮涯是假装受伤,那么皇栎为什么要帮她隐瞒呢?所以,我告诉月神,潮涯和皇栎都不可能是西方护法。

所以你们就假死来引诱我出来?

还不是,那个时候只是怀疑到你,真正让我们下定决心引你出来的是熵裂。

熵裂?你们怎么会知道是我杀了他?

因为他的手势,他死的时候手上是你们占星师最常用的占星手势。开始我们以为熵裂是占星师,可是潮涯说她感觉不到他身上有任何释梦和占

Part.2 雪国

星的灵力存在，所以我们知道熵裂是在告诉我们杀他的人就是个占星师。而且是个会顶尖幻术的人，因为一般的人绝对不可能有能力杀死熵裂。

所以你们就彼此假装厮杀引诱我出来？

对，而且这是个很冒险的举动，我知道只要你对我们的行动占一次星，那么你就会知道我们其实是在演戏。可是我相信你太骄傲太自负，你会低估我们所有的人。更何况这一切都是按照你的预想——实现的，所以你根本不会想到这里面还有秘密，所以你也不会对我们的行动做占星。

皇柝站在星轨的背后，他说：我和月神、潮涯其实一直都在王的身边，我们一直在等待你的出现。因为我们知道，你是个骄傲的人，你从来不把任何一个人放在眼里，对于孤单的卡索，你肯定会现身，因为你不认为卡索一个人是你的对手，所以你会出现在他的面前，看他错愕惊诧的表情，只可惜卡索并不是你想的那么没用。

星轨望着我，她的笑容自信而轻蔑，她说：卡索，你信吗，我可以不动手就让你死在这里。

我望着她没有说话。

她说：我知道你不相信。你还记得你最爱的婆婆吗？你记得她把灵力过继到你身上之后紧紧地握着你的手吗？你还记得她粗糙的皮肤让你的手觉得像针刺一样疼吗？难道你从来就没有怀疑过她可能真的用针刺了你吗？然后我听到星轨放肆的笑声。

我的回忆突然恍惚起来，心空荡荡地往下落。

然后星轨突然对我出手，黑色的缎带如同闪电一样向我刺过来，却被我简单地闪开了。

星轨望着我，眼中有愤恨的神色。她说：你听到这件事情之后为什么没有一点慌乱？

我望着星轨，我告诉她，因为相信人性，我相信这个世界上总有值得我相信的东西，比如婆婆对我的爱。我没有任何理由怀疑。

星轨没有说话，只是她的长袍猎猎地飞扬在她的四周。很久之后，她说：卡索，看来我哥哥的确没有看错你，你是个了不起的王。可是我敢保证，如果你们一起对我动手，虽然我不可能赢过你们，但是我可以肯定地告诉你，我有足够的能力在我死之前让你的血染透这片草地。

星轨手上的黑色缎带突然飞速地扩展开来，如同风一样迅捷地将我和皇柝他们隔开。当我躲开那个缎带的纠缠的时候，我看见月神、潮涯和皇柝已经全部被那些黑色的缎带分开了，每个人都独自守护着。星轨在我们中间，她御风站在高高的空中俯视我们，脸上是诡异而光芒四射的笑容。她说：游戏的最高潮到了，王，你是个很好的对手，我们继续……

月神的月光被黑色的缎带纠缠着，那些光芒在浓重如同夜色的黑暗下变得越来越暗淡。我听到月神急促的呼吸，她的衣服和发饰飞扬在空中，随着她的跳跃而飞扬。潮涯的白色闪亮的琴弦同星轨黑色的缎带纠缠在一起，逐渐勒紧，如同彼此厮杀的黑色苍龙和白色冰龙，无数的白色蝴蝶从空中破碎坠落到地面上，如同雪花一样细小而破碎。而皇柝在每个人身上都撑开了防护结界，星轨的黑色缎带撞在结界透明的外墙上发出尖锐而清越的响声，如同闪电一样弥漫在周围的空气里。

我已经召唤出了几十把冰剑。那些冰剑悬在星轨的周围，可是一直摆脱不了那些黑色缎带的纠缠，有的冰剑甚至被那些缎带包裹住然后被勒紧破碎成一块一块的碎冰。

可是突然一切都安静了下来，潮涯的蝴蝶腾空而起，因为上面已经没有了黑色的压制，月神的月光也在黑暗中突然变得光芒四射，因为星轨突然收回了所有的缎带。

然后我看到了星轨脸上忧伤的笑容，如同当初那个纯真的小孩子。

她望着我，对我说：哥。

我转过身，看到了我身后的星旧，气宇轩昂，白色的占星长袍一尘不染，表情依然冷傲而严肃。他的头发飞扬起来，在风中一丝一丝散开。

Part.2 雪国

哥，你怎么会来？星轨望着星旧，低声地说。这个时候，星轨似乎只是个温柔婉顺的女孩子，只是当初那个被星旧从幻星宫中抱出来的孱弱的小女孩。

你不要管我是怎么来的，星轨，告诉我，你真的是西方护法吗？

星轨没有说话，只是我看到她的眼睛中出现一闪而逝的光芒。她低着头问：哥，如果我是，那么你会原谅我吗？

不会。

为什么？

我告诉过你，卡索是我最敬重的一个王，任何人想要伤害他，我都不会原谅。而且，你杀了那么多的人，星轨，你晚上睡觉的时候不会听到那些亡灵从天空上面走过的声音吗？

哥，我不在乎那些人，我只在乎你，你真的不愿意原谅我吗？

对，我不会原谅你。星旧转过身背对着星轨，我看到他脸上滚落下的眼泪，大颗大颗地掉在草地中。

星旧对我说：王，我们动手吧。

星旧，可是他是你的妹妹……

我没有这样的妹妹。星旧打断了我的话。

哥，你真的要对我动手吗？

是的。

我不是你的妹妹吗？

星旧抬头望着天空，他的声音低沉而嘶哑，他说：我的妹妹星轨是个善良而单纯的女孩子，会在我的怀抱里安静地睡觉，会等待我的归来。只是她已经死了，死在我的记忆里，她永远都不会再出现了。

然后我看到星轨的眼泪，如同碎裂的光芒一样，四分五裂。

哥。我听到星轨的声音，如同死水一样的平静，可是谁都可以听到里面的绝望。她说：哥，早知道你不会原谅我，那我根本不愿意再多活几百年，也许在我200岁的时候死在幻星宫里会是最好的结局，那样，你永远都不会讨厌我。

然后我听到一阵血肉撕裂的声音，那些黑色的缎带从星轨的背后刺进去，从她的胸膛汹涌地穿刺出来如同喷薄的黑色海浪，星轨的身体倒在草地上，发出一声低沉而压抑的坠地声，在她倒地前的最后一瞬，她哭着说：哥，哥！你为什么不肯原谅我……

你为什么不肯原谅我……

在星轨死亡的地方，出现了一个晶莹透亮的球。我知道，那是星轨留下来给她哥哥的梦境。

星旧站在远处高高的山崖上，星轨躺在他的怀里，如同我第一次看见他们两个的时候一样，大雪纷纷扬扬地落在他的头发和肩膀上面。他撑开屏蔽保护着星轨，目光温柔得如同春天深深的湖水。

星旧，你怎么会突然从刃雪城里面赶过来的？

因为我一直在占星祈福我的妹妹和王您，然后我突然感到了我妹妹的危机，因为我感到有几个幻术灵力格外高强的人正在围攻星轨。于是我赶过来，穿越了已经成为空城的东方、南方、北方护法的领域，然后到达了这个由西方护法的灵力幻化出来的凡世。然后我看到了王您、月神、潮涯和皇柝，而我的妹妹，星轨，站在你们中间。在那一瞬间，我知道了，原来星轨才是真正的西方护法。

星旧，你不是最心疼你的妹妹的吗，怎么会……

卡索，我能告诉您的就是，我喜欢我的妹妹不会少于您喜欢樱空释。所以，请不要再说起这件事情，因为每次提起，我都会像死一样难过。

王，我会离开您，因为我的妹妹已经死了，我没有再想要守护的人，而您，已经强大了，不需要我的保护了。王，也许我会隐居在幻雪神山里面，守护在星轨的坟墓的旁边，当她的坟头洒满樱花花瓣的时候，我想我

Part.2 雪国

会泪流满面的。

　　王，您是我最敬重的一任刃雪城的王，我会永远为您祈福，只是现在，请让我离开吧。

　　我望着星旧的面容，说不出话来。

　　而星旧和星轨的背影，最终消失在大雪茫茫的尽头，我隐约听到星旧苍凉而悲怆的歌唱回荡在高高的苍穹上，无数的飞鸟聚拢又散开，樱花如同伤逝一样，残忍地降临。

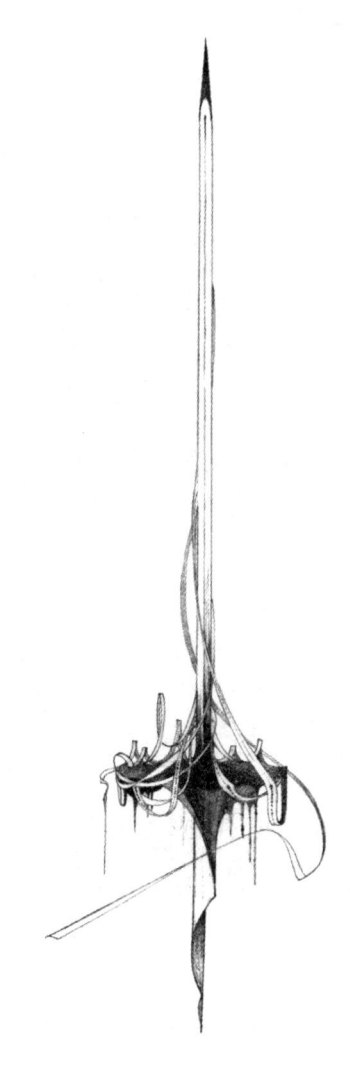

Ice Fantasy

Dream.2

梦魇·星轨·雪照

我叫星轨，我是我的父王最心疼的一个女儿。我的父王是刃雪城里最好的占星师，预言兴亡，占卜吉凶。

父王是我见过的最刚毅的男子，我看到过他站在幻星宫最高的落炎塔上占星的样子，面容严峻如同幻雪神山祭星台千年不动的黑色玄武岩。风从他的脚下汹涌而起如同咆哮的海啸，他的占星袍飞扬起来如同无边无际的黑色翅膀，我总是看见一只展翅欲飞的苍鹭。

几百年几千年，岁月如潮水一样流过他的身体，我相信他也不会有任何的变化，因为他是那么坚强和刚毅。

可是他看着我的时候，脸上会有如水一样忧伤的表情，我那么刚毅的父王会为我流下难过的泪水。

因为我是个让人担心的孩子。

在我很小的时候，我的母后就流着泪告诉我，我的星象是被打断的，我只能活到250岁。然后等我过了250岁，我的生命就开始出现一种无法预测的轨迹，因为我随时都可能死掉。我的母后告诉我的时候我看见她的眼泪簌簌地往下掉，掉在她纯红色的长袍上浸染开来，如同一朵一朵娇艳的花。我伸出小手抹掉了母后的眼泪，我告诉母后，即使只有200年，我也会开心地活下去。

然后我看见我的母后泣不成声。

当我出生的时候，我的家族为我的降生感到巨大的幸福，因为在我新生的身体上，已经凝聚了一千年的灵力。我的母后告诉我，我出生的时候，头发已经比她的长了，那些如同晶莹的雪一样的发丝紧紧地将我包裹起来，我在里面安详地沉睡。

我的父王喜极而泣。

可是我是个让人担心的孩子。

我的父王为我举行了最初的新生占星仪式，我的母后告诉我，在那个占星仪式上，我的父王格外的高兴。他的笑容如同撕裂的天空一样豪迈，家族的人都被他的快乐感染了，因为我们已经很久没有看到过父王笑的样子。

可是当父王占星进行到一半的时候，整个占星坛突然安静下来。每个人都可以看到父王占星杖上空破碎断裂的星象，我的父王在占星坛的最高处身体一个摇晃，然后倒在了冰冷的玄武岩上。

我是个被打断的孩子。我是个不应该出生的孩子。

我是个不应该出生的孩子。

我在幻星宫的最下层的暗室中睁着眼睛难过地想。

我的身体越来越弱，甚至一阵风都可以让我口吐鲜血。当第一天我的父王将我抱到这个黑暗的地下室的时候，我的父王难过地掉下了眼泪。他说：星轨，我的好女儿，你待在这里吧，你不会有事的，父王是最好的占

Part.2 雪国

星师，父王可以改变星宿的轨道的，你不会死的。

我在父王的怀里望着他，然后点头。我说：父王，我相信您，您是最伟大的占星师。

然后我闭上眼睛。因为我知道，我现在的灵力已经超越了我的父王，可是连我都没有办法改变星宿的位置。

我的哥哥叫星旧，和我一样是个灵力高强的孩子。只是他的命运不像我一样诡异，灵力也没有我强大。

可是我爱我的哥哥。因为他总是在我觉得自己是个不应该出生的孩子的时候对我说：

你让我想成为更好的人。

因为这一句话，我倒在他的怀抱里难过地哭了。

在我130岁之前，我都是个孤单的小孩子，我在幻星宫的最下层，我没有见过真正的星象，只在占星杖上看见过它们银色的清辉。我没有见过红如莲花的喷薄的落日，没有见过如同黑色淡墨一样模糊氤氲的日暮下的群岚。我没有见过雪花落在樱花树上然后樱花花瓣飘落到肩膀上的样子。没有见过我自己的宫殿，幻雪帝国中最轻盈飘逸的幻星宫。

我只在我哥哥星旧的叙述中一点一点地想象它们，想得心里越来越难过。

我的哥哥总是坚定地告诉我，他会成为更好的人，我不会在250岁的时候死去。

我看着他年幼的面容，心里好喜欢我的哥哥。

当我哥哥130岁的时候，他成年了。当他参加完成年礼之后，走到幻星宫的最底层来看我，我以为看到了父王。

哥哥变成了和父王一样坚毅挺拔的占星师，我看到他的纯白色占星长袍，看到他飞扬的长头发。

我缓慢而幸福地说：哥。

星旧走过来，把我抱起来放在他的膝盖上，他说：星轨，我正在一点一点地变得强大，你一定要等我。

我点头，然后看到哥哥的笑容温暖地散落在我的身上。

星旧对我说：星轨，哥哥不会让你死的，我会改变星宿的轨迹，我要让你一直在我的身边。因为你是让我想变得更强的人。你是我全部的天下。

你是我全部的天下。

哥哥一直都不知道，我每次都为他的话感到难过。我总是在想，有一天如果我突然就死了，我的哥哥在这个最黑暗的地下室找不到我，那么他，如此刚毅而坚强的他，会不会为我难过得流下眼泪呢？

我的哥哥告诉我外面的一切事情，包括现在谁是幻雪帝国的王，谁是最好的幻术师。他总是提到卡索的名字，因为我哥哥认为，他是一位最好的皇子。温和，善良，而且气宇轩昂。我的哥哥说，他是个伟大的人，将来必定也会成为伟大的君王。

我的哥哥告诉我，等有一天他强大到可以改变命运，那么他就可以让我走出这个黑暗的囚笼，让我站在刃雪城最恢宏的大厅中为卡索占星祈福，因为我是最好的占星师。

我看着哥哥神采飞扬的面容几乎要信以为真了，可是我知道，一切只是个华丽的梦境，可以用来安慰自己也安慰哥哥的梦境。我知道自己最后的生命必然会莫名地中断于某个早晨或者某个血色的黄昏，可是我还是感谢我的哥哥给了我这个生活下去的希望，只是心中依然有心疼和难过，不是为我，而是为我最喜欢的哥哥星旧。

Part.2 雪国

我的身体有着和其他人截然不同的体质,因为我在130岁醒来的第一天早上发现自己还是小孩子的身体,于是我发现自己永远都长不大了。

那天我躲着不见我哥哥,想到星旧我就泪如雨下。我的哥哥已经是一个长风而立的男子,而我,却还是一副小孩子的样子。我不要我的哥哥看到我而为我难过。

可是星旧好像已经知道了,他站在空旷的黑暗中温柔地告诉我,星轨,我知道了你的事情,不过哥哥没有任何的改变,我还是喜欢星轨。因为星轨就是星轨啊,无论变成什么样子还是星轨。

我在黑暗的另外一头,看着站在中央的哥哥,他的脸很温和,头发软软地扎起来。我看到了他的那件黑色的占星袍,上面洒满了幽蓝色的六芒星。然后星旧转身看到了我,他走过来,抱起我放在他的膝盖上,他说:星轨,这件占星袍是王送给我的,因为我准确预言了一场灾难。星轨,我正在逐渐强大起来,请你一定要等我。

我哥哥俯身下来,亲吻我额间的六芒星。他说:
星轨,你让我想成为更好的人。

我待在幻星宫的最底层,一日一日地逐渐消亡我的岁月,我忘记了外面的喧嚣和高昂的精魂。与世隔绝,看着命运的线孤独地缠绕缠绕,而我在其中安静地等待死亡的到来。

有一段时间,我的哥哥没有来看我。因为,那个时候,火族和冰族的圣战正如同黑色的潮水一样在冰海两岸汹涌,所过之处是一片措手不及的覆没。

我站在底层仰望黑色的天顶,想象着最上端的世界里是不是火光弥漫,那些冰蓝色的云朵是不是已经被烧得如同红色的莲花。

我每天都在占星祈福,因为我的哥哥在战场上。我总是想象着他高高地站在悬崖上，举起占星杖，光芒从他脚下的地面迸裂而出，他观测着星象对千军万马运筹帷幄。如同刀刃一样的风割破他的肌肤，我看到他坚毅如同父王的面容。

在那段漫长的日子里，我的父王总是代替我的哥哥下来陪我，他把我放在腿上如同我刚刚出生的时候一样。

我总是询问他外面的战事，我的父王总是告诉我，星轨，不要担心，因为我们的王是最伟大的王。父王告诉我，哥哥是战场上最年轻的占星师，可是功勋卓著。我可以想象得到星旧神采飞扬的样子，想象他站在独角兽上纵横沙场的样子。我信任我的哥哥因为他是我心中最伟大的人。

每当我露出安慰的笑容，我的父王总是难过地叹息，我知道他又想起了我短暂如同流星的生命轨迹。我总是抚摸着他苍老的面容，告诉他，父王，请不要为我担心，因为哥哥会为我改变星宿的位置。我甚至用这个自己都不相信的谎言来安慰我年老的父王，我的父王对我点头，他说：对，你肯定能一直快乐地活下去。

然后他转过头去，可是我依然看到他深陷的眼眶中滚落的泪水。

我不知道过了几十年或者几百年，当我的哥哥星旧重新站在我的面前的时候，我知道圣战已经结束了。我的哥哥凯旋而归。我看到他已经正式穿上了幻星家族的王者幻袍，我幸福得热泪盈眶。

星旧抱起我，他咧开嘴角开心地笑，放肆的笑容如同灿烂的朝阳。他的笑声温暖地将我包裹在里面，我觉得像是在母亲的身体里温暖得可以沉睡过去。

星旧对我说：星轨，我终于成为了幻星族的王，我会逐渐强大的。

我看着哥哥认真的面容用力地点头。我甚至开始相信他为我编织的这个梦境了。

Part.2 雪国

可是梦境依然是梦境，总有一天会如同水中的幻觉一样消散。而我没有想到的是，那一天竟然来得那么快。

似乎我的生命要提前终结了。我躺在冰冷的黑暗中难过地想。

在我190岁的那天，我突然觉得胸腔中一阵撕裂的痛，然后我失去了知觉。在我倒在黑色的玄武岩地面之前，我看到了自己口中汹涌而出的白色血液，一滴一滴流淌在地面上如同狭长的溪涧，最终漫延开来，模糊氤氲，如同我消散的知觉。

当我醒过来的时候，我依然一个人躺在地面上。我慢慢地坐起来，然后用衣袖小心地擦地面上的血迹。一边擦我的眼泪一边滴下来，我觉得从没有过的难过。我不是因为痛不是因为死亡的降临，而是我突然想到我再也看不到哥哥神采飞扬的笑容了。于是难过就突然从喉咙里涌出来。我坐在冰冷的地上想着我的哥哥。

那天晚上星旧来看我的时候我没有告诉他，我怕他难过。他依然在讲外面的世界唯美的樱花，绚丽的流岚，雄浑的山脉和安静的大海。我看到他英俊的面容，心里一阵空荡荡的难过，我想我以后都不会看到这张脸了。

以后的日子频繁地吐血，我的身体一天一天恶化下去，可是我没有让任何人知道。我总是在哥哥和父王面前安静地笑，我不想他们难过，因为他们是我在世上最爱的两个男子。

不知道是哪一天，当我从黑色的地面上醒过来，习惯性地开始擦地面上的血迹，然后我看到了一个站在黑暗中的女子，黑色的长袍如同用最浓重的夜色浸染出来的。她望着我，肯定而毫不犹豫地对我说：我可以给你永恒的生命。

我可以给你永恒的生命。我不知道在我面前说这句话的女子是谁。

我是渊祭。

我心里说不出的恐慌，我说：你怎么会知道我心中在想什么？你是占星师吗？

她说：我不是占星师，我是凌驾于任何人之上的神。

她说：如果你愿意做我的西方护法，我就可以给你永恒的生命。你可以自由地穿越幻雪神山和刃雪城，随便你居住在什么地方。

我望着她，问：可以一直留在我哥哥身边吗？

可以，只是我需要你的时候，你就必须出现在我的面前。

好的，我答应你。

你这么快就答应我？你不问问西方护法是做什么的？

我不想问，只要可以一直待在我哥哥身边，随便你要我做什么，我都愿意。

我想我还是告诉你好，因为西方护法是个最残忍的护法，因为它掌管暗杀，也许你会被所有人看不起。

只要你不叫我去杀我哥哥以及我别的亲人就可以。至于别人的轻视和鄙夷，比起可以待在我哥哥身边一直陪他来说，如同柔弱的蛛丝。

渊祭望着我，她说：很好。很好。然后她如同烟雾一样消散在我的前面，如同诡异的幻觉，我甚至怀疑有没有出现过这样一个人。

可是我的身体渐渐好起来，我的吐血开始减少最后停止了，我又恢复了以前的样子。

我的哥哥站在我的前面，弯下腰看着我的脸，他告诉我：星轨，你让我想成为更好的人。

我望着哥哥的面容终于哭了，我抱着星旧，我对自己说：

哥，我终于可以不离开你了。

星轨的死亡让西方护法的领域开始震动，无数的雾气从地面升起来弥漫了整个天地。我知道这是结界将要消散前的状况，在所有氤氲的雾气渐渐消散的时候，我看到周围的凡世已经消失殆尽，眼前重新出现白雪皑皑的神界。

只是这个神界是我从来没见过的恢宏和壮观。我回过头去看到月神和潮涯惊异的神色。

出现在我们面前的是一个似乎看不到尽头的高高的台阶，一级一级似乎延伸到无尽的苍穹。在台阶最尽头的雾气弥漫中，似乎有着宫殿的雕梁画栋和流光溢彩。

然后我听到了一个声音，那个声音冰冷而高傲，她说：卡索，走上来。

那个阶梯似乎没有尽头,我们走在上面几乎要绝望了。因为那个隐没于雾气中的神殿似乎从来没有靠近过,一直走,一直无法接近。

每个人都没有说话,周围安静得让人觉得恐惧。

我知道在台阶的尽头就可以见到渊祭,那个传说中无所不能的神,那个凌驾于任何人之上的神。

当我们终于站在台阶的最高处的时候,周围的雾气一瞬间消散了。出现在我们眼前的是一个似乎大得足够撑到天宇的宫殿,刃雪城同它比起来如同一座小孩子用雪堆出来的城堡。这个城堡的墙面上处处流光溢彩,月神告诉我,那些光泽其实是灵力凝聚而成,如同我的凰琊幻术袍上凝聚的灵力一样。整个宫殿上空飘荡着精美而华丽的乐律,那种乐律超越了潮涯感动叹息墙的乐律不知道多少倍。

在宫殿的天空上面突然出现一张巨大的面容,几乎布满了整个苍穹。那张面容格外模糊若隐若现,可是我却觉得似曾相识,我觉得我一定在某一个地方见过,只是面容太模糊,我看不清楚,那张面容露出了诡异的笑容,她对我说:卡索,走进来。

那个宫殿比我们想象中都还要大,穿行于其中如同走在台阶上一样漫长。在宫殿的尽头是一个抬头可以看见天空的院落,院落的中央是一个水光潋滟的莲池,我知道里面盛放的就是我一直寻找的隐莲。而我也看到了斜倚在莲池边上的人影,我知道那就是渊祭。

可是当我走到院落当中的时候,我几乎摇摇欲坠。我似乎处于无穷的幻觉当中,周围有华丽的色泽不断出现又不断消失,因为我看到斜倚在莲池边上的莲姬的笑容。

莲姬的笑容如雾气般弥漫开来,倾国倾城。

你就是渊祭?

对,我就是渊祭。莲姬的嘴唇没有动,可是我依然清晰地听到她的声音。

王，你认识她？我听到月神在我身后问我。

对，我认识她，她是我父皇的侧室，莲姬。

然后我听到月神、潮汐和皇桎在我身后不可置信的声音。

莲姬说：卡索，你能够走到这里真的出乎我的意料，不过如果不是你身上有你弟弟和封天的灵力，我想你早就死在半路上了。

我想复活释、梨落和岚裳。

你想，可是你知道我想不想吗？

你一定要想。

然后我听到莲姬诡异的笑声，她说：卡索，从来没有人敢这样和我说话，即使是你。你不要以为你过了前面几个无能的人就可以在我面前这样张狂，我随时可以让你死得粉身碎骨。

我问渊祭：难道释不是你的儿子吗？难道你不爱他吗？

你的父皇只是一个平凡的帝王，怎么配让我为他生育儿子？樱空释只是我用一片樱花花瓣和一片红莲花瓣还有一片霰雪鸟的羽毛幻化出来的，他的死我怎么会心疼。

我突然想起曾经释和我争夺王位时莲姬诡异的笑容，我突然明白那个时候，她就已经开始观看这场在她眼里的游戏。因为一切都是她在操纵。

莲姬突然说：卡索，你想得很对，那的确是我玩的一个游戏，你和你弟弟几生几世的恩怨纠缠都是我操纵的星象，你知道我用的占星杖吗？我用的是诞星杖，一切星宿皆由我创造，世间所有的恩怨纠葛都只是我手下的游戏。

我不想再说话，我只是坚定地告诉莲姬：请让我复活他们。

莲姬看着我笑，笑得格外轻蔑。

我突然出手，我将凤琊幻术袍上凝聚的灵力全部调动起来，然后左手召唤出风雪，右手召唤出烈火，那一瞬间我用尽了自己全部的灵力攻向莲姬。

在我身形刚刚展动的时候，月神已经抢在了我前面，她周围的月光发出森然的冰蓝色，一片一片如同尖锐的刀锋。而潮涯早已经席地而坐，她的无音琴已经幻化开来，无数白色的琴弦如同闪电一样向莲姬刺过去，所过之处飞扬起无数的白色蝴蝶，而我们身上已经笼罩下了皇栎最完美的防护结界。他将结界全部给了我们，而他却像个没有任何防御能力的小孩子一样站在那里。

我知道这是最后一战，没有退路的最后一战。

可是莲姬只是动了一动食指，然后我们身上的防护结界就如同碎裂的岩石一般分崩离析。我们所有的幻术全部反弹到自己身上，胸腔中的血液喷涌而出。

当我们四个人倒在地上而莲姬却神色悠闲地坐在那里的时候，我才明白，原来婆婆告诉我的话是真的，渊祭原来真的不可战胜。

莲姬走到我的脚边，她站着，高高在上地俯视躺在地面上的我。月神和潮涯、皇栎已经失去了知觉，他们躺在地面上，躺在自己身下的血泊里。

莲姬对我说：卡索，知道自己的渺小了吗？

我没有说话，可是内心的绝望却汹涌地穿行出来，在我面前流淌成为一条黑色的波涛湍急的河。

莲姬望着我，说：卡索，你也不用绝望。我可以帮你复活他们。

我问她：为什么。

她低下头看我，笑了，她说：因为我的游戏，还没有结束。

然后她将如同流云般宽大的衣袖一挥，莲池中突然盛放了无数红如火焰的莲花。

我终于看到隐莲了。

Part.2 雪国

莲姬告诉我，隐莲可以让人复活，可是并不能立刻复活他前世的记忆。而且隐莲本来就是一种神界灵力最强的植物，用它复活的人会转世成为前世最想成为的人。而当他面对面见到让他复活的人的时候，他的记忆才会全面地苏醒。在记忆苏醒之前，他只会隐约地觉得自己要去一个地方，要做一件事情，而这件事，就会让他看见使他复活的人。

我可以知道他们复活后都变成了谁吗？

不可以，只有当他们见到你之后，他们的记忆才可能复活。然后他们才会告诉你，他们是谁。

然后莲姬笑了，她说：卡索，其实游戏并没有结束，游戏才刚刚开始。然后她就如同雾气一般消散在我的面前。

当我离开渊祭的宫殿的时候，我站在那个高入云朵的台阶顶端仰望天空，樱空释、岚裳、梨落的面容渐次出现在天空又消失掉。

我知道，这个世界上已经出现了三个新生的孩子，他们是我的弟弟和我爱的人，他们自由而单纯地生活在这个世界上的某一个角落。

只是我不知道，释，当我苍老得快要没入夕阳的余晖的时候，我还能见你一面，抱一抱你，听你叫我一声"哥"吗？

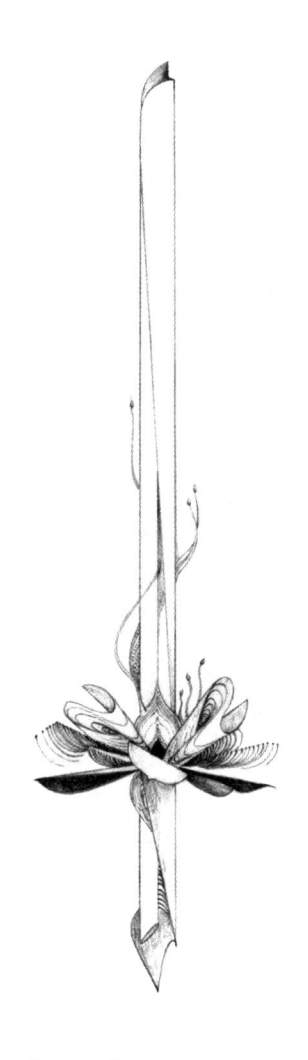

Ice Fantasy

Part.3

櫻 花 祭

梦境被大雾吹成丝线
雨水把世界慢慢打穿
剩下冰封的荒原在世界的尽头
光线把杀戮唱成诗篇
虚妄将绝望装点成预言
绝望再将命运推往遥远

而你在这冷漠的人间
生命的间隙被慈悲填满
你在巨大沙漏的阴影里轻轻醒来
你在虚空中停驻　你在命运里安睡
秒针或者呼吸的微茫
宇宙或者苍穹的漫长

在离开幻雪神山之后的一百年中，我成为了一个寂寞而满足的人。

因为我心里怀着某种希望。我一直觉得人有了希望就可以安然而平淡地生活下去，一千年，一万年。时光的亡失和生死的渐变都不再重要，它们变成了缓慢流徙的气浪，吹拂过无边的巨木森林。

我知道在世界的某一个角落，释、岚裳和梨落正在一天一天地长大。他们总会在某一天长大成人，我希望他们可以快乐而幸福地站立在这个世界的大地上，眯着眼睛微笑着仰望蓝天面对苍穹。无论在我有生之年是不是还可以见到他们，无论他们还记不记得我。

其实我想要的就是这样的生活，简单而满足，宫女们开始说我变得像一个温暖的国王，脸上总是挂着笑容。

我总是回忆起几百年前星旧给我的一个梦境，梦境中，我是那个被捆绑在炼泅石上的触犯了禁忌的巫师，而我弟弟樱空释则是那只为了我的自由而血溅冰海的霰雪鸟。以前我总是为这个梦境而难过，而现在终于可以释然了。

因为我知道，释必定和我一样，生活在这个世界上，他还是个漂亮的小男孩。也许会有一个和我一样喜欢他的哥哥与他相依为命，就像当初我和他流亡凡世时一样。

只是星旧已经离开了刃雪城，我不知道他带着他一生最疼爱的，最后却为了他自杀的妹妹去了什么地方。他告诉我：要坚强地活下去，因为在这个世界上，有人等着与你重逢，你的身上，有他们全部的记忆。

在回到刃雪城之后，我曾经去过幻星宫，我见到了星旧和星轨的父王，我告诉了他星轨的死亡和星旧的离开。当我说完一切的时候，他苍老的脸上布满了泪痕，那些泪水渗透进他深深的皱纹里。

他告诉我，也许星轨选择死亡是一种解脱，只是她死的时候，星旧都没有原谅她。被自己爱着的人恨是一件最悲哀的事情，而比这个更悲哀的则是带着这种感情悲哀地死去。就算她爱的人已经原谅她了，她还是无法知道。

他对我讲了很多他们兄妹的事情，我看到这个迟暮的老人对时光的回忆。那些往事一幕一幕重新出现在他的生命里，像是梦境般交替地上升下沉。我看到往事起伏在他浑浊的目光中，我似乎看到星旧小时候的样子，看到他和星轨站在一起明媚地笑。我突然想起星旧抱着星轨离开时的背影，一时间也哽咽了喉咙。

我走过去，抱着他，他的身躯已经佝偻瘦小了，已经不再是当初那个叱咤风云刚毅的星宿族的王了。

当我离开幻星宫的时候，星旧的父王跪下来，交叉双手，对我说：尊贵的王，您是我见过的最仁慈最善良的帝王，我用整个星宿族的名义为您祈福。

同星旧一样，婆婆也离开了刃雪城，她的头发依然很短，而且不可能再恢复以前的灵力了。我摸着自己的头发心里一阵一阵地心疼。

婆婆离开的时候告诉我：卡索，你是一个伟大的王，你甚至比你的父皇更加伟大。你的父皇击溃了整个火族，让冰族的势力发展到鼎盛，可是我觉得你比你的父皇更加有资格被称为一个伟大的帝王。因为你深厚的感情和伟大的胸襟。卡索，我要离开这座刃雪城回到幻雪神山了，我已经老了。而你的命运的轨迹，才刚刚显现。总有一天，你生命中那些最重要的人都会回到你的身边。王，请你耐心地等待。

我望着婆婆步履蹒跚地离开，身影越缩越小逐渐模糊，大雪在她身后凝重地落下来，无声无息。我想起在以前，我和释还只是雪雾森林中顽皮的孩子，穿着白衣，用锦缎扎起头发，坐在婆婆的膝盖上听她叫我们皇子。周围有野花盛开的清香和独角兽一闪而过的痕迹。阳光如同潮水一样将整个雪雾森林浸泡其中，闪闪发亮。而一眨眼，几百年的岁月就这样喧嚣而寂然地奔跑过去，我已经如同父皇一样穿起了凰琊幻术长袍，站在最高的城墙上，听到无数的人对我的呼喊朝拜。而当初疼我抱我叫我皇子的婆婆，却已经垂垂老去了。

婆婆的身影消失在落雪的尽头，天空突然狠狠地黑下来，我听到周围的风掠过树梢的声音，辽远空旷。

而月神、皇栎和潮涯，也在回来的时候就已经告别了我。我知道，刃雪城只是我一个人的刃雪城，我还是要一个人寂寞地待下去。

他们回归到他们各自的领土之上，继续他们的生活。他们的悲欢离合在千里之外的领域里繁衍生息。他们各自的悲怆或者喜悦,远去消失成为天边的星辰。

我第一个见到的复活的人是岚裳,我见到她的时候她还是个小人鱼,在冰海里面快乐而自由地游来游去。我看到她纯净的银白色长发,闪亮的色泽如同清辉流泻的星辰。

我去深海宫看过那个没有长大成人的小人鱼。深海宫的宫主告诉我,她的名字叫剪瞳,出生在一百多年前。没有人知道她的身世来历,她被发现的时候被一大团海藻包裹着。当人们拂开海藻的时候,她们看到了她熟睡的清秀的面容。我知道她就是岚裳。

我站在深海宫的宫殿里,望着外面海水中的剪瞳,想起几百年前岚裳的样子,心里终于释然了。那个曾经让我心疼的女孩子终于又可以自由自在地在水中翻跹了。

深海宫的宫主告诉我,剪瞳总是说她要嫁给我,她们问她为什么,她总是说不知道,脸上是迷惘的表情。可是她还是坚定地告诉别人,她要嫁给刃雪城里的王。

从那以后我总是坐在宫殿高高的房顶上观望着剪瞳。只是剪瞳从来都没有注意到我。我突然想起以前,在我习惯每天晚上坐在屋顶看星光如杨花般舞蹈的时候,岚裳就躲在冰海岸边的一个小角落。那个时候她就这样默默地注视我,而现在,则是我这样默默地注视她。

我觉得一切像是一种命中注定的偿还。可是我心甘情愿。我希望看见小剪瞳一天一天地成长起来,然后我就会将她接到宫中,我不会再让她受到伤害了。

当剪瞳130岁的时候,她变成了倾国倾城的女子,整个深海宫陷入一

Part.3 樱花祭

片恐慌。因为剪瞳的容貌和几百年前死去的岚裳一模一样。

在剪瞳蜕掉鱼尾成为人的那一年,我将她接进了刃雪城,并宣布剪瞳成为我的侧室。

迎娶剪瞳的那天,整个刃雪城格外沸腾,因为这是我成为王之后第一次迎娶一个女人。

我坐在玄冰王座上,下面所有的占星师巫师剑士排在两边,在大殿中央的大道尽头,我看到了盛装的剪瞳,光彩照人,格外明艳。可是她的表情依然迷茫。我看到她眼中有弥漫的风雪。她孤独地站在大道的尽头,像一只受伤的野兽。

于是我站起来,微笑着对她招手,我说:剪瞳,过来,不要怕。

当剪瞳一步一步走向我的时候,两边站立的人群沿着她走的地方渐次跪下,他们将双手交叉在胸前,低着头,我听到响彻整个大殿的朝拜。

我看到剪瞳的眼睛越来越清亮,她脸上迷惘的表情也渐渐地消散,我知道她的记忆正在一点一滴地苏醒过来。而我也一样,似乎也经历了一次重生,前尘往事如落雪般纷纷涌过来。我看到几百年时光清晰的痕迹铺展在大殿的地面上,铺展在剪瞳的脚下。剪瞳像是从时光的一头走到另外的一头,走到了我的所在。

当剪瞳站在我面前抬头望着我的眼睛的时候,我从她的眼睛中已经看不到风雪看不到浑浊了,我知道她的记忆已经全部苏醒过来了。于是我试着轻声叫她,岚裳。然后她热泪盈眶。她跪下去,眼泪洒落在我的凰琊幻术袍上,她说:王,我等了你好久。

我抱着她的肩膀,看着她,我说:剪瞳,让我照顾你一辈子,我想要给你幸福。

然后我看到剪瞳泪光中的微笑,听到所有人对我的欢呼。

可是我看到剪瞳眉间依然有无法抹去的忧伤,我想也只有等待时光将前世的伤痕抚平了。

　　自从婆婆离开雪雾森林之后,那个森林里面的孩子就失去了很多的温暖。每次我去的时候,那些孩子都拉着我的长袍的下角小声地问我,王,婆婆去哪儿了呢?她什么时候回来啊?

　　我总是弯下腰抚摩他们的面容,告诉他们,婆婆很快就会回来的,有王在这里陪你们,你们不用害怕。然后那些孩子就开心地笑了。

　　我总是躺在雪雾森林里的草地上,阳光如同倾覆一般散落在我身上,温暖而且让人觉得安全。我一直在找这里会不会有梨落转世的影子,我想看到梨落小的时候,我想看到她一点一点长大成人的样子。

　　而最终我还是看到了梨落,那个我爱了几百年而且还将继续爱下去的女子。

　　当我看到她的时候,她依然是一副小孩子的样子,可是我知道她肯定已经快要满130岁了,因为她脸上有着成人般坚毅的表情。她出现的时候如同一只浑身都是力量的矫健的小独角兽,她穿着黑色的靴子,长长的腿露出来,如同身手敏捷的月神一样。她的头发还是和以前一样,是微微的冰蓝色。

　　她望着我,表情奇怪,我知道,在她的记忆深处,肯定有着一张和我一样的面容。我微笑着站在她的面前,望着她没有说话,我在等待她想起我。

　　只是她站在我的面前,一直望着我,没有说话,我看到她脸上迷惘的表情。

　　我问她:你叫什么名字,可以告诉我吗?

　　她抬起头看着我,始终不肯说话,我从她的脸上看到梨落的面容,于是心里一阵空荡荡的疼痛。我俯下身对她说:你别怕,我要走了,等你

130岁的时候，我会再来看你的。

　　后来有人告诉我，那个女孩子叫离镜，天生就不能说话。她没有纯正的幻术师血统，不过她天分很高，灵力也很不错。

　　当离镜130岁的时候，我再次去了雪雾森林。在雪雾森林的出口的地方，我看到了长大成人就要离开雪雾森林的离镜。她高高地站在独角兽上，大雪在她的身后缓慢地飘落下来。我望着她，一瞬间仿佛时光倒流，我看到在凡世的长街尽头我第一次看到的梨落，美丽得如同最灿烂的樱花。

　　我走过去，离镜轻轻地从独角兽上下来，她跪在我的面前，双手交叉，然后抬起头望着我。虽然她一句话也不能说，可是我却似乎清楚地听到空气里她的声音，就如同几百年前梨落对我说话一样，她说：王，我来接您回家……

　　我走过去，抱着离镜，然后像个小孩子一样哭了，我对她说：梨落，我好想你。

　　离镜成为了我的正室，刃雪城的皇后。在我们的婚礼那天，整个刃雪城沉浸在一片喜悦的气氛中，看了太多的杀戮，看了太多的生离死别，面对突然而来的幸福我竟然感到措手不及。

　　我望着窗外的苍穹，不知道这一切会不会又是命运与我开的一个玩笑。只是，即使这是幻觉，我也心甘情愿地沉沦进去了。

　　我祈祷了几百年的幸福时光在我的面前渐渐显现，我觉得心里像要哭泣般的幸福。

　　可是让我辛酸的是，同剪瞳一样，离镜的眼角眉间同样有着忧伤，也许是几百年的等待太过于漫长，所有人都等得几乎绝望吧。

离镜和剪瞳陪在我的身边，因为剪瞳本来就是深海宫的人，所以灵力超卓，她总帮我处理刃雪城里的事情，每件事情都让我觉得很满意。我总是看见她劳累的身影，看见她不断地阅读那些巫师、占星师呈献上来的梦境，她总是将帝国里面发生的事情及时地告诉我，然后我再告诉她怎么做。

有几次我都看见剪瞳疲倦地趴在我的宫殿里睡着了，我看着她的疲惫总是很心疼。然后我总是将她轻轻地抱回寝宫，看着她熟睡得如同孩子的面容。我曾经告诉过她，不用太伤神，可是她笑了，笑容灿烂如同岚裳阳光般的笑容。

她说：王，我不累。能够帮到你，我已经觉得很幸福了。

而离镜一直给我温柔的呵护。

每次我从大殿回到寝宫的时候，我总是可以看见离镜在门口掌灯等我。那盏红色的宫灯被她提在手里，我看到她的头发飞在风里面，她的面容温柔而安静，我似乎听到她的声音，她在说：王，请跟我回家……

每天晚上看见离镜为我掌灯我就会觉得温暖，甚至在大殿里累得憔悴的时候，我只要想到离镜还在门口的风里掌灯等我归家，我就觉得格外温暖。那微弱的光明，总是在黑夜中让我知道方向，让我知道，有人等着我的归去。

我告诉离镜不要每天在风里等我，那样会让我很心疼。可是离镜每次都微笑着摇摇头，然后将头伏在我的胸膛上，我闻到她头发上的香味。

我似乎得到了自己想要的幸福，可是真的没有遗憾了吗？

我对着苍穹，忘记了语言。

在我内心深处，最最牵挂的人，却还是没有出现在我的生命里。离镜和剪瞳都知道，我一直在等待我弟弟的消息，可是，他却像是消失了，一

Part.3 樱花祭

直没有音讯。难道是渊祭和我开的又一场玩笑吗？

每次我仰望天空的时候，樱空释的面容总是会浮现在空空荡荡的天宇上，当有霰雪鸟悲鸣着飞过的时候，我总是会听到释的声音。我听到他在对我说：哥，你过得好吗？你幸福吗？你现在自由吗？

在一天晚上，我突然从梦里挣扎着醒过来，然后突然泪流满面，最后抱着离镜失声痛哭。因为我突然意识到，也许我永远也不能见到我弟弟了。

我突然想起渊祭的话：用它复活的人会转世成为前世最想成为的人。

我想到，如果释还是想成为我的弟弟，那么我就永远见不到他了。因为我的父皇母后已经去了幻雪神山，在那个地方，是不允许有后代出生的。

那天晚上，我一直坐在黑暗里，关于释的一切都重新从心里深处涌动起来。本来已经被埋葬得很深了，可是伤口突然撕裂，血液又重新喷涌出来。

离镜一直站在我的旁边没有说话，她的头发温柔地散落下来落在我的肩膀上。我抱着她的腰，我说：离镜，我好想念释。

可是在之后的一个月，我再也没有大段大段的时间来想念释了，不能像从前一样站在离岸旁边望着那块炼泅石一望就是一天。

因为，火族越过冰海，他们的火焰已经烧到了冰族的大地上。

在很短的时间中，似乎一切突然回到了几百年前的圣战的时候，漫天呼啸的尖锐冰凌和铺满整个大地的火种，我依然是坐在刃雪城的大殿里面。可是我已经不是当初那个裹在千年雪狐雍容的皮毛中的小孩子了，我已经成为了主宰刃雪城的人。我像当年的父皇一样，高高地站在大殿的上面，穿着凰琊幻术袍，面容如同幻雪神山上最坚固的冰。

可是我依然听到前方传来的将士不断阵亡的消息，我甚至可以想象出在战场上火光冲天的样子，无数的巫师在火焰中融化消散的样子，就像当初看到死在我面前的护送我出城的父亲的近护卫克托，看到被三棘剑钉在高高的山崖上的筿筌。

在占星师不断送回来报告战况的梦境中，我知道了为什么火族会这么强大，因为他们的王子太卓越。在那些梦境里面，我可以看到他轻松地屈伸着右手手指，然后冰族的优秀的巫师就死在他的面前，如同当初我和月神他们一起进攻渊祭时实力的悬殊。那种压倒性的，摧毁一切的力量。

传回梦境的占星师们告诉我，那个火族的王子叫罹天烬。我在梦境里看到他的面容，火红色的短头发如同跳跃的火焰，邪气可是英俊的脸，双手的红色剑和眼神中诡异的光芒。

在一个梦境中，我看到罹天烬用轻易的一招就杀死了我的一个巫师。我悚然动容，因为即使是我，也不能在那么短的时间用那么简单的招式杀死那个巫师，因为他在刃雪城里已经是很顶尖的人了。

刃雪城里的巫师逐渐减少，最后我决定亲自去战场上。有些大臣反对，有些大臣支持，可是我已经下定决心了。

当我穿上战袍准备离开的时候，离镜和剪瞳站在我的背后，我看到她们已经脱去了雍容飘逸的宫服而换上了幻术长袍。我什么都没有说，因为我知道，无论我走到什么地方，她们都会跟着我一起的。

当我走到刃雪城黑色高大的城门前的时候，我发现早就有几个人在那儿等我了。

我看到月神、皇栎、潮涯和蝶澈。我看到他们的笑容，他们跪在我的面前，叫我，王。

Part.3 樱花祭

蝶澈告诉我，她在凡世已经知道了冰族的事情。因为这场圣战声势浩大，早就已经超过了我的父皇那一辈的战争，因为火族有了个灵力似乎天造的皇子罹天烬。

当我们来到战场上的时候，无数的火光映照到我们脸上。当时我们站在一个很高的山崖边缘，下面就是火族和冰族的人在厮杀。我看到白色的幻术袍不断消散在红色火焰中，一点一点如同雾气散尽。

潮涯和蝶澈同时坐下来，她们的琴弦幻化在空中，潮涯的白色琴弦，蝶澈的绿色琴弦，无数的蝴蝶从琴弦上纷涌而出，如同闪电一样急促地冲向下面的火族精灵。我看到那些火族的红色精灵不断被蝴蝶笼罩然后被蝴蝶穿透进身体里，最后那些蝴蝶从他们的身体中穿刺出来，我看到他们红色的身体支离破碎。整个天空上都飘荡着潮涯和蝶澈的乐律精魂，我看到苍穹上的流云飞速地变动。

蝶澈用上了最厉害的巫乐暗杀术。而潮涯用旋律将每个巫师的灵力几乎提升了一倍。战局在瞬间得到了变化。

不过蝶澈告诉我，下面有灵力笼罩在每一个火族精灵的周围，那些灵力，全部来自罹天烬。这在幻术的理论上，几乎是不可能的。没有人可以把自己的幻术覆盖那么大的范围，并且可以精准地控制在每个人的身上。

下面的冰族的巫师中有人回过头看到了我，于是他指着我高叫：看啊，我们的王。

所有的人都振奋了，无数的白袍展动如同飞翔的霰雪鸟，那些火焰渐渐消散。

我回过头看到潮涯和蝶澈的笑容，她们的确是幻雪帝国最好的巫乐师。

可是，我马上看到了潮涯和蝶澈脸上的笑容突然如死掉一样僵硬。我问她们为什么，她们没有回答我，我还是知道了答案，因为我回过头去，看到了潮涯和蝶澈的蝴蝶全部被火焰包围了，每只蝴蝶都支离破碎，然后坠落下来。

我看到远处山崖上有个红头发的人站立在最尖锐险峻的那块岩石上，他脸上的表情轻蔑而诡异。他的右手高高地举起来，我看到他扣起的食指。

我知道，翟天烬出现了。

潮涯和蝶澈突然同时对我说：王，您先回到我们驻扎的地方，这里让我们来守，您先回去！

我没有同意，可是所有的人都坚持，皇柝走到我面前跪下来说：王，请你一定坚强地活下去，因为在这个世界上，有人等着与你重逢，你的身上，有他们全部的记忆。

我突然觉得恍惚起来，这句话曾经被我无数遍地听到过，我身上残留的也只剩下樱空释的记忆而已了，可是，我还能见到我的弟弟吗？

我回到了大军驻扎的地方，然后夜色突然浓重地降下来，我坐在一块岩石上，望着天空杂乱的星象，空空地发呆。周围有剑士苍凉而雄浑的歌声激荡在凛冽的风中，我突然想起了辽溅，曾经也听他唱过这样悲怆的歌曲，声音撕裂而又嘹亮。我望着天上黑色的云朵，不知道上面有没有辽溅的亡灵。

我看到周围剑士疲惫的脸，看到散落一地的冰剑和盾牌以及占星手杖。

然后有人回来，满身血迹。他的手上托着一个梦境，他被人抬到我的面前，他将那个梦境交给我，然后手无力地垂下去。

我低着头，轻声说：把他安葬了吧。

Part.3 樱花祭

潮涯和蝶澈都死在了罹天烬的手下，那个梦境是她们最后共同用灵力凝聚起来的。

在梦境里面，潮涯和蝶澈记录了罹天烬的每招幻术，我知道她们是想让我对罹天烬多些了解。可是在梦境里面，罹天烬的幻术可以用完美来形容，除了渊祭，我从来没有见过谁的幻术有那么精纯和华美，大气如同翱翔在天的凤凰。

在梦境的最后，是几幅破碎的画面，蝶澈和潮涯倒在地面上，罹天烬站在她们面前。当我看到他用脚踩在潮涯的脸上的时候，我的眼眶像要裂开一样疼，我的手指因为太用力而陷进了手掌的肌肤，血液沿着我的手指一滴一滴地流下来。

然后他动了动右手，潮涯和蝶澈的尸体转瞬成为了灰烬，飘散在凛冽的风中。

我的眼泪流下来，迅速地结成了冰。

整支军队被我们分成了两部分，一部分由月神和皇栎带领，而另外一部分，则由我和离镜、剪瞳带领。

当分手的时候，皇栎和月神告诉我：王，无论发生什么事情，您一定要坚强地活下去。

可是分开后的第三天，我就接到梦境，是皇栎阵亡的消息。

那个梦境是月神给我的，月神告诉我，皇栎是为了保护她而死的。他们也是遇到了罹天烬而全军覆没，当月神和皇栎围攻罹天烬的时候，皇栎被他的幻术火焰带上了高高的苍穹，那些火焰托着皇栎飞到了很高，然后就突然消失了。

月神说，其实皇栎本不会死的，只是因为在打斗的时候，皇栎把所有的防护结界都给了月神，而自己，完全没有防护能力。在梦境中，我看到月神泪流满面的脸，我从来没有看过月神为谁动过感情。可是她这样的表情，让我觉得好难过。

Part.3 樱花祭

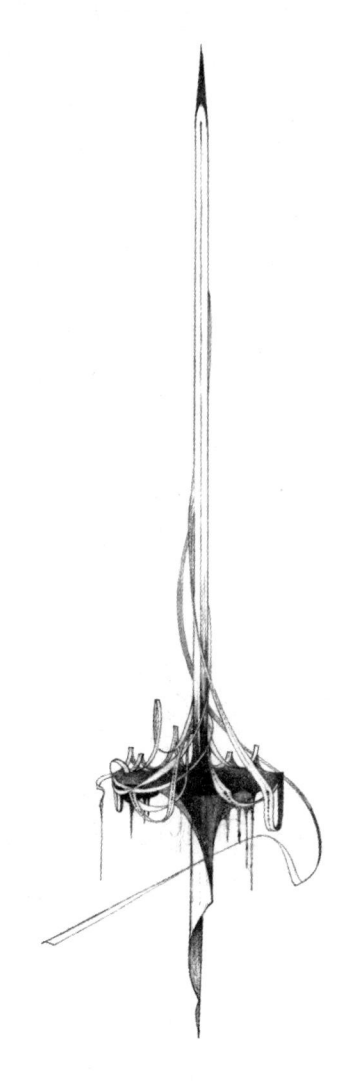

Ice Fantasy

Dream.3

梦魇·皇柝·月湫

月神，我知道自己就要离开了，因为我已经感到了灵力在我身体里如水一样流失。

只是，我好担心你，因为你一直都是个没有得到幸福的孩子。

请原谅我称呼你为孩子吧，因为我比你大很多。在我的眼里，你是个让人怜惜的人，尽管你的外表很冷漠，可是我知道你内心的温柔。

我知道你之所以会学习暗杀术是因为你在很早的时候就被杀死的姐姐，你很爱她。所以你希望以后可以保护自己喜欢的人。

我也一样。所以我将我所有的防护都给了你。

因为我喜欢你。

你知道我为什么知道你姐姐的事情吗？因为在很早以前，巫医族和你们家族有很深的渊源，甚至我和你死去的姐姐是有婚约的。可是你的姐姐死了，我不能带给她下半生的幸福。在我已经成人的时候，你和你姐姐都还是小孩子，我看着你们觉得很快乐，因为你们的笑容是那么单纯而明亮，如同刃雪城里最明亮灿烂的樱花。

可是我并不是因为你姐姐才喜欢上你的，因为你是月神，你就是你，所以我才喜欢你。没有谁替代谁，你就是天下独一无二的月神。

可是我一直不敢告诉你，我喜欢你。因为我觉得自己不够好，因为我觉得自己已经苍老了，我比你大了接近200岁。我想你应该找到一个年轻的男子，然后他可以给你幸福，可以让你不需要再用自己冰冷的外表来对抗世间的险恶。

我想到那个时候，你就可以自由地笑了，像你小时候一样的笑容，单纯而又明亮，如同最快乐的风最温柔的云。

你知道吗？在幻雪神山里的那一段时光其实是我最想念的日子。我总是看到你笑看到你严肃看到你思考时的样子，我总是在不断地怀疑你，因为我内心恐惧你真的是幻雪神山里面的人。可是你不是，你是我最心疼的月神。

后来当我们结束了幻雪神山的历程，各自回到各自的领土，那段时间，我持续不停地想念你。好像生命突然缺少了某一个部分，转动起来的时候总是会觉得停滞。我在每个有月亮的晚上都会失眠，当我清醒地站在山崖上，我总是不断地想起你。

以后的路你一定要坚强地走下去，我不能再照顾你了。我在你身上种下了一个防护结界，以后你有危险的时候，它会自己打开保护你，这是我唯一能够为你做的事情。

月神，原谅我吧，以后不可以保护你了。尽管我想一直待在你的身

Part.3 樱花祭

边，安静地看着你生活，但只要你没有难过和忧伤，那么我就很快乐了。

我曾经听人说过，云朵之上会有亡灵居住，我想我也会到上面。只是不知道，我能不能从天上看到你，如果可以，我想我就不会惧怕死亡了。因为我还是可以观望你的幸福。

月神，不要再这样封闭地生活了，你身上的冷漠对你是一层最严重的枷锁。我想你逃脱，我要你逃脱。

月神，请你坚强地活下去，带着我的生命一起活下去，我的生命延续在你的身上，所以你不可以不快乐。

月神，我要离开了，很难过。我喜欢你，因为你是独一无二的月神，因为你就是你，所以我喜欢你……

我无法估计翟天烬的幻术极限，因为他的幻术灵力似乎无穷无尽，大片大片土地的沦陷，让我觉得无比悲凉。

　　我对着苍穹想到我的父皇，我想如果我死在沙场上那么我应该用什么颜面去见冰族的亡灵。如果刃雪城千万年的基业毁在我的手上，那么，我应该如何面对我的血统。

　　大风从山顶汹涌地吹过去，无数的雪降下来，飘落到地面上却无法堆积，因为整个大地已经被火焰烧得微微发烫。我甚至可以预见那些邪恶的火焰肆意吞噬刃雪城的样子，无数的女人和孩子的哭喊，独角兽的悲鸣，霰雪鸟嘶哑而割裂天空的啼叫……

　　站在山崖上，我望着远处的天空，我突然想到了我的弟弟，释的面容又浮现在天空里，我对着释说：释，也许哥哥不能再看见你了。

Part.3　樱花祭

之后死的一个是月神。冰族势力的一半覆没。

剩下的一半军队由我统领，可是也日渐减少，甚至已经快要退到刃雪城了。我突然想到我父皇时的那一场圣战，火族也是几乎要攻到了刃雪城的城墙下面。

可是，这一次，刃雪城真的要灭亡了吗？

在月神要士兵传给我的梦境里面，月神的笑容安静而温和，我以前看见的都是满脸冰霜满脸杀气的月神，月神的微笑极少极少。而现在，月神的笑容如同刃雪城里最灿烂明亮的樱花。

王，我知道我一定会死，因为䴊天烬的幻术不是我所能够抵抗的。我从来没有见过一个人的幻术达到那么精纯的境界，连王您也不能，那种凌驾一切的气势，几乎已经接近渊祭了。

只是我并不感到哀伤，我知道皇桥的亡灵在云朵之上等我，他说过他希望我快乐地活下去，可是我让他失望了。但是从某种意义上，我却是真正地快乐。在以前的日子里，从来没有人关心过我，因为我是专门学习暗杀术的恶劣的孩子，所有人都看不起我。我也从来没想过要他们爱我，我总是任性地想，我不需要他们的爱，我只要爱我的姐姐。可是皇桥让我知道了爱的博大和无私。王，我现在身上有着皇桥的防护结界的存在，每当我有危险的时候，那个结界就会打开保护我让我觉得温暖。这让我觉得像是皇桥的生命延续在我的生命里，可是我没有好好地把两个人的生命延续下去。当䴊天烬的火焰击碎了皇桥的结界，如同锋刃的火焰穿刺我的咽喉时，我听到自己的血液汩汩流动的声音。我抬头望着苍穹，我想，皇桥在上面肯定会难过的。他说过，我是他在天下最独一无二的月神，他喜欢我，他会观望我的幸福。可是我让他失望了。

王，请您坚强地活下去，皇桥要我对您说，也是我想对您说的话：因为在这个世界上，有人等着与您重逢，您的身上，有他们全部的记忆。

我站在山崖上，望着天边涌动的火光，喉咙最深处不见阳光的地方涌上来无数的伤感和绝望。

我隐约地听到天边沉闷的雷声像是鼓点一样，我感到了脚下大地的震动。我不知道是不是有火焰要从地下喷涌而出。

当我转过身的时候，我看到了离镜，她站在我的背后，手上提着一盏红色的宫灯。她望着我，像是在说：王，我带您回家……

那一刻我难过得流下了眼泪，也许只有在梨落面前，我才可以像个小孩子。因为梨落永远会包容我，给我温暖。

风吹起离镜的头发，她的头发绵延在空中如同最纯净的蓝色丝绒。我走过去，牵起她的手，回去。

王，我希望你回刃雪城去，我和离镜留下来守在这里，因为你和刃雪城是幻雪帝国的命脉，而我们，则无关紧要。剪瞳望着我，对我低声说。

什么无关紧要，我走到剪瞳的面前，望着她，说：我生命中重要的人几乎全部消失了，你和离镜就是我全部的天下，你们是我最重要的人了。所以我不会回去。

王，你一定要回去，在刃雪城里面最后防守，因为刃雪城是最安全的地方。

既然安全，那么要回去我们一起回去。

王，不可能，全部撤退会让敌人更容易追过来使我们全军覆没。我和离镜在这里抵抗，好让你安全地回去。

不可能，要回去也是你们回去。

王……

不用说了。我转过身准备离开，然后看到了离镜。

我对她说，离镜，我不会离开你们的，我会守在你们旁边，好吗？

然后我看到离镜温柔的笑容，她对我点头。

Part.3 樱花祭

然后我就和她一起离开,我听到剪瞳在我身后的叹息。

当我走过离镜的身边的时候,一阵耀眼的强光突然从背后笼罩了我,一阵剧痛刺穿我的太阳穴,让我失去了知觉。在我昏倒在地面上之前,我看到了离镜眼中的泪光。

当我醒过来的时候,我发现自己已经被送回了刃雪城。

我走到刃雪城最高的城墙上面,看到不远处的火光,我知道翟天烬带领的火族的精灵已经过来了。可是离镜和剪瞳呢?

我走回大殿,然后看到只有几个人还在大殿里面,一个年轻的巫师对我说,很多人都已经逃亡了。没有人想过这场战争会胜利,甚至我自己都没有想过。我在很多的梦境里都看到过翟天烬的幻术,那不是我所能够抗衡的。

外面传来一阵脚步声,然后一个满身血迹的士兵跑进来,他年轻的脸上是悲怆的表情。他摊开双手,然后我看到了他手心里的两个梦境。

我突然觉得一阵眩晕,然后倒在了玄冰王座上。

我知道,离镜和剪瞳,也已经离开了。

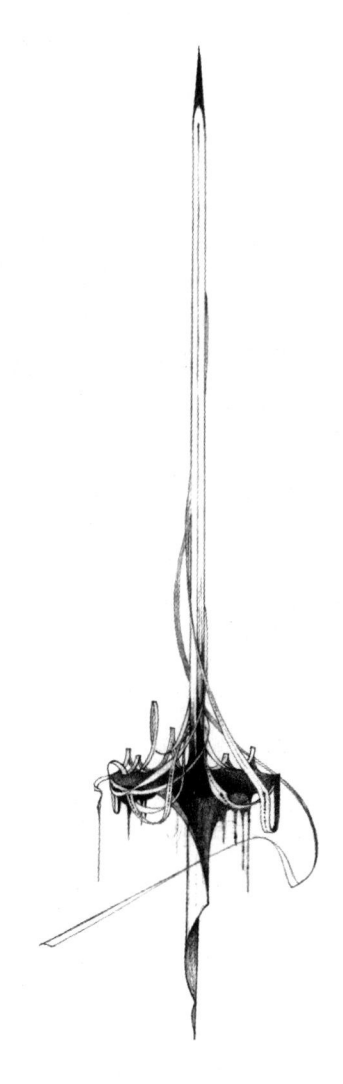

Ice Fantasy

Dream.4

梦魇·离镜·鱼渊

王，我以为再也无法看见你了。可是，当我在雪雾森林中看到你的时候，我几乎要热泪盈眶，那些如同飞雪一样的往事从我的内心深处翻涌起来，我忘记了所有的语言。只记得那些星光如同杨花般飞扬的夜晚，我喜欢躲在冰海的岸边，看你在屋顶上寂寞的身影，看星光在你如同银色丝缎般的头发上舞蹈，看你的眉毛斜飞入鬓如同锋利的宝剑。我喜欢看你的长袍在风里展动如同绝美的莲花。

　　可是，王，你叫我的名字，竟然叫的是梨落。我是岚裳啊，前世为你自尽的岚裳啊。

　　那一刻我是多么难过，无穷无尽地难过。所以我的眼泪流了下来。

　　其实我知道，这一切都是我的错。因为前世我无法成为你最爱的女子。

　　王，在我还是岚裳的时候，我自尽的一刻想到你的面容，我是多么想成为你生命中最爱的那一个女子。可是我知道,梨落比我先遇见你,而且她那么善良,那么美丽。每次我想到她被埋葬在冰海最深处我就觉得忧伤。她是那么善良的一个人。

我不怪樱空释,因为我知道他和我一样爱你,而且他的爱超越了简单的亲情、爱情,是那么浓烈而又绝望。如同他所喜欢的樱花最后暮春的伤逝,一片一片如同自尽般的伤痕。

当我转世之后,我知道我按照自己的意愿变成了你前世最喜欢的女子,我的容貌几乎和梨落一模一样。可是我不知道这是我的幸福还是我的悲哀。我只知道,当你叫我梨落的时候,我多么难过。

每天晚上我总是为你掌灯等待你的归来,我喜欢在夜色中等你,当我看到你从夜色最浓的黑暗中出现的时候,我总是会感觉到幸福。因为我让你感觉到,有人在等待你。

而被人等待,应该是一种幸福吧。

我总是傻傻地想,我应该是幸福的吧,因为卡索等待了我几百年,甚至隔世了依然等着,而且耐心地等待我的长大。我是个多么幸福的人啊。

也许王觉得好笑吧,我希望你可以幸福,因为你是个那么善良而深情的人,可是你总是被忧伤和难过围绕着。王,记得你的弟弟对你说的话吗,哥,请你自由地飞翔。

王,当你熟睡的时候,我总是听到你低低的呼吸声,可是你的眉毛总是皱起来让人觉得是个受伤的小孩子。

你在别人面前都是坚强而刚毅的王,可是在我面前,我总是看到你脆弱的一面。我总是看到你盈满泪水的眼睛,那让我多么难过。

所以我只有每天晚上点一盏宫灯,然后掌灯等待着你的归来。等待着你的温暖。

王,尽管我前世是深海宫的人,我对水的操纵能力登峰造极,可是那不是我所喜欢的。相反,我觉得梨落这样血统不纯的女子,才可以带给你

Part.3 樱花祭

最多的温暖。所以成为梨落这样的女子让我觉得比成为灵力卓越的幻术师更好。因为可以给你更多的温暖。

王，今世我是个无法说话的女子。我无法告诉你我就是那个等待了你几百年的小人鱼岚裳，我无法告诉你在你叫我梨落的时候我有多么难过。可是我想，如果我能够说话，那么，我不会告诉你我是岚裳。如果我做那么多的事情给你那么多的暗示，你都不能明白我是谁的话，那么，告诉你又有什么用呢？

可是王，我还是离开了。

当我死在罹天烬的手上的时候，我很难过，不是因为我快要消散的生命，而是我突然想到：

没有我为你掌灯，你在回家的路上，会觉得难过吗？

没有黑暗中的那盏光芒，我担心你像个小孩子一样怕黑怕迷路。

王，如果有来生，我愿意一直为你掌灯，等待你归家。

王，我要离开了，不过请你坚强地活下去，因为在这个世界上，有人等着与你重逢，你的身上，有他们全部的记忆。

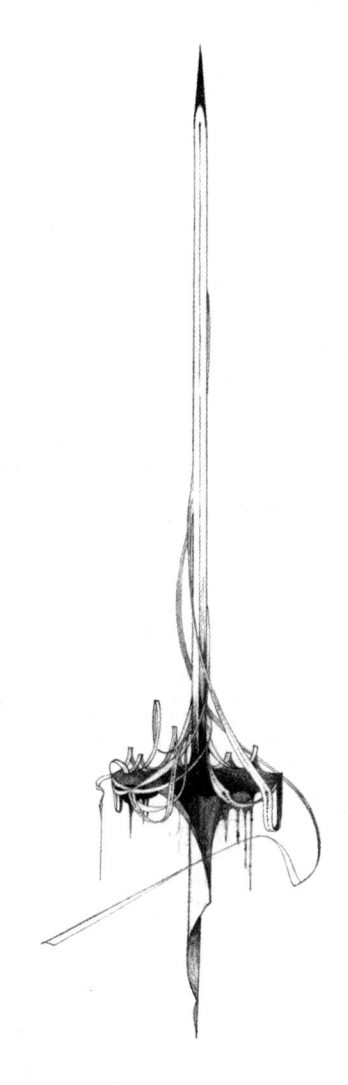

Ice Fantasy

Dream.5

梦魇·剪瞳·雾隐

我终于成为了血统纯正的女子,成为了深海宫灵力卓越的人鱼。
　　可是,我却永远地丧失了卡索的爱。
　　在我的前世,我没有陪着卡索一起生活下去,因为我是个血统低下的巫师。我没有深海宫人鱼的顶尖灵力,我无法为卡索延续下灵力更加精纯的后代,于是我被葬在了冰海的最深处。那个寒冷得几乎连鱼都没有的地方。我清晰地记得刺骨的寒冷刺破我的肌肤的感觉,生命一点一滴地流失,以及灵魂渐次离开身体时的惶恐。
　　我仰望着高高的水面上的苍穹,那里只有很微弱很微弱的天光渗透下来,我含着眼泪呼喊我的王。可是我知道,他永远都无法听见,甚至,他不会知道我去了什么地方。我的眼泪同海水混在一起。我想起卡索的面容,他的脸上总是弥漫着雾霭一样忧伤的表情,隐忍地生活下去,顺从于命运。

然后我的生命消散在冰海里。在我生命消散的最后一刻,我的周围突然出现大群大群的深海鱼类,我看到它们闪光而森然的鳞光。

我叫剪瞳,这是我转世之后的名字,我被深海宫的老人们发现于一团浓郁的水藻中,绿色的细若游丝的海藻将我严实地包裹起来。当她们拂开那些水藻的时候,她们看到了我的面容。

其实她们不知道,年幼的我也不知道,一直到后来我才知道了,她们发现我的地方,正是我被囚禁被埋葬的地方。

我终于知道了命运的无常和残忍,如同一个霸道的人注定要让世间所有的人尝尽命运轨迹中的无奈和可笑,那些充满嘲讽和黑暗的时光的裂缝。

当我年幼的时候,我的记忆依然残存在卡索的身上。我总是听到有隐约的声音告诉我,我要成为卡索的妻子,我要嫁给刃雪城伟大的王。

这样的声音反复出现在我的梦境和生命里,如同不可抗拒的召唤。

而在我成年的时候,我终于知道了这种召唤的意义,因为它要我靠近卡索,靠近这个身上残存着我几百年前的记忆的男人,靠近我前世中最珍惜的温暖。

我靠近他了,站在他的面前热泪盈眶,可是他却叫我,岚裳、岚裳。

我潸然泪下。

我想他也许已经忘记了,那个站在长街尽头,那个跪下来对他说"王,我接您回家"的梨落了。

然后我成了他的侧室。我的灵力的确比前世的我有了很多的精进。我可以轻松地阅读那些大臣呈送上来的梦境,可以轻松地释梦告诉他们正确的做法,我可以看清楚事情的本质,我可以让卡索不那么累。

其实我的身心都是疲惫的,不过每次我看到卡索在梦境中甜美的笑容我都会觉得快乐。因为我知道,他是个忧伤的男子,那个为了天下忧伤的男子,却永远不关心自己的男子。宫女们告诉我,以前,卡索总是累得趴

Part.3 樱花祭

在大殿的桌案上，然后深沉地睡去。

我总是希望可以为他多做些事情，因为前世，我不能成为陪伴他的女子。

卡索每次都会对我微笑，他的声音低沉而温暖，他说：剪瞳，不要那么累。

而我总是对他微笑，在他的瞳孔中看见自己纯银色的头发。一晃一晃，在他眼神的波纹里，晃动成前世我和他初次见面时漫天的落雪。

只是，在我嫁给卡索几年之后，他娶了另外一个女子，那个女子成为了他的正室。她有着同我前世一模一样的容貌，我听到卡索温柔地叫她：梨落，梨落。

我站在人群里，伤心的感觉如同灭顶，我的眼泪大颗大颗地滴下来，滴在他们牵手走过的红毯上。

钟声响起来，我听到人们的祝福，那些欢呼声在我的头顶汹涌而过。我像是躺在奔流的溪涧下面，听着流水从头顶漫过去，无声无息地漫过去。

从那以后，我经常一个人待在大殿里，为卡索处理那些冗长而烦琐的梦境，听所有大臣的上奏，日复一日地消耗我的灵力。而卡索，总是早早地就回寝宫去了，他说：因为离镜在寝宫的门口，掌灯等他回家。他说怕她在风里面，会很冷。

我望着卡索离开的背影总是难过，可是我什么也不说，继续释梦，继续消耗我的灵力。我想，我成为一个灵力超卓的女子，为卡索分担忧愁，这是多么理所当然。

可是，我不知道卡索有没有想过，我一个人在空旷的大殿中，会冷吗？

我想我这一生，也许都是要奉献给卡索的。因为我爱他。因为他是个应该得到幸福却一直被幸福隔绝的人。每次我看到他脸上如雾霭般沉沉的忧伤，我就想看到他笑的样子，如同阳光，清澈而明亮。

终于我还是为卡索而死了，死在火族的新的皇子手上，嬥天烬的幻术超越了我太多。我一直以为我是人鱼中灵力最好的人，可是，我发现，即使我的灵力再多一倍，我也无法赢过嬥天烬。他天生就是上苍的宠儿。

在我死的时候，我看到他的笑容，模糊而邪气，如同火族大地上长开不败的红莲。他对我虚空地伸出手，然后我的身体就从地上升了起来，如同有手把我凌空托起。

然后我看到嬥天烬的眼神中红色的光芒一闪而过，他说：剪瞳，云朵上住满了亡灵。

他的手指突然合拢，然后我的身体里突然传出撕裂的剧痛，那一瞬间我的头颅高高地飞起来。我看到了下面自己四分五裂的身体，纯白色的血液浸染在黑色的大地上，如同积雪融化一样。

周围的一切渐渐模糊，我恍惚地看到天空上卡索的面容，他的脸上依然有着如雾霭般沉沉的忧伤，他还是叫我：岚裳，岚裳。

我想告诉他，我是梨落啊，几百年前接您回家的梨落啊。我的忧伤从胸腔中汹涌上来，卡索，为什么在我死的时候，您都不知道我是谁呢？难道您真的没有感觉吗？

卡索的面容消散了，我听见自己的头颅落在大地上发出的沉闷的声响。

我想对卡索说话，可是再也发不出声音。

我想告诉他，无论如何，请您活下去，因为在这个世界上，有人等着与您重逢，您的身上，有他们全部的记忆。

我站在刃雪城高高的城墙上面，大风凛冽地从我的脸上吹过去，我的凰琊幻术袍在风里发出裂锦般的声音。

我俯瞰着脚下夜色中黑色的疆域，厚重而深沉的疆土。我看得到上面无数的冰族巫师和火族精灵的厮杀，白色和红色惨烈的纠缠。红色、白色的血液和绝望的呐喊混合着浓重的血腥味道一起冲上遥远高绝的苍穹，里面还有独角兽和掣风鸟的悲鸣。

我突然想起了几百年前自己死去的哥哥和姐姐，他们的独角兽就死在几百年前的那一场圣战中。而几百年后，当他们的弟弟成为了新一任的王，却面临历史上从来没有过的灭国的危险。

我的心如同苍凉的落日，有着绝望的暖色光芒，却将沉入永远的黑夜。

我将那些梦境悬浮在我周围的空气里,我看着那些光球上浮动的光泽,泪流满面。

樱空释、剪瞳、离镜、皇柝、月神、潮涯、蝶澈以及早些死去的片风、星轨、辽溅,还有离开我的婆婆、星旧和父皇、母后。我抬起头的时候,看到他们从夜空中浮现出来的面容,然后又如同烟雾般消散了。

地平线的地方传来沉闷的雷声,如同急促的鼓点敲打在整个幻雪帝国的上空。

我看到白色的巫师袍在火焰的吞噬下四分五裂,那些火焰迅速地漫延到了刃雪城的脚下;我看到城墙内四散奔逃的人群,听到小孩的啼哭,妇人的呼喊。

之后,我看到几千年几万年屹立不动的刃雪城大门轰然倒下,那厚重黑色的城墙倒塌的时候,我听到我内心有什么东西碎裂的声音。

我闭上眼睛,眼泪流下来。因为我看到了父皇坚毅的面容,他什么都没有说,只是失望地望着我。

我没有想过,刃雪城竟然在自己的手中被毁灭了。

我看到了城墙下站在黑色战车上迎风而立的罹天烬,他的头发如同火焰一样。我看到他充满邪气的笑容,突然想起了我的弟弟。我难过地对着天空喊:释,释!

我听到身后的脚步声,我知道是罹天烬。

我念动咒语,扣起无名指,然后无数的冰剑从我的胸膛穿越而出。我看到自己的血液沿着那些锋利的冰刃汩汩而下,一滴一滴洒落在黑色高大的城墙上面。

那一刻,我突然听到了辽溅苍凉的歌声,就是那些在沙场上被反复吟

Part.3 樱花祭

唱的歌声腾空而起,在凛冽的风里,一瞬间传送开去,所有的人都和我一样在聆听。包括雪雾森林中所有年幼的孩子,包括刃雪城中四散奔逃的人群,包括幻雪神山里所有灵力高强的人,包括深海宫中美丽的人鱼,歌声如同光滑细腻的丝缎一样飘荡在高高的夜空中。

我的视线渐渐模糊,我不知道选择自己结束自己的生命是对还是错,只是,我想,生命的最后,我要给自己自由。我要按照自己的意愿做出选择,也许以前我会因为种种牵绊而活下去,即使活得如同囚禁也无所谓,可是现在,我生命里最重要的人都不见了,我还活着做什么呢?我想起那些美好的传说,似乎天空上云朵上真的住着亡灵。我想,也许,释,我可以再看看你了。

在我倒下去的时候,我看到了出现在我身后的耀天烬,我看到他如同红色雾气一样氤氲的瞳仁渐渐清晰,最终变成如同火焰一样清朗的光泽。然后,他的眼眶中突然噙满了泪水,他的表情是我从来没有见过的哀伤。

然后我听见他难过而低沉的声音,他说:哥,你怎么可以离开我,你怎么会离开我……

我突然明白过来,可是我已经没有力气了。我倒在地面上,对着我思念了几百年的弟弟伸出手,可是我的手指已经没有力气再握到一起了。其实我早就应该明白,除了释,没有人会有那么邪气可是又甜美如幼童的笑容了。

周围在一瞬间黑了下去,我陷入永远的黑色梦境。

身边突然温暖如春,仿佛盛开了无数的红莲。

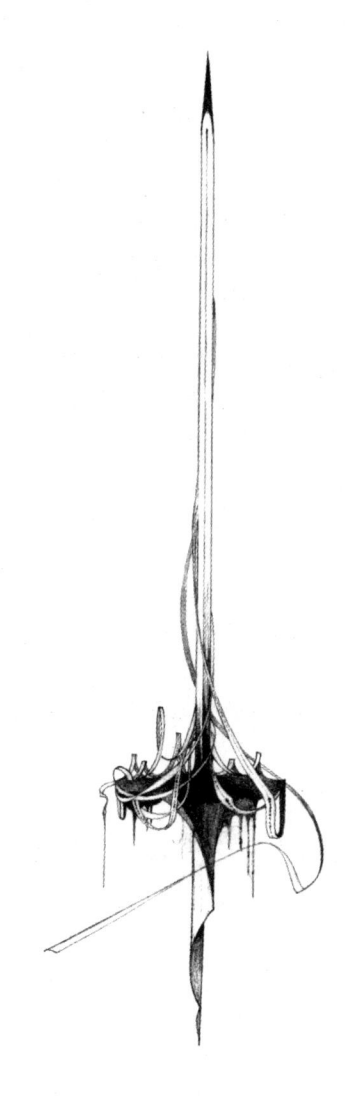

Ice Fantasy

Dream.6

梦魇·罹天烬·殇散

我是瞿天烬，火族最年幼的皇子。可是，我的灵力却超越了我的任何一个哥哥姐姐。

每次他们看见我的时候都会躲得很远，因为他们怕莫名其妙地死在我的手上。因为，我从来不觉得生命有什么值得我尊重的地方。生命只是一个脆弱的梦境，只要我高兴，我就可以捏碎它。

我的父皇很宠爱我，我在火族皇室的家族里几乎为所欲为。我的父皇总是对我说，成大事者不需要在乎小的琐事。所以，我成长为桀骜不驯为所欲为的男子。

我是火族里最英俊的男子，甚至火族的人里面从来没有出现过我这样精致的面容，我的父皇总是把我看作他最大的骄傲。他总是对我说：烬，你会成为火族最伟大的王。

我的父皇喜欢带我站在火族疆域最高的山顶上俯瞰脚下起伏的大地，

他告诉我,这就是我将来的王国。我看着下面黑色中隐隐发出火光的大地,内心空旷而萧索。我告诉父皇,这里不是我的理想,这里的土地永远贫瘠。父皇,你看冰海的那边,看到了那些白色的大地和宫殿吗?我会将那片土地印上火焰的记号。

我的父皇望着我,眼神森然,他说:你和我年轻的时候一样,这样的张狂和不驯。

我不知道我内心为什么有着那么强烈的愿望要打破那座白色的城堡,我只是觉得那座金碧辉煌的城堡如同一个监牢。可是它到底囚禁的是什么,我却无从知晓。我只是隐隐地知道,我要打破它。

我的灵力似乎是天成的,火族历史上从来没有人像我一样可以操纵如此精纯的幻术。在我没有成年的时候,我已经可以轻而易举地打败家族中所有的人了,包括我的父亲。整个家族为我的灵力感到惶恐,只有我的父亲很是骄傲和自豪。我记得他被我打败倒在地上的时候,他没有说话,只是过了很久,他突然笑了,笑声苍凉而嘶哑。他说:不愧是我的儿子。然后他望着天空大声地喊,火族历史上最好的幻术师是他的儿子,罹天烬。

我不喜欢我家族的任何人,我总是孤独而桀骜地站在风里面,长袍飞扬如同火焰。我喜欢天空孤独的灈焰鸟,它们总是一只一只单独地飞,从来不和其他的鸟一起。只是我总是觉得那只孤独而庞大的鸟是在寻找着什么,为了它寻找的东西,它可以这样几百年几百年心甘情愿地寂寞下去。

我喜欢这样的鸟,因为为了自己的理想可以不顾一切。

我总是伸出手指对着它们的身影变换我的手指,我看到从我指尖发出的光芒,我知道自己拥有最好的幻术和灵力。可是,我却不知道自己到底是要什么。

我只是隐约地觉得，我要毁掉冰海那边的国度。

我总是花大量的时间待在火族圣殿的地下宫殿里。

我的很多哥哥姐姐都觉得这里像是一座巨大而黑暗的坟墓，除了必须学习幻术的时候，他们绝对不愿意靠近这个地方。

但是我却觉得这里温暖而强大。我喜欢所有力量的象征。

我望着四周直达穹顶的高大书架，里面所有记录的火族幻术。高深的、浅显的、清晰的、混乱的，太古时期的、新近创新的，我总是贪婪地想要把它们全部学会。

我知道我的很多哥哥姐姐在背后都在说我是一个魔鬼。

但是我不介意。

我除了希望获得巨大的力量，摧毁一切的力量，压倒性的凌驾一切的力量之外，我不需要任何的东西。

于是，在我成年之后，我终于做到了。我终于站在了冰海对岸的白雪皑皑的大地上，用火光照亮了整个苍蓝色的天空。铺满整个黑色大地的火种。

杀死那些穿着白色长袍的冰族巫师简直不用任何的力气，我的灵力凌驾于他们百倍之上。我记得我杀死了两个容颜绝世的巫乐师，还杀死了另外两个拥有同样绝世容颜的女子。这两个女子，似乎就是冰族的王的妻室。其中一个在死后下身变成了鱼尾，我看着她死在我的面前突然觉得这个画面似曾相识，仿佛在很多年前有过一样的画面，死亡的人鱼，流淌的眼泪和记忆中模糊的樱花的伤逝。

我高举着手中的火红色的剑，召唤着所有火族精灵前进。我看到了前方不远处的刃雪城，看到了它高高的如同监狱般的城墙，还有城墙上迎风站立的冰族的王。

我的笑容突然撕裂如同璀璨的莲花。
我想我快要实现我的理想了,这座城堡必定会毁在我的手上。

当我迈上城墙的时候,我看到了冰族的王,可是胸腔中突然一阵剧痛,如同地震产生的深深的裂痕。脑海中涌动着华丽的梦魇,所有的记忆在我的眼前一幕一幕闪过,我突然恢复了所有的记忆,我是幻雪帝国的二皇子,我是樱空释。

在我前世死的时候,我看着我哥哥的面容那么难过,想到我还是无法给他自由。这座刃雪城必定会如同监牢一样囚禁他的一生,他永远都无法按照他的意愿活下去。

所以我想,如果有来生,我要成为灵力最强的人,我要毁掉刃雪城这座囚禁了我哥哥几百年的牢笼。我想看到我哥哥站在阳光下自由地微笑,因为我曾经见到过,在流亡凡世的时候见到过,那个微笑是多么温暖,多么好看。

那是可以让我潸然泪下,让我用一生去交换的笑容。

我想哥哥可以重新抱着我,走在风雪飘摇的街道上,为了我而用幻术杀死侵犯我的人。因为他告诉我,我就是他的天下。

我想亲吻他的眉毛,因为他的眉上总是有着忧伤的表情,如同沉沉的暮霭一样忧伤的表情。每次看见他的样子我都好难过。

我的哥哥应该是自由地翱翔在天上的苍龙。

而来世,我真的成为了灵力最强的人。我成了火族最年轻可是最霸气的皇子。

当我站到刃雪城最高的疆域上的时候,我看到了我的哥哥,卡索。可是,我却无法相信我看到的画面,我看到他胸膛上穿越而出的锋利的冰刃，看到了我哥哥的血液从刀锋上汩汩而下。

然后他倒下去。

我心目中唯一的神倒在了我的面前，我仿佛听到整个世界崩塌的声音。

在他倒下去的时候，我哭着叫他。我说哥，哥，你怎么可以离开我。

他的目光同以前一样温暖而柔软，充满怜惜。我知道，他几百年都在挂念我，他的嘴唇动了一下却发不出任何的声音，只有模糊的气息从他的嘴唇间发出来，我知道他是想叫我的名字，释。

我走过去，抱着我的哥哥，他躺在我的膝盖上，他的手伸出来，想要抚摸我的面容，却突然垂了下去，然后我看到他眼中消散的光芒。

哥，你为什么不抱抱我？为什么离开我？

我抬起头，天空浮现出我哥哥灿烂如同朝阳的笑容，那是他在凡世突然长大成人的样子。那天早上我醒过来的时候，我躺在我哥哥的怀里，我还是个小孩子。可是，卡索，已经成长为如同父皇一样英俊挺拔的王子。他望着我微笑，那是我见过的最好看的笑容了。

我想起哥哥为我杀人的样子，想起他抱着我走在凡世的样子，想起他将我抱进长袍中不受风雪的样子，看见哥哥把我从幻影天的大火里救出来的样子，我看到哥哥脸上忧伤如暮霭的样子，看见天空上无数的亡灵。

一阵又一阵连绵不断的剧痛在我胸腔中撕裂开来，火红的鲜血从我口中喷涌而出染红了我和哥哥的幻术长袍。一瞬间，那些血液全部变成了盛开的红莲，红莲过处，温暖如春。

哥，有我在的地方，你永远都不会寒冷。

请你自由吧。

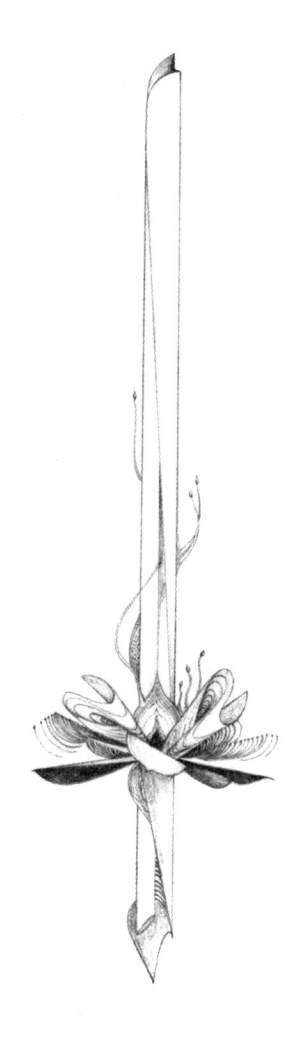

Ice Fantasy

Postscript

后 记

我总是告诉自己,就算有一天我们不在一起了,也要像在一起一样。

——题记

回忆中的城市
——不是后记的后记

1

我回过头去看自己成长的道路,一天一天地观望,我以孤独的姿态站在路边上双手插在裤子兜里。我看到无数的人群从我身边面无表情地走过,他们拿着咖啡,拿着饮料,拿着课本,拿着公文包。他们行色匆匆的样子把我衬托得像一个游手好闲的人。

偶尔有人停下来,对我微笑,灿若桃花。我知道,这些停留下来的人,最终会成为我生命中的温暖,不离不弃地照耀着我,变成我生命里的光源。

2

　　在我年轻的时候,年轻到可以任性地说话任性地生活任性地做任何事的年纪,我曾经写过:我的朋友是我活下去的勇气,他们给我苟且的能力,让我面对这个世界不会仓皇。

　　这篇后记是献给我的朋友的,献给那些曾经和我一起疯狂一起难过一起骑着单车穿越我们单薄的青春的朋友。我想我们都记得,那些青葱岁月里的时间沙漏,是怎么在我们的脸上刻下忧伤刻下难过刻下岁月无法抹煞的痕迹。

　　让我们在很久以后,很久很久以后都感叹唏嘘。

　　感叹自己曾经那么回肠荡气过。感叹时光那么白驹过隙。一恍神,一转身,我们竟然那么快就垂垂老去。

3

　　小A在日本,在早稻田念经济。他总是发他的照片给我,写很长很长的信,看到他e-mail上的时间我知道他还是习惯在深夜写字。以前在中国的时候他总是在白色的A4打印纸上写信给我,而离开中国,他开始在深夜啪啪地敲击键盘。

　　小A是个明朗的人,快乐而简单地生活在阳光之下,单纯而气宇轩昂,宁静且与世无争。他不是个写字的人,他不喜欢文学,他唯一看的关于文学的东西就是我写的那些凌乱的文章。这样的男孩子是单纯而快乐的。我总是相信,和文学沾上边的孩子,一直一直都不会快乐,他们的幸福,散落在某个不知名的地方,如同顽皮的孩子游荡到天光,天光大亮之后,依然不肯回来。他说他看我写的东西总是觉得难过,因为我一直都没有找到自己的幸福。我说，小A，不要太担心我，总有一天你会离开我的，我不想太习惯你的照顾。

　　说这话的时候我在高一，而当我大一的时候，他真的和我隔了国境，在深夜给我写e-mail，然后去睡觉。白天孤独地行走在早稻田的风里，可是依然笑容满面。

　　他是可以一个人都快乐地活下去的。

　　而我不能。

　　照片上的小A笑容灿烂，站在樱花树下，阳光如碎米般散落在他白色的长风衣上，照片下面他写着：这是我最喜欢的一棵樱花树。

　　恍惚地想起小A去日本之前给我的电话，我听到曾经每天陪伴我的声音对我说，我很难过。我怕站在没有朋友的地平线上孤单寂寞。我知道小A说的朋友就是我，因为，我是他唯一的朋友。

　　那天小A在电话里一直讲一直讲，讲到电话没电，我从来不知道小A会说如此多的话，一直以来他都是个安静的人。我握着电话越听越难过，在他的电话断电前的最后一刻，他对我说，如果有一天我们不在一起了……

　　然后突然电话断掉了，沙沙的声音如同窗外的雨声。

　　我放下电话轻轻地继续说，也要像在一起一样。然后我倒在床上，沉沉地睡去。

　　而时光依然流转。我也慢慢长大，当初那个笑容灿烂的孩子如今却有了一副冷漠的面容。

　　站在19岁，站在青春转弯的地方。

　　一段生命与另一段生命的罅隙。

Postscript 后记

4

  微微是个很有灵气的女孩子，从小开始学画画学了12年。我看到过她用很简单的钢笔线条画出绝美的风景，可是她现在不画了。因为高考。她爸爸对她说前途和梦想你必须放弃一样的时候，她放弃了她依赖了12年的画笔和颜料。我不知道她做出选择的时候是不是义无反顾，我只知道我当初选择理科的时候犹豫不决了好几个月。后来微微就一直没有再讲过她画画的事情。只是我知道她再也没有参加过学校的艺术节——尽管她轻易就可以拿到第一名。我印象里最深刻的一个场景是她经过清华大学美术学院招生简章宣传栏的时候突然停下了脚步，五分钟之后她转头对我说：走了。我在后面看着微微的背影，她的黑色风衣突然灌满了冬天寒冷的风，不知道为什么，我突然觉得很难过。可是我没有告诉她，于是我微笑着跑上去。

  而这也是很久以前的事情了，久远得让我的记忆模糊氤氲，如同雾气中公交车的大块玻璃一样，伸出手指，划一下，便会出现清晰的一道痕迹，沿着手指，会有大颗的水滴落下来。如同我们年轻时毫不吝啬的眼泪。

  那天独自乘车出去，我靠在公车高大的玻璃窗上，汽车上高架，过隧道，突然看见旁边擦身而过的另外一辆公车，在那辆车子的背后印着一句话：20年过去了，而青春从来没有消失过。

  我不知道那是什么品牌的广告，但是它深深地触动了我。

  如同一个美丽的水晶球，那是我们所有孩子曾经的梦境，如同爱丽丝梦游仙境。可是，长大的爱丽丝丢失了钥匙，她是该难过地蹲下来哭泣还是该继续勇敢地往前走？

微微一个人在重庆，在那个离我们生长的城市不远的另外一个城市，如果她愿意，她甚至可以每个星期都回家。可是她说，我要习惯一个人在外面，因为总有一天，我们会不在一起的。

我记得高三毕业的时候，我们放浪形骸，哗啦拉开，晃一晃，满屋子啤酒的泡沫。所有的人都大声地说话大声地唱歌，嗓子都唱得要哑掉了。深夜一大群人在街道上晃，一直摇晃到人迹全无的深夜或者凌晨。晃到最后一般只剩下很少的几个人，都是很好的朋友，微微、CKJ、小杰子和我。

后来大家躺在街心花园的长椅上，喝醉了头靠头地笑，然后难过地哭。彼此说话，却忘记了自己说了什么。在那些夜晚我们总是躺在那些长椅上然后看到漆黑的天幕一点一点亮起来。

当我离开从小生长的城市来上海的时候，微微送给我一本书，我在飞机上翻开来，然后看到微微写在扉页上的漂亮的字体：

给四：

高三时给我最多温暖和安慰的朋友。

以前我们一起听歌的时候听到过一句话"在那个寒冷的季节，所有人都躲避风霜，只有你陪我一起歌唱"。

这是我整个高三听过的记忆最深的一句话，以及我们总是说：过了这个七月，一切都会好的，一切都会有的。

而现在我们终于逃离了炼狱般的高三，然后好像是一切都好了，一切都有了，但最终我发觉不是。过了这个七月大家都会离开，我甚至开始怀念过去的一年里所有的事情，包括我们两个极为失败的第一次模拟

Postscript 后记

考试,很多很多的中午和晚自习,在学校门口喝过的西瓜冰,还有我们说过的所有的话,包括快乐和难过,吵架和生气。

我一直都在想我们这些朋友以后会是怎么样活着,至少你去了我们想去的上海,而我却必须在我一点都不喜欢的重庆度过我的大学生活。再也不能够一下课就和你和小蓓一起出去游荡,不能想你们的时候就拉你们来陪我,不能我一难过就把身子探出阳台,在你楼下一叫你你就咚咚地跑下楼。

物是人非。

每次看到这个词的时候都会很心酸。毕竟在一起的快乐那么多,那么温暖。和你一起那么久,你最终还是没有教会我打羽毛球,我总是说要好好训练你的素描也从来没有实现过。

一切的一切来得措手不及,连选择和挣扎的机会都没有给我。

小四,就像我一直说的那样,你,你们,我所有的朋友都要幸福。

5

在我写《幻城》第一部分的时候,我还在高三。可是当我回想的时候一切都变得好模糊,唯一清晰的只有当时炎热的天气和明亮到刺眼的阳光。我和微微总是笑容满面或者疲惫不堪地穿行在我们长满高大香樟的学校里,有时候大段大段地讲话,有时候却难过得什么都不说。

我们常常在小卖部里掏出钱包买可乐,然后从旁边的一条小路散步去操场。

一个一个的傍晚就是在那样的悠闲和伤感中流淌掉的。

在那个夏天我开始知道生命需要如何的坚忍,因为高三真的就是如同炼狱一样。

那个时候我把自己放在写字台上的相框里的电影海报换下来,然后放进去一张白色的打印纸,上面写着我最喜欢的一句话:Even now there is still hope left. 很多个晚上我总是这样看着白色纸上黑色的字迹,然后告诉自己,不要怕,不要怕。

然后日子就这样隐忍着过下来。

那个时候我开始写《幻城》,因为生活太过单调和乏味,微微说这样的生活如同不断地倒带重放。不知道有一天那些胶片会不会在不断的倒退前进中断掉,然后我们就会听到生命停止时咔嚓的一声。我望着微微,苍茫的落日在她的脸上投下深沉的雾霭。

那个时候还有晚自习,每天晚上都是考试,兵荒马乱的。我开始习惯在漆黑的夜色中,在教室明亮的白色灯光下握着笔飞快地做题,ABCD顺利地写下去。可是心里却很空旷,有时候抬起头来看窗外昏黄的灯火,看得心酸看得惆怅看得忘记了思考。时间却依然冷酷而客观地嘀嘀嗒嗒。

晚自习之前我和微微总是一起吃饭,在学校门口的小摊上买一杯西瓜冰,晃晃悠悠地进学校,坐在湖边吹风,遇见DRAM他们就会一起打乌龟牌。然后在上课铃敲响的时候跑上楼去考试,微微考文科综合,我考理科综合。微微大篇大篇地写论述题写到手渐渐酸痛起来,而我扭曲着自己的双手从各种匪夷所思的角度使用左手定则右手定则。

这就是我曾经的生活。

Postscript 后记

那个夏天一直延续似乎无穷无尽，我只记得蝉叫的声音很吵而且一浪高过一浪，穿越浓郁的树荫带着阳光的灼热冲到我的身边。可是在某一个黄昏，当我最后一次站在学校的大门口的时候，那些曾经如同空气一样存在的鸣叫突然间消失不见了，我站立在安静中听到时光断裂的声音。

那天是我去学校拿大学通知书，我离开学校的日子。

6

我要这样走，我要这样单独地走，没有牵挂，没有束缚，我会一个人快乐地活着。

可是为什么我在一大群人的嘻嘻哈哈中突然地就沉默？为什么在骑车的时候看见个熟悉的背影就难过？为什么看到一本曾经看过的书一部曾经看过的电影就止不住伤心？为什么我还是习惯一个人站在空旷的草坪上仰望阴霾的天空？

水晶球在谁的手上？我想问个明白。

7

我在上海，在上大一百万平方米的空地上看落日。

我从飞机上下来然后看到清和与鲲的笑容，她们将我送到大学，一路上我很开心地笑很开心地说话，我觉得自己似乎并没有离开多远，并没有想象中的难过。可是，当她们离开之后，我的世界突然安静下来，我开始一个人吃饭一个人游荡一个人找教室。

我知道一个人的日子总有一天会来临，只是没有想过会这么快。

渐渐开始明白以前自己喜欢的一个学生作者写过的一段话，她说：一个人总要走陌生的路，看陌生的风景，听陌生的歌，然后在某个不经意的瞬间，你会发现，原本费尽心机想要忘记的事情真的就那么忘记了。

8

　　上大很少的树荫，因为是新建的校区，所以没有浓郁的绿色。同样，到了冬天不会有成片成片的树像疯了一样掉叶子。
　　我骑车穿过两边只有很小的树的白色水泥马路的时候，总是想起我的中学，在那个地方，有着浓郁的树荫，永远没有整片的阳光。而眼前的景象，却像是一个华丽而奢侈的梦境，我穿越过去，如同地球穿越彗星的尾巴，无关痛痒。

　　我终于开始了一个人的生活，独自跑步，独自在深夜里打字，独自站在楼顶上看空洞而深邃的苍穹。我听见生命生硬地转动时咔嚓咔嚓掉屑的声音，我的生命在不断磨合中渐渐损伤。
　　而这是我所不想见的。
　　只有在收到信笺，看到照片，听到曾经的歌曲，看到相似的剧情的时候，我才会有一瞬间的难过。然后又开心地笑起来，只是笑得好落寂。
　　偶尔难过的时候我会在我的版上发帖子，然后我知道微微他们会看，我的朋友们会看。
　　在我到学校的最初的日子里，我是难过的。我是同学里走得最早的一个，我在九月已经开始了我的课程，而微微，一直在家待到了十月过半才离开原来的地方。

在那些日子里面，我总是告诉微微我有多么不开心，而微微也总是在我的版上发帖子安慰我，我记得有一次她的帖子是这样写的：

昨天给你打电话的时候，你那边很吵，我这边很安静，很像我们高三的时候每天晚上打电话到两三点钟，然后挂掉电话继续看书。

你说现在只有我们相依为命了，其实对我来说很早很早就是了。用小青的话来说，我们的关系是超越了爱情和友谊的第三种关系。

你说，微微说，全世界都背叛了你我都在你身边，有地狱我们一起去猖獗。很对很对，什么地方我都会陪你去的。如果我不在，别人欺负你的时候我会很难过的。我说过，无论我的朋友是什么处境，我会在他们身旁的。你不要说你的身边空了，不会的。

小一明天走，小青今天走。

我现在就是，每天随便抓起一件衣服就出去上网游荡，走到什么地方就是什么地方。我妈妈都说我不要太不修边幅了。可是我怎么对她解释呢。

小四，你一直都是这样的孩子，像蜗牛一样固执地说我很快乐很快乐。你不快乐也不说。我每次见你这个样子都很心痛。有人对我说，他一直都很快乐啊。我笑。我问他们，什么叫快乐？就是掩饰自己的悲伤对每个人笑吗？你看，你在他们眼中是这样的啊。

你以前说，微微，你要明白，以后很难再找到这么好的朋友了。所以小F说你久了会忘记我们的时候我和她吵架了,她说你不好的时候我都不开心。其实昨天我也很不开心,但是你说你不开心我就没有说。

记不记得,我送你的书的扉页上是这样写的,给四(给过我最多安慰和温暖的朋友)。我一点把握都没有,以后还会不会有你这样的朋友,对我说我什么都没有了都会有你的朋友,这么纵容我的朋友,在我最难过的时候都不离不弃的朋友。

你现在有清和、阿亮,但是我还是要说你一个人在上海要好好过,因为我不在你的身边了,不能够陪你吃饭,打羽毛球,荡,看到什么穷笑八笑。不能够我在阳台上一叫你你就跑下楼了,不能够的事情有很多很多……

但是,四维,你要记住,即使是地狱我们都一起猖獗的。

9

我在上海,在霓虹灯下看时光纷乱的剪影。

有时候我和清和搭乘轻轨穿越这个城市,走到某一个地方,然后再转回来,如同玩一个类似宿命和轮回的游戏。我看着脚下斑斓的灯火觉得一切如幻影,只有我和清和映在玻璃上的面容彼此清晰。

清和笑笑说。看,我们多像飞过这个城市的天使。

在那一瞬间,我开始爱上轻轨,因为,它不似地铁般让人觉得绝望。黑色而深沉的绝望。

它给人温暖的色泽,尽管依然是幻觉。

10

　　有我以前学校的师弟、师妹写信给我，告诉我学校的小操场被改建成了文化广场，周围有着白色的雕塑。他们嘻嘻哈哈地告诉我这些事情，而我看了心里却有恍惚的忧伤。

11

习惯了送你上车，再跑到马路对面看你在车上安静地坐下来
习惯了替你买甜品，看你笑得像孩子
习惯了走在路上替你看车，牵着你的手一起过马路
习惯了你突然难过的性格，我就陪你不说话
习惯了深夜的电话，窗外淅沥的雨声
习惯了手机短信里的笑脸和生气
习惯了你的记性差，说过的话老忘记
习惯了你对人的依赖尽管我也是个孩子
习惯了你四处跑的性格老找不到人
习惯了对自由的你有无穷的牵挂
习惯了你突然出现在我面前说一起出去玩
习惯了你的眼睛里明亮的光
也习惯了你的眼睛中深深的暗
习惯了在你难过的时候给你写纸条
习惯了发短信叫你记着吃饭
我们彼此习惯了所以不离不弃
我们一起笑一起哭一起打架一起喝酒

一起坐海盗船一起看美丽的灯
一起在学校门口的小店吃西瓜
一起在学校的湖边打牌
一起在书店里逛逛到天黑
一起在路边看站牌看这辆车通向这个城市的什么地方

因为我们是朋友
所以我们越来越靠近越来越彼此依赖

12

一个人总是要忘记一些事情，那么他才能记住另外一些事情。

如同有人要靠近自己的身边，必定会有人要离开。

以前我总是不相信这样的话，因为我相信所有的人都可以快乐地在一起。可是似乎不是，距离啊，时光啊，岁月啊，如同一面一面墙，隔挡在彼此中间，望啊望也望不穿，只是听到对面叮叮当当的幸福驶过的声音。于是自己也开心地笑了。

13

寂寞的人总是记住生命中出现的每一个人，所以我总是意犹未尽地想起你。

14

阿亮是我在大学里面最好的朋友，如同当时我和我的朋友们一样，一起吃饭一起骑车上课一起无聊一起你看我我看你越来越无聊。

阿亮也是爱着画画的，我总是想介绍她给微微认识，我想她们肯定很投缘。如同微微一样，阿亮总是无限度地迁就我，甚至有些时候我都知道是我错了，可是她还是什么话都不说。

只是和微微不一样，她是个隐瞒自己喜怒哀乐的人，她总是说我想让每个人都开心。于是我总是迁就别人，别人难过我就陪着难过，别人开心我就跟着开心，可是到最后，我都不知道自己是开心还是难过了。

我突然想起小蓓的性格，她总是告诉别人她快乐的一面，却一个人悄悄地哭泣。

她曾经说过，别人总是说我很快乐于是我就真的很快乐，即使不快乐那也是要快乐的。

我不知道这样的性格要承受多少的压力，只是比起她们，我多么像个孩子。

一个任性的不肯长大的孩子。

15

《幻城》写到后面编辑告诉我要插图，于是开始画插图。在以后的很多个周末的晚上，我和阿亮总是熬夜熬到很晚，在朋友借给我的笔记本上做CG。

在那些做图片的日子里，我和阿亮几乎每天都在一起，超过20小时。有时候看见阿亮红红的眼睛我总是觉得过意不去，可是我不好意思说，依然很严厉地要求她做出我要的效果，做得不对就得重新做。而阿亮也几乎没说过什么。我总是说我是最严厉的老板而阿亮是最懒惰的员工，其实我心里比谁都明白，阿亮会答应我做插画绝对不是为了那些插画的稿费。

在完工的最后几天里，我们的疲惫达到了一个顶峰，每天晚上总是我先睡，阿亮画画，然后等到三四点的时候阿亮去睡觉，我接着做。就这样我一天一天地看着天空从黑色变成蓝色再变成白色，我觉得自己如同一个时光的见证者。

也许很多年之后，我会满心感慨地回忆这段忙碌的时光。

阿亮说，也许等到这个工作结束了，我们会觉得无所事事的。

我说也许吧，然后回到正常的生活。我不知道我说的正常生活是不是就是一个人孤单的日子，因为阿亮转到动画班去了，我知道那是她一直以来的理想。我们终于还是分开了。

阿亮问我以后会不会彼此孤单像陌生人一样，我没有说话。

因为我在低头的一瞬间想起了很久以前，在我文理分科的时候，小蓓和我往两个不同的方向。小蓓问我，两个很好的人如果不在一起了会彼此遗忘吗？

我记得当时我说会的。小蓓继续说，见面连招呼都不打吗？

我说会的，然后我第一次发现小蓓的眼睛很亮很好看。

那是在我17岁的时候。而现在，我已经站在19岁的尾巴上了。

16

在《幻城》写到最后的时候，我已经很疲惫很疲惫了，而且周围的人际关系出现让我无法控制的危机。我的脾气变得乖戾、易怒，总是莫名地忧伤，我会因为一件小事而生气，如同我17岁时曾经出现过的莫名烦躁的日子。在那些惶恐不安的日子里,我身边的那些人说我的脾气怎么会这么坏。

当时是阿亮转述给我听的,我听了难过得说不出话来。我从来没有想过自己竟然是这样的人。因为我想到以前的我,是那么平和而对人容忍。我不知道他们是用什么样的标准来衡量一切的,我只知道当时我很难过。

那个时候是在学校的D楼里面,阿亮仍然在处理图片,我在旁边告诉她要求。

我很难过地发短信问微微,我说我是个让人很无法容忍的人吗?

微微回了我很多条短信,她说:"其实每次你难过的时候,我都在你身边,你在哪里,我给你电话。""你不要这个样子,我觉得我什么都不能为你做,我一直以为我一个人的温暖就够了。""我以前告诉过你,所有的人都离开了你,可是我不会的。其实对我而言,有你这样的朋友是最大的快乐。""每次我看到羽毛球场上的人,我都会想起你的笑容。"

我盯着手机屏,眼泪流下来。

17

没完没了的后记,我多年前曾经在某本书的后面看到过这个题目。而现在,我觉得自己竟然是在履行这个题目。

我记得以前的后记我都写到5000字,而现在,我点了点Word上的"字数统计",然后发现这篇后记已经超过8000字了。

如同我的题目一样,这是篇不是后记的后记。我只是在回忆,回忆那些曾经在我的生命里面容鲜活并且将一直鲜活下去的人，那些带给我温暖的人。

小A的信里说，有你这样的朋友，是我最大的幸福，即使我去了那么远的地方，我都依然觉得温暖。我可以想象小A在日本的街道上神采飞扬的样子，白衣如雪的样子站在树荫的下面，抬头的时候笑容甜美如幼童。我可以在任何时间回想起他曾经陪伴在我身边的日子，为我打开水，为我买胃药，记得我喜欢的电影海报，如同押犯人一样押我吃饭。

一抬头就可以看到他的笑容。

18

我想我应该结束了，在这个冬天已经来临的时候。气温一直下降，我在期望着上海可以下雪，可是我的室友却告诉我上海好几年没有下雪了。

在我写《幻城》最后几章的时候，上大已经结束了第一学期，而现在，在我写这篇后记的时候，我的新学期已经开始了。上大的短学期制让我一时间觉得时光竟然是这么迅捷和不可挽回。上大又从一个空旷无人的校园变成了滚滚人潮涌动的地方。

窗外的阳光很温暖，我想我可以结束这篇后记了。

一直以来我都是写散文的，在写了这么长的一部小说之后，我真的想写写自己的生活。我在停止了写散文这么长的时间后突然写起来，竟然依然得心应手，我不由得感觉快乐而充实。所以我难免变得喋喋不休。也许散文才是我最喜欢的东西，而小说，只是一个偶然。不过，无论如何，《幻城》是我的写作生活中太特别的一部作品，我深深地知道我在它的身上消耗的光阴和精力。

感谢所有给我支持的人，感谢所有喜欢《幻城》的人，因为有你们的鼓励，我才可以这么持续地写下去。

也许《幻城》会成为一种纪念吧，纪念我即将消失的青春，因为它是我最华丽的梦，有我最纯净而流畅的幻想。那是我的，也是我们所有人在年轻时候的梦境，是我们很小的时候曾经有过的王子公主的梦境。

19

给所有有着美丽希望而又忧伤的孩子。给所有19岁之前的你们。

时光的洪流中，我们总会长大的。

郭敬明于上海

2002年12月2日

出品／上海最世文化发展有限公司
官方网站／www.zuibook.com
平台支持／最小说 ZUI Factor

幻城

ZUI Book
CAST

作者　郭敬明

出品人　郭敬明
项目总监　痕痕
监　制　毛闽峰　赵萌　李娜
特约策划　卡卡　张明慧　李颖

* 装帧设计　ZUI Factor（zui@zuifactor.com）
设 计 师　胡小西
内文插图　年年

图书在版编目（CIP）数据

幻城 / 郭敬明著. — 长沙：湖南文艺出版社，
2019.5（2021.2重印）
ISBN 978-7-5404-8751-5

Ⅰ.①幻⋯ Ⅱ.①郭⋯ Ⅲ.①长篇小说—中国—当代
Ⅳ.①I247.5

中国版本图书馆CIP数据核字（2018）第125971号

©中南博集天卷文化传媒有限公司。本书版权受法律保护。未经权利人许可，任何人不得以任何方式使用本书包括正文、插图、封面、版式等任何部分内容，违者将受到法律制裁。

上架建议：青春文学

HUANCHENG
幻城

作　　者：郭敬明
出 版 人：曾赛丰
出 品 人：郭敬明
项目总监：痕　痕
责任编辑：薛　健　刘诗哲
监　　制：毛闽峰　赵萌　李娜
特约策划：卡　卡　张明慧　李颖
营销编辑：李荣荣　吴思
装帧设计：ZUI Factor（zui@zuifactor.com）
设 计 师：胡小西
内文插图：年　年

出版发行：湖南文艺出版社
　　　　　（长沙市雨花区东二环一段508号 邮编：410014）
网　　址：www.hnwy.net
印　　刷：三河市百盛印装有限公司
经　　销：新华书店
开　　本：880mm×1270mm 1/32
字　　数：226千字
印　　张：8.5
版　　次：2019年5月第1版
印　　次：2021年2月第2次印刷
书　　号：ISBN 978-7-5404-8751-5
定　　价：39.80元

若有质量问题，请致电质量监督电话：010-59096394
团购电话：010-59320018